青　春　风

青春风编辑部　编

少年有山海，

也有玫瑰与星光。

我们都有过同一个夏天，

青春没有答案却有秘密。

每个人都有青春，

每一个青春都有故事。

流年

漓江出版社
·桂林·

图书在版编目（CIP）数据

青春风．流年 / 青春风编辑部编．-- 桂林：漓江出版社，2025. 8. -- ISBN 978-7-5801-0481-6

Ⅰ．I247.7

中国国家版本馆 CIP 数据核字第 2025Q27Z61 号

青春风·流年

QINGCHUN FENG · LIUNIAN

青春风编辑部　编

出 版 人　梁　志
出版统筹　文龙玉
责任编辑　王昆仑
助理编辑　覃滟迪
书籍设计　张芳芳
封面绘图　王点点
责任监印　黄菲菲

出版发行　漓江出版社有限公司
社　　址　广西桂林市南环路 22 号
邮　　编　541002
发行电话　010-85891290　0773-2582200
邮购热线　0773-2582200
网　　址　www.lijiangbooks.com
微信公众号　lijiangpress

印　　制　河南瑞之光印刷股份有限公司
开　　本　787 mm × 1092 mm　1/16
印　　张　10
字　　数　280 千字
版　　次　2025 年 8 月第 1 版
印　　次　2025 年 8 月第 1 次印刷
书　　号　ISBN 978-7-5801-0481-6
定　　价　25.80 元

目录

流云说它很想你

我从那时决定喜欢你

借年少月光

星星落满绒花树

银河夏夜有行星

流云说
它很想你

青春，就像一杯冒着泡泡的汽水，刺激又带点小清新。

你在哪里啊？我去见你。

行至朝雾里

✲檐 萧

1

又回到了学校。

课间的教室总是分外热闹，聊天说笑的、预习功课的、吹嘘打闹的，一间屋子包罗万象，又似乎互不影响。

林旻小心翼翼地从书本垒成高墙的桌旁穿过，回到自己的座位，发现同桌于然正趴在桌上睡觉。他还穿着那件蓝白相间的校服，半张脸埋在手臂里，额头微微皱着，似乎睡得不够安稳。

林旻奇怪地看着他，心想：他不是很久都没来吗？

他身后的窗，有一团松软的絮状云朵缓缓飘过，飘到中间那扇窗时被落日余烬追上，从头到尾渐渐染上好看的玫粉色。

林旻想喊于然一块看，甫一低头，发现他不知何时睁开了眼睛，也不说话，就那样安静地看着她，好像早就从她的眼睛里看到了瑰丽的晚霞。

他今天真的好奇怪啊，不过没关系，她也觉得四周不太对劲。

往常，她是不敢像这样跟他对视的，总是匆匆一瞥，又连忙移开，但这一刻，她被莫名的勇气支撑着，坦然无畏地看着他。被余烬的暖黄色色调包裹着的他实在好看得过分，于是，她鬼使神差地突然说：“我想和你一直做同桌。”

于然闻言趴回肘窝里蹭了蹭，末了，又抬眼看向她，嘴角弧度若隐若现："我知道。"

你怎么知道？

你知道，这又算什么回答？

……

下一秒，瑰丽的晚霞、于然、闹哄哄的教室渐渐开始远离，林旻又惊诧又困惑地睁开眼睛，耳边捕捉到几声细微的叮咚。

窗外天色还没亮，一室昏暗中，林旻顿了顿才反应过来，刚刚只是做了一场梦。她很久没有见于然了，也没听到任何跟他相关的消息，不知道为什么会突然梦到他。

叫醒她的叮咚声，是手机某软件的一条系统通知。林旻清除后，惯性地打开微信，看到菜单栏的"发现"——朋友圈后边跟着一个数字，11。而她并没有更新动态。

林旻迷迷糊糊点开，发现是共同好友昨晚在她之后给某位同学的新动态点了赞。她一直觉得这个功能很多余，但再次点开那条动态下的图片，意外在最后一张定格了朦胧夜色的图片里，看到了于然的身影。

意识瞬间清醒。

林旻又认真看了一眼，真的是于然。她昨晚竟然没有注意到他。

他和记忆里的样子不尽相同，深色风衣替代了蓝白校服，五官也有了些许变化，但在人群里依旧引人瞩目。

视线停顿几秒，林旻手指不小心碰到屏幕，载着他身影的照片迅速缩小，又退回到六宫格的右下角位置。

下方点过赞的一列 ID 随之暴露出来，毫无疑问全都是林旻的高中同学，只是有的毕业后跟她没了联络，只在朋友圈相见；有的索性就顶着自己的本名，时隔多年，又跟她的名字紧紧排列在一起。

林旻、于然。

她在前，他在后，时间相差不了几分钟，他肯定看到她的名字了吧？会联想到她吗？还是已经模糊了印象？

林旻又想起刚刚的梦境，好像除了对话，都真实发生过。

她跟于然当过同桌，一起看过晚霞，也在闹哄哄的教室里小声讲过话。

2

"于然。"

课堂上，数学老师念到这个名字的时候，有两个人同时站了起来。

林旻察觉旁边投下来的阴影，慢半拍地扭头，听到于然小声跟她商量道："要不我去？"

显然已经迟了，林旻反应过来正准备像鸵鸟一样猛扎回书桌，老师率先发现了她。

"林旻也有思路？那一起吧。"她说。

"……没有，老师，我听错了。"林旻挣扎道。她不该在这个时候走神的，全班同学除了成绩前五的都在拼命低头，生怕被揪上去写题，偏偏她在回过神的一瞬间站了起来。

"不要紧，上来试试吧。"老师鼓励道。

林旻认命地慢吞吞地挪到讲台上，审题的时候，余光发现于然已经写下一连串的解题步骤，转头又擦掉中间一行。林旻不解地多看了两眼，心想：如果上边的步骤已经出错，那下边的答案不都是错的吗？

果然，过了两秒，于然瞥了她一眼，又伸手擦掉了剩下的错误步骤。

林旻专心研究她面前的这道题，因为大概知道解答会是错误的，所以一行字越写越小，最后的答案和回到座位后的她本人一样，局促地置身于教室里，最怕被人注意到。

等到老师讲她写错的那道题时，林旻格外认真地瞪大眼睛，却忽然觉得开头的步骤似曾相识，她疑惑地看向于然，接触到他无奈的视线时，恍然想起，好像是他擦掉的"错误步骤"。

怪视线也有盲区，也怪她想象力受限，没想到好学生如他竟然会在老师的眼皮子底下悄悄给她传答案。

突然有点感动。

林旻自觉这一堂课实在丢人，课间老老实实在座位上琢磨题型，余光瞥到站起来似乎打算去接热水的于然，问："你今天还难受吗？"

因为他生病不舒服，林旻这几天帮他领卷子，交作业，跑了好几趟，所以才会在老师点他名时下意识做出反应。

于然淡淡地说："也没有很严重。"

那也就是还没好了？

林旻心软，抢过他的水杯，接水回来还不忘丢下一句："不行就请假！"

于然道谢时抬起头看她，眼神带着点生病后的疲弱，显得单纯又无辜。林旻瞬间又有点后悔，刚才讲话是不是太大声了？

其实在几天之前，林旻跟她同桌还只是泛泛之交。

于然成绩好，长得也还行，在班里很受欢迎，但他不符合林旻的审美，在林旻看来作为学霸的他既不够谦逊，也不够端庄，是那种别人夸他"好厉害"，他会很嘚瑟地回一句"快洗洗眼睛吧，你才发现"的张扬性格。

他们当同桌的这半个月，彼此井水不犯河水，直到前两天，林旻赶在上课铃敲响的前一秒回到教室，一扭头就发觉她同桌似乎不太对劲，她看了一眼，又一眼，正准备开口，不料于然抢先道："头疼，没什么要紧的，别看了，你好好听课。"

他讲话的时候，仿佛是有所察觉才忽然歪头看向她。林旻毫无防备地和他视线相撞，愣怔的瞬间，感觉……好像心里被什么挠了一下，轻飘飘的，稍纵即逝。

其实于然脸色不太好，大概课间趴着睡过一会儿，额前的短发有点乱，眼神也软，却好像一下子从如隔云端跟她毫不相干的同学，变成了似乎可以一起"狼狈为奸"抄作业玩游戏的同桌。

林旻哽了一下，说："应该有点疼吧，你的刘海好像湿了两绺。"

于然嘴硬："我打球回来也这样吧。"

但你没去打球啊。

林旻没有拆穿他，当天傍晚还主动替他打了一杯热水，拿了一次作业，于然别扭地道了谢后，两个人莫名其妙迅速又默契地发展出了同桌友谊。

林旻顺带也客观地正视了于然的美貌，所以不小心凶了他之后，才会有种莫名的心虚。

"错了。"旁边，于然突然伸手，指着林旻刚画的辅助线，说，"应该在……"

"别说！"心虚的林旻猛地出声阻止他，"我认真想想，你不舒服就好好休息。"

于然懒洋洋地支起头，声线沉沉的："不看着你解出答案，我怎么睡得着。"

"……那应该画在哪里？"

3

天气越来越冷。

于然一场感冒断断续续一周才有所好转，好在时光总是过得飞快，写几张卷子，上几堂课，一不留神就过去了。

林旻看着渐渐恢复如常的于然，心底偶尔会生起淡淡的失落，好像缺少生病这个媒介，她和于然又会像从前那样，变成生疏的同桌。毕竟原本他们就不是能聊到一起的人。他哼的歌，她都没听过；他嘴巴里偶尔冒出来的名词，她总要查一下才知道那代表什么。她常常觉得，如果她和于然能就某个话题聊得来，那一定是于然在迁就她。

上课前，林旻单词背到一半，突然泄气地趴到了桌上，努力说服自己恢复原来那样也没什么不好，起码她不会时常反思是她太无知，还是学霸异于常人。

她叹了一口气，忽然感觉肩膀被人戳了一下。

"醒醒，上课了。"于然提醒道。

林旻转过头，替自己分辩："我没睡着。"

也不知是想证明什么。

于然翻开书的同时，瞥了她一眼，问："你怎么了？困了？"还没等林旻回答，他又补充："困了去洗把脸，不要想着在课上睡觉。"

"这片归你管了吗？"林旻不满地小声嘟囔。

学霸大概都耳朵尖："不，但你归我管。"

闻言，林旻怀疑是自己幻听，忍不住扭头看向他，只见他神色一顿，又补充说："谁让本学霸见不得同桌成绩落后呢！"

收到监管通知的林旻心头浮起一阵没来由的窃喜，但又忍不住反驳道："你也在课上睡过。"

于然笑着看她，从善如流道："我错了，我改。"

林旻再迟钝，也能察觉出来有什么东西不一样，他们好像不会回到从前了。

“于然——”

很突兀的一句喊声，得到了教室里各个角落此起彼伏的响应：“到、到、到……”

但这次跟林旻没什么关系，是有同学嬉笑着故意起哄。他们粗线条没看出于然哪里不舒服，只看出于然和林旻关系突然要好起来，于是就以为两人之间有什么猫腻。

下意识站起来的林旻突然很难在众目睽睽之下帮于然跑腿拿试卷，当下走不是，坐回去也不是，只好窘迫地站在原地求助似的看向于然。

怪她刚刚太专注，她和于然小声讲话的时候，科代表抱着一沓试卷走进教室，说老师下节课要讲。于然的卷子在底下，刚好卡在上课倒计时结束，全班开始自觉安静下来的时候，但林旻偏偏没有意识到，而且她忘了于然已经可以自力更生。

于然笑了笑，装得煞有介事地问：“怎么，不是你输了才答应帮我跑腿的吗？想反悔了？”

林旻愣了一下才反应过来他为什么这么说，她慢半拍地找补道：“我想等我的一块儿拿。”

于然好整以暇地站了起来，一边说着“懒死你算了”，一边走上了讲台。

“吁——”

起哄声更盛。

林旻还以为这茬可以就此揭过，毕竟于然找的借口听起来合情合理。但她在周遭戏谑的笑声里后知后觉地察觉出，于然那句疑似抱怨的话，听起来似乎有些太过熟稔。

林旻，包括于然，都以为这种热闹当事人不回应，他们很快就会失去兴趣，但在期中临近的压力和萧瑟秋季的双重作用下，事与愿违。甚至，有些同学开始在找不到于然之后，转而过来问她：“于然去哪儿了？”“他去打球了吗？”“于然的英语试卷在谁那儿？”

……她怎么知道？

周遭莫名其妙的哄笑，意味深长的打量眼神，以及行为言语被关注、被曲解的状况，给林旻造成了不小的困扰，她没办法装作什么都没发生一样跟于然保持正常往来，于是开始有意地减少和于然的不必要交流。尽管在不久前，她才因为他们的关系有所改善而暗自雀跃。

那天课间，林旻趁于然去打球，见缝插针找科代表问一道数学题。

不料，没两分钟，于然去而复返又忽然出现在教室门口，两人视线隔空相撞的一瞬间，林旻很难解释脑海里为什么会跳出来做贼心虚这四个字。

这些困扰分明是因他而起。

于然当天没有再主动跟她讲过话。他好像生气了，林旻想解释些什么，又无从开口，当天心灰踌躇，以为这下他肯定要跟她分道扬镳，毕竟他身边那么多人，而她既不聪明也不够有趣，听到哄笑时还会觉得他很麻烦。

但翌日傍晚，林旻跟一道数学题死磕的时候，眼角忽然瞥到桌面上咕噜噜滚过来一个纸团。

将它丢过来的那只手若无其事地回到自己的地盘，按着无风自动的书页，仿佛从头到尾都没越界。

林旻心怦怦跳着将纸团抓过来，上边详细写明了她死磕的这道题的解题步骤和答案。

轻而易举看穿她为什么回避，依旧愿意换种方式迁就她。

怦然心跳和着沉沉叹息一起在心底奏响，他怎么这么多优点啊。

4

看起来没什么交集的两个人，默契有增无减。

刚开始，林旻还要先把问题抄下来，再推到于然面前询问答案，到后来，她长时间盯着书页不动，甫一转头，就能看到他头也不抬地懒洋洋越过桌缝伸过来一只手。

如果他当时无暇顾及，那答案说不准什么时候就会变成一张写满答案的纸团，出现在林旻课桌的某个角落。

流言已经转去别的方向，但谁都没叫停这种隐蔽交流。

深秋的风里已经透出几分凉意，午后依旧明晃晃的日光肆无忌惮地穿过窗，打在桌面上。

午休时分，林旻趴在桌上，被这温暖日光晒得昏昏欲睡。睡眼蒙眬时，忽然觉得头发被微微扯了一下，她慢吞吞睁开眼睛，抬头发现于然也看了过来。

隔着一小段距离，他们短暂对视了几秒，林旻脑海里都是空白的，什么都想不起来。教室里静悄悄的，她一动不敢动，茫然地看着他，不料下一秒，眼前忽然黑影一闪，紧接着什么都看不到了。

于然将她的卫衣帽子翻了上来，宽宽大大的帽子遮住她半张脸，只露出嘴唇和下巴。他似不满意，顿了顿，又抓着帽尖掀开。

棉质的衣服被日光晒后有静电，因为他的动作反复，静电牵扯着头发在半空炸开，他好笑地伸手揉了一把她的头发。

林旻完全僵住，表情可能也有点呆。

于是那只手转而从头顶跃下，遮在她眼睛前面。

"快点睡。"他小声说。

林旻阳奉阴违，眨眨眼从指缝里窥见了他弯弯的嘴角。

好像，在无人发现的角落里，跟他待一起都有模模糊糊的快乐，像是拥有了独属于他们的秘密，但放到众目睽睽之下，她就会去比较去计较，似乎追根究底，是她认为自己不够优秀。

想要改变。

可惜好景不长。新学期班里重新调整了座位，林旻不得不和于然分开坐。一整天过去大半，她还是有点不太适应，趁晚自习恹恹地桌上一趴，余光忽然瞥到桌角不知道什么时候出现的纸团。

她暗含期待地打开，果然，某些她以为断掉的线又被联系起来。

像乌云遮日的天空忽然透过来一束璀璨光束。

她那天没有什么问题想问，却还是象征性地抄了几道重点难题给于然。后来，收到答案的同时，也看到下边的控诉——"手都要断了！下次再写这么多，得加钱！"

由此，纸条内容摆脱了单一的问题、答案形式，衍生出一系列琐碎的似乎没什么意义的话题。

林旻一直以为这种联系方式是她和于然之间的秘密。但某个课间，她不经意间发现有其他女生往于然桌洞里丢纸团。

心底有乌云载着她沉沉地往下坠。

林旻忍不住开始频频分神，以探究的眼神注视着教室里两个人的行为举动，仿佛他们多说一句话，她就会被比较下去。

也是巧合，于然发现那个纸团的时候，是在热闹的课间，他从外面回到教室，而林旻刚好在教室后排和英语科代表聊天，余光看到他展开了纸团，匆匆一瞥后看了下时间，紧接着又转身跑出了教室。

他也会奔跑着去见别人。

猜测还是变成了现实，有人在用同样的方式跟他交流。林旻突然兴致索然，好像因为知道自己不再特别，于是之后微末的联系也就变得不再比万物都珍贵。

虽然她还是会忍不住暗暗比较，是不是她需要外形再好看一点，或者性格活泼一点?

可惜高考在即，她想要好成绩，就没有更多精力顾及其他。她的纸条也在课业越来越重的借口下消失了踪迹。

后来有次晚上放学，她走在前面，忽然听到身后有人叫于然的名字，下意识地回头看了一眼，然后看到几米外的橘色路灯下，于然懒洋洋地望过来，不是循着声音看去，而是径自看向了她。

"不是我叫的你。"她睁大眼睛分辩。

他轻笑一声："我知道。"

顿了顿，他走过来，林旻想到几天没洗的油头瞬间如临大敌，她匆匆退后两步，借口说："公交车快来了，拜拜。"

他停住，隔着辨不清的夜色，说："好。"

5

高考氛围像一种虚化滤镜，很长一段时间里，不是主角的很多事情都变得很模糊。

她和于然可能还有过一些琐碎联系，或许也讲过几句话，但林旻忘了具体内容，也忘了当时是什么场景，印象最深的是没有被滤镜虚化的诸如写不完的试卷、做不完的题、一如既往炎热的夏季，以及和于然一起拍了毕业合照。

她那天好像没做什么事，却一直觉得忙忙碌碌的，穿梭在不同的熟悉或不熟的人群之间，注意力时不时分散到于然身上。

很多同学，包括外班的女生找他拍合影，林旻一直犹豫怎么若无其事地混入其中，找了很多理由，但每次靠近时都被别人抢先。

突然就有点烦躁，为什么他身边总有那么多人？

她等啊等，最后还是于然穿过人群看到了她，他朝她走过来，漫不经心地说："前同桌，跟我拍张合照吧？"

"好啊。"她听到自己克制的声音，怕多说一个字就会泄露情绪。

周遭有很多很多人，那一刻只有她和于然站在一起，他们离得很近，肩膀和肩膀抵在一起，她的裙角挨着他的裤腿，上衣是相似的纯白衬衫。她紧张地把手背到身后，脑子里一团糨糊，表情应该也很僵硬，她就这样无措地被拍下了跟他的第一张，也是唯一一张合照。

在她之后，依旧有人在等他。

林旻往后退，再看他的背影，忽然之间就有了不舍的情绪，拍完了合照，意味着很快他们就会从这所高中离开，往后大概再也没有机会可以天天碰面。

她沉浸在即将分离的低落情绪当中，耳边听到旁边有人指着她，小声说："她是谁啊，为什么于然要跟她拍合照？"

因为他那么聪明，总是能轻易看穿别人的窘迫处境，然后出手解围，她想。

"不知道，可能是同班同学吧。"

"可他们班同学那么多，也没见他找别人。"

"那……"

林旻也有过她对于然而言或许是特殊存在的错觉，但是为什么呢？她可以说出于然很多很多优点，比如相貌好看、成绩出众、很聪明、跟他相处很舒服，仿佛有被妥帖照顾。但是她呢？成绩普通，长相普通，连性格也普通，一番对比之后，她否定了这个可能性。

他的动机有很多可能，或许是同桌友谊，或许是她的心思很好猜，也或许只是出于心软，就像她在路边看到一只小猫咪，偶尔也愿意猜猜它的心思，是饿了，是想被挠挠下巴了，还是单纯很无聊。

猫咪没办法开口，但"喵喵"着回应她的话，招手即跑过来的速度，以及要贴贴的黏人样子，她很容易知道哪只流浪猫喜欢她多一点，那么，她是不是也应该让他知道她的心意？

毕竟他教她写了那么多题，为她花了那么多时间。而她当初也是因为受他影响，才想有所改变。

人很容易沉浸在自己的想象里，直到被现实敲醒。

高考成绩出来的时候，林旻发现她和于然的成绩差了很大一截，她试着寻找一些以后可能存在的交点，但结果陈列出来的时候，她发现不太能接受为了能跟他去同一座城市念书而选一所不太中意的学校，不想那些秉烛夜读的努力被浪费。

她最好的选择和他喜欢的学校相隔千里，她踌躇许久，最后什么都没有跟他讲。

好像这么选择就变成了是她放弃了某些可能，放弃了他一样。为了证明选择没错，她读大学的几年很刻苦，后来因为距离太远、相熟共友不多、课业繁重等许多原因，她跟于然不可避免地失去了联络。

他依旧在她的好友列表，只是两人再无任何交集。

再见已是大三这年初冬，他突兀地出现在她的梦里，转而又出现在她的朋友圈里。

像深埋于心底的某种病痛，靠着她的忍耐和漠视挨过许久，却在意识模糊的清晨被突然出现的熟悉身影轻易击中，牵一发动全身，克制许久的隐痛迅疾席卷全身。

要么将隐痛摊开，让它成为经历，成为过去。

要么她回过头，替十七岁的林旻站到于然的面前，替她弥补遗憾。

总归，她要见到他。

尽管她如今依旧普通，依旧没有蜕变成光彩夺目的样子，也没有成为很厉害的人，但是没关系，她已经是最好的林旻了。

成长带来的改变之一是，她可以接受这样的自己站到他面前。

于是，她点开于然的头像、资料，又打开他的朋友圈，内容不多，所以她很快看到了去年秋，他发的一条朋友圈，说是又被冷风吹到头痛，想在教室睡觉。可疑的是底下没有一个共同好友的点赞，仿佛是……特意给她看的？

顿了顿，林旻重新点开对话框，太久没联系了，生疏和距离感让她删删减减，好久都没说出一句话。

天光渐亮时，对话框毫无征兆地跳出来一句："这么久了，你到底想说什么？"

怎么隔着屏幕，他还是可以轻易看穿她的想法。

"你有没有喜欢过我啊？"

6

是什么时候注意到林旻的呢？

他开始跟林旻做同桌的时候，她看他的眼神淡淡的，即便在清早雾气弥漫的校门口恰好碰到，也只是草草冲他打一个招呼，完全不会想要等他一起走。

两人关系转变是从她发现他不舒服开始的。

那段时间换季降温，但于然还是习惯骑车上学，头痛的那天清早刚洗过头，受冷风侵袭，到学校后太阳穴附近就开始隐隐作痛。

他忍耐着上了两节课，趁大课间在桌上睡了几分钟，醒来若无其事地翻着书，余光发现向来跟他井水不犯河水的同桌忽然一眼又一眼地瞄他。明目张胆的视线似乎带着欲言又止的意味。

他漫不经心地转头，触到她疑惑的眼神，瞬间了然，心想：有这么明显吗？可除了她并没有别人发现他不对劲啊？他随口解释了原因，而她出于同桌的道义和同情替他跑了几趟，除此之外两人依旧没什么交集。

直到，他看不下去她磨磨唧唧算题，觉得不太对就咬着牙想啊想的那副纠结的样子，伸手扯过她的练习本添了两笔，然后，突然就不一样了。

她瞪大的眼中忽然迸发出惊叹的光，碎金似的闪烁，而她用那双莹亮的眼睛看向他，和从前哪一次都不一样，好像他在她眼中变成了另外一个人。

那天之后，好像开启了某些机关，他莫名开始留意她的表情，不知道为什么有人的五官可以这么生动，为难时眼尾耷着，犹豫时眼风扫过都带着试探，偷着乐时压不住的嘴角弧度。

他比较乐意看到眉眼活泛的她，所以愿意分出一点时间维护她。

结果意外发现她有两副面孔，一边不动声色地偷瞄着他，一边等他离开转头就去找别人问问题。

什么眼光啊，全年级有谁数学好过他吗？

不想理她，却又清楚地知道她这么做的原因，于是忍不住又主动写了纸条给她。

他没有对什么东西格外上过心，有段时间却开始对她投过来的纸团隐隐有了期待。那天也是一样，打球回来，他不小心摸到一个新的纸团，在一个新的位置，展开是她约他到天台的消息。

第一次收到这样的内容，他谨慎地瞥了一眼她的座位，那里空着一块，所以他又匆匆跑了出去。

结果在天台看到的并不是她。

他回去对比字迹才发现不同，然后没过两天，她借着沉迷学习的理由不再事无巨细地跟他讲，后来又用同样的借口终止了这种联络。

他隐隐察觉到态度转变的关键所在，终于等到她放学落单的那次，她又急匆匆溜走。

他无奈地站在原地，感觉好像被讨厌了。

紧接着，拍完毕业合照之后，林旻就消失了，有很长一段时间，周边谁都没有她的消息。再后来，他看到了她新换的微信头像——窗外日出时，透明玻璃上映出了两个人的影子。

他们没有再讲过话。

直到，过了很久之后，他刷到朋友圈的那些图片时，看到两人的 ID 几乎同时出现在图片下方。

好久不见啊，林旻。

记忆破闸而出，松懈已久的堤坝防守不力，一整晚，脑海里流淌的都是关于她的记忆碎片，于是清早醒来的第一件事就是想窥探她的生活状态：怎么再看这张头像有点眼熟，好像午后的高中教室？那另外这个身影呢，好像穿着一件眼熟的丑了吧唧的校服？

于然陷入无边沉默，回过头却忽然看到横在对话框上方的"对方正在输入中"。

几个字停留了很久，仿若幻觉，半晌后，他终于忍无可忍，问："这么久了，你到底想说什么？"

——"突然很想见你。"

——"你有没有喜欢过我啊？"

管它是睡意蒙眬，是幻境作祟，还是一场梦，他的答案都是——"有啊。"

"你在哪里啊？我去见你。"

飞鸟与蝉时雨

✻久念

我会陪着你，
直到等来下一个春天。

1

九月一日，暑气尚未消退，育英中学迎来了开学的返校潮。但对于暑期已经集训半个月的高三生而言，这一天不过是一次寻常的摸底考名次公布日。

考试排名会在公告栏张贴。下午五点整放学时，公告栏前早已围拢了一群人。挤在人群中的嘉语踮着脚看了半天，白皙的脸上终于露出了笑容。

她的名字排在第一位。

耳边是小姐妹的祝贺，嘉语自己也十分满意，她朝她们招手："走，我请客！"

请客地点是学校后门的小炒店，一大盘干炒牛河配几碟鱼蛋，足够三两个女生大快朵颐。夕阳暖融，风还是闷热的，要好的小姐妹边啃鱼蛋边问："嘉语，你真的要搬出314吗？"

314是嘉语高中的寝室号，如今刚开学，不少高三生都在学校附近租了房子，只因宿舍强制十点熄灯实在影响复习，哪怕不舍得室友，嘉语还是加入了外宿大军。

父母已经为她在学校旁边的老小区租了个单间，虽小但布置得温馨，嘉语慷慨地发出邀请："就几步路的距离，有空多来玩！"

"你爸妈对你真上心。"小姐妹羡慕道。几个女生又挤在一起嘻嘻哈哈，畅想着小屋的"女生之夜"，闹着闹着，空气突然静了下来。

"哎，你们看那人是谁？"

随着一声疑问，女生们齐刷刷往小炒店的门外看去。

晚霞渐浓，骑着自行车的少年在落日里飞驰而过，校服衣摆随风扬起，温柔的光线恰好落在他英俊的侧脸上。

落日飞车，校服少年，美好得就像电影里的瞬间。女生们一下子炸开了锅。

"等等，那是我们学校的校服？"

"什么？育英中学有这种帅哥？"

七嘴八舌的讨论声里，嘉语回忆起他的脸庞，

突然补充了一句："认真地说，我觉得他有点眼熟。"

回应她的自然是调侃的嘘声，但嘉语却当真陷入了沉思。

她想起小时候邻居家的小男孩，白衬衫，黑西裤，总是打扮成模范小大人的模样。被邻居阿姨带来她家拜访时，大人们总少不了围观他的满分试卷，起着哄让他英文朗诵。

典型的"别人家小孩"，长得又俊又讨厌。缩在角落的嘉语撇着嘴正委屈着，冷不丁地，手里被塞了颗花生酥糖。

她一抬头，看到的就是假装路过的小大人稚嫩又帅气的侧脸。

如今长成少女的嘉语走了神，又记起那户邻居后来经商赚了大钱，全家搬去了香港。他离开这座广东小城的那天，她还默默记下了他的名字，季述。

会是他吗？嘉语若有所思，但成了人上人……怎么还会回来呢？

也许只是侧脸像吧。嘉语很快把念头抛在了脑后，转头与小姐妹冲去校门口买了珍珠奶茶。

晚自习铃打响时，几个女生踩点踏进了教室。班主任这时已经站在讲台上，身旁却有一张新面孔。

"大家好，我叫季述。"

清冽的声线，俊朗的眉眼，嘉语顺着众人的目光抬起头，一口奶茶差点没咽下去。

不偏不倚，黑板前站着的正是那位"落日飞车"的少年。

他叫什么？

季述。

他与嘉语在这一刻对上了目光，那双漂亮的眼睛里是深不见底的漆黑，气质疏离得似要与世界隔绝。

尽管他的眼神毫无波澜，嘉语的心却猛地一跳。

难道他也认出她了吗？

下一秒，季述移开视线，平静地打断了班主任"多多关照新同学"的念叨，径直往教室最后一排走去。

他与她擦肩而过，带着旁若无人的漠然。整个教室随即陷入安静。

2

在嘉语的记忆里，季述一直是自带光环的存在。

嘉语曾在小学与季述同班，那时的他已经展露过人的学习天赋，升入初中就被选进奥数省队，在周一的升旗礼上发表获奖感言。

再后来，季述在中考那一年转去香港念书，这一度成了学校里的热门话题。离开之前，他们一家敲响了嘉语家的房门，邻居阿姨和善地递上告别礼，白衬衫的俊朗少年站在楼道口，给嘉语带了一罐酥糖。

是香港牌子的手作酥糖，嘉语嗜甜，逢年过节去邻居家做客，她总是一边接受着大人对比两家小孩的目光和对话，一边悠闲自在地拆糖吃。

那时的她和季述一个坐在餐桌角落，一个坐在客厅中央，有时嘉语能感受到季述在看她，他那探究的目光就像在看一种憨态可掬的小动物。而她只是冲他眨眼，露出不失礼节的笑容。

从小到大，他们碰面次数不多，也没有说过几句话，毕竟他们本就不在一个世界。

但如今，嘉语实在难以想象那个耀眼的少年回到了这座小城，在教室的最后一排睡起了大觉。

晚自习上到中途，嘉语一本正经地叩响了他的桌面。

"季述，还记得我吗？你以前的邻居林嘉语，现在是高三（1）班的班长。

"我以班长的身份提醒你，晚自习不允许睡觉。还有，前段时间的摸底考你没参加，先做做卷子吧，明天交给我批改。"

季述没有抬头，只淡淡说了句："谢谢。"

然后，她就眼睁睁地看着他将一沓卷子随手塞进抽屉里。

嘉语不可置信地转身离开，心里只有一个念头：季述原来是这样的人吗？

晚自习结束后，更令嘉语意想不到的事情出现了——时隔四年重逢，她与季述再次成为对门邻居。

老小区的楼道灯泡常年是坏的，偏偏房子隔音也差，嘉语在自己的新小窝里挑灯刷题到了零点，刚想熄灯休息时，楼道就传来一声行李滚落的惊响。

嘉语吓了一跳，为了安全着想，她还是去探了探动静。

她拉开一道门缝，窗外路灯鹅黄色的暖光折进昏黑的楼道里，刚好笼住了那个身影。男生一边打着手电筒，一边提着大行李箱的身形有点狼狈，但神色怡然自若。

嘉语松了口气，大方地敞开了门。

“季述，这么巧，你也在学校附近外宿吗？”

高三“学霸”第一法则，绝不放弃深夜的学习时间。嘉语露出“找到同类”的欣喜笑容，但面前的季述显然没心思叙旧，他沉默地拿出钥匙打开了落灰的铁门。

嘉语的笑容一下子僵在了脸上，与父母为她精心布置的温馨小屋不同，对面这间屋子空荡荡的，老旧得令人咋舌。

而季述也是一个人住。

黯然与窘迫的氛围在黑夜里无处遁形，楼道划出了光与暗的交界，她站在光里，他却落在了暗处。

嘉语一下子有些难堪，又觉出几分苦涩。

这么多年过去，她突然意识到，原来眼前人的境遇，早已与从前那个耀眼的少年天差地别。

3

拒人千里的冷淡，三番五次的缺勤，以及一落千丈的成绩。

换成从前，嘉语绝不会认为这些是季述的代名词，但考卷上触目惊心的红叉还是点醒了她。她拿着季述的卷子，整节自习课都在研究：丢三落四的解题步骤，天马行空的答案……这些无不证实了——

季述在敷衍了事。

平时他总玩消失，身为邻居的嘉语暗自留了心，却发现季述常离奇地早出晚归。

有一天早上出门，嘉语终于和季述在楼道里打了照面，可他却一脸倦意。那虚浮的脚步一看就是一夜未归，他一大早回来是补觉的。

嘉语当即叫住了他：“季述，你这一天天都去哪儿了？”

季述的语气疲惫却直接：“林嘉语，这是我的事。”

言外之意是少管闲事，嘉语气得转身下楼，再没理过他。但不知为何，她还是觉得季述有点反常。

流言蜚语在这座小城总是传播得飞快，当嘉语听到那些男生口中不堪的言论时，一切都有些迟了。

“一家子在香港破产欠债，剩个儿子躲回老家念书，这跟过街老鼠有什么区别？”

“你没看他平时还跩得二五八万似的吗？还做什么公子哥梦呢？”

放学后的傍晚，一帮篮球队的男生还在笑嘻嘻地讲着“天之骄子跌落神坛”的八卦，其中一个队员却突然停下了脚步。在他们的正前方，流言的主角季述正背着挎包走向校门。

这帮男生使着眼色笑了起来，随后大摇大摆地上去堵住了他。

人高马大的篮球队队长撞了下季述的肩，伴随着嘘声与口哨声，他们起着哄喊他“公子哥”，接着又是一阵推搡。

季述站得笔直如树，锐利的眼神扫过面前一张张脸，气场一时镇住了一群人。

几个队员被他看得心虚，索性挑衅般围上前，气氛一下子变得剑拔弩张起来。

从教学楼走出来的嘉语第一眼看到的就是这个对峙场面，她又急又惊，没想那么多就扎进了人堆里，一句拉高音调的“你们做什么”还没说完，她就被旁边的男生推了一把。

“去去去，别碍事！”

高大的男生没控制住力道，嘉语没站稳，狠狠摔在了地上。

下一秒，她就看到季述冲过来挡在了她身前，他发狠地拽起男生的衣领，神色冷酷得惊人。

“季述！”在事态变得严重之前，嘉语忍着疼喊住了他。

嘉语的脚在这场意外里崴了。

天色将晚，校医为嘉语肿得高高的脚踝缠上了最后一圈绷带，随后把一旁的季述招来帮忙。坐在病床上的嘉语跟季述大眼瞪小眼了半天，她最后还是用手小心翼翼地环上了他的肩。

季述将她轻松背起来的同时，还不忘找补一句："下次别逞强。"

"还不是怕你打架。"在他背上的嘉语一脸幽怨，索性细数起了他的罪状，"成绩下滑得厉害，三天两头请假，要是再背个违纪处分……季述，你能不能让我这个班长省点心……"

听到这里，季述轻轻笑了一声。

嘉语侧头，正好看见了他笑容柔和的侧脸。她的脸一下子烧得通红，这才想起季述从前的风光，这样的人哪轮得到她来管束。

"谢谢你，林嘉语。"

黄昏的晚风里，她听到了季述的声音，平日的他冷淡疏离，这句话却温柔得像是错觉。

季述最后将嘉语背回了她在老小区租的房子。

这个点食堂早已关门，此时的两个人都还没吃上晚饭，站在小屋里的季述打量了一圈摞得高高的教辅书堆，又试探性地打开了开放式厨房里的冰箱，里面果然空空如也。

名副其实为了备考而租房。季述摸了摸鼻子，思索道："还是去我家吧。"

尽管就住在隔壁，嘉语也从未想过自己有一天会踏进季述的家。不过让她意外的是，这间屋子一扫从前的穷酸与霉味，如今已收拾得简单齐整。

在嘉语的印象里，季述身上从小就贴着"富家少爷"的标签，原来他也有踏实的烟火气的一面。

更重要的是，季述做得一手好菜。

简单的蛋炒面，做得有滋有味，嘉语配着可乐吃得正香，刚想抬头夸夸坐在对面的季述，余光却扫到门上悬挂的日历。

日历的格子被清晰地做好标注并填上颜色，许多显眼的格子都被写下一串眼熟的数字：7-11。

嘉语的脑海里浮现出了红绿色的便利店招牌，她一怔，随即反应了过来。

嘉语谨慎地问："季述，你平时老是请假，是因为……在校外做了兼职吗？"

4

有时候，连嘉语也难以想象季述这几年经历了什么。

光是那些捕风捉影的小道消息都让人心里发颤，家里短短几年从大富大贵到破产清算，父亲还债，母亲改嫁，他从香港的豪宅搬回老家出租屋，沦为小城里人们茶余饭后的谈资。

从前那个养尊处优的少爷，如今只能边念书边打工。

但季述的脸上仍然看不出落魄的痕迹，面对嘉语的提问，他只是平静地望着她："嗯，我缺钱。"

他的话语坦荡，好在回应他的是那个从小就单纯真诚的嘉语，她的眼睛里看不见居高临下的揶揄，只有不掺杂质的担心。

她问得认真："季述，有什么我可以帮你的吗？我很佩服你勤工俭学的毅力，但你的功课不能落下。可以让我课后辅导你吗？我……我近三次大考都是年级第一……"

嘉语努力证明自己的模样有点可爱，一下子让季述想起从前的他们，他远远看着她悠闲拆糖的时光。他羡慕她的简单纯真，幸好这么多年她都没有变。

季述再一次卸下了冷淡的假面，不露痕迹地抿了抿嘴唇。

紧接着，他干脆地答应了她："好，麻烦你辅导我学习。"

嘉语的眼睛亮了起来，又找补道："不过我才不是突发善心，而是在和你公平交易。"

她费劲地抬了抬自己缠着绷带的左脚，示意有好一段日子要麻烦他了。

季述心领神会地点头，在嘉语看不见的地方，他的笑意更深了。

心也跟着晃荡了几分。

也许是看在她用心辅导的分上吧。

但这些天的开小灶始终不见成效，她翻看着季述那一张张分数稳定得过分的试卷，渐渐琢磨出了不对劲。

看来季述确实对她有点不一样。

他居然拿辅导当借口，诓了她一道!

嘉语在一个周五的晚上拆穿了季述的把戏。深夜的便利店正值空闲，穿着红绿马甲的季述顺手舀了一碟鱼蛋，给在玻璃窗前整理错题的嘉语递了过去。

嘉语在热腾腾的香气里抬起头，认真严肃地要季述坐下。

桌上卷子的压轴题被轻松解决，季述瞥了一眼，正要扯一句“是我蒙的”，就听见了嘉语幽幽的声音。

“季述，你老实告诉我，这些题……你是不是都会？”

5

这天之后，足足有一周的时间，都是季述背着嘉语到校上课。

这如同青春电影的桥段在校园里一度成了热门话题，好在众人在了解了那天傍晚的前因后果后，也纷纷表示理解。

那帮挑事的篮球队成员后来被年级组长拎到两人的班上道了歉，班主任听闻嘉语的热心事迹后更是大为感动，他大手一挥，在班上组织起了学习互助小组。

季述也被调到了嘉语的后座。

广东的天气在十一月渐渐转凉，高三的第一轮复习也如火如荼地进行着。

又是一日午间，要好的小姐妹替嘉语从食堂带回了爱心便当，正要趁休息时间和她多聊聊天时，教室窗台却吹来了一阵风。

嘉语的座位临窗，午后的阳光透过树叶间隙落了进来，她一抬头，正好看见路过的季述搁在窗台的一杯热珍珠奶茶，是她常喝的甜度。

季述朝窗边的嘉语扬了扬下巴，又像阵风一样下了楼。

“嘉语，你有没有觉得……”小姐妹的目光还在追随着这位出了名的“冷面帅哥”，“季述对你有点不一样？”

有哪里不一样呢？嘉语看着窗外摇曳的树影。嘉语的预感没有错。

季述果然还是记忆里的那个季述，那个天赋过人、轻松闯进奥数省队的季述。

其实季述自己也清楚，高三的这些考卷他随手就能拿高分，他只是故意把答案写得七零八落，勉强将成绩维持在了吊车尾的水平。说是戏弄也好，伪装也罢，说到底，如今的他只是想把自己淹没进沉默的人群，不想成为众矢之的。

季述在一节英语早读课上走了神，又想起嘉语气鼓鼓望着自己的样子，哑然失笑。

他很想告诉嘉语，这场阴错阳差的补习不是诓骗，而是出于他的私心。

季述始终记得嘉语那双纯净明澈的眼睛，像落日里掠过湖面的飞鸟，坚定追逐着光亮。他从未在谁的身上看到过这种执着的信念感，还有那无时无刻不在为自己努力的样子。

他只是想找个契机靠近她，了解她而已。

可没想到嘉语当真被他伤到了心，足足与自己怄气了一整周，直到现在也没有缓解。

真是难办啊……季述想着想着，突然被眼尖的英语老师点了名。

季述一脸茫然地站起来，他连书都没翻开，更别提读课文了。英语老师脸色铁青，正当季述以为自己要被罚站时，前座的嘉语却叹了口气。

她赌气般在书页上重重圈了几笔，又将课本竖起，举到了一个他刚好能看清字的距离。

季述弯了弯嘴角，一边流畅地念出了她圈出的英文段落，一边暗自松了口气。

看来嘉语也还是那个嘉语，那个容易心软的嘉语。

坐下后的季述用笔轻轻戳了戳前座嘉语的后背，见她半天没有反应，便抛了一颗花生酥糖过去。

花生酥糖划出一道完美的抛物线落到了嘉语的桌面，这个牌子的酥糖虽然不及香港手作的好吃，但也足以窥得季述的诚意。

没必要和甜食过不去，嘉语想了想，还是忍不住将酥糖塞进了抽屉。

其实嘉语早就发现季述这人有两副面孔，对外冷淡疏离，极少时刻才会显露出他的温柔细心。

几年之后重逢，嘉语最开始也被他的冷漠唬住了，可相处久了才发现，这是他故意竖起的高墙，为的是不与任何人亲近，也不向任何人张扬。

但嘉语觉得，自己似乎是季述的例外。

不然为什么这段时间她越想远离他，他越是小动作不断呢？

不是抛糖就是递奶茶，动作明显得就连嘉语的小姐妹都察觉出了不对劲。初冬的一日，气温骤降，路过的小姐妹直勾勾地盯着窗台上放了很久的热奶茶，冷不丁问她："嘉语，你和季述闹别扭了吗？"

嘉语在寒风里果断摇头："我和他不熟。"

然而私底下，嘉语却在日记本里掰着手指进行着倒计时。一天，再一天，只要满一个月，她就原谅季述。

但这个"满月期限"很快就被打破了。

高三的第一次期末考如期举行，学校对这场考试很是重视，成绩刚一放榜，就宣布高三年级的家长会将在寒假前召开。

在人挤得满满当当的公告栏前，嘉语一眼就望见了她的名字，她是榜上稳稳的第一名。

嘉语一时恍然，不得不说这成绩也有之前给季述辅导的功劳，季述爱在高难度题目上多写几笔，她也被他带着在那些难题上费了好一番心思。

嘉语一心想着给家人报喜，但刚一抬头，就看见了在人潮里逆流而行的季述。

在这个寻常的周五放学日，他背着挎包慢慢地走着，背影在黄昏里被拉得长长的，平静中显出几分落寞。

他看上去丝毫不关心旁边的公告栏，更谈不上拿着成绩向谁汇报。直到这时，嘉语才后知后觉，季述的父母早就不管他了，没有人会来给他开家长会。

嘉语的心忽然钝钝地难受起来，在铺满落日的校园小道上，她提步追上了他。

6

高三的家长会是在一个雨天召开的。

尽管寒潮猛烈，许多家长还是风雨无阻地赶到了学校，其中就包括嘉语的父母。

教室的座位很快就被家长们坐满了，一想到女儿是年级第一，林父林母脸上是掩不住的喜悦。眼瞅着嘉语还在走廊上停留与张望，林母赶紧走了出去。

"在走廊上站着可别着凉了，回家等吧。"

林母给嘉语擦了擦雨点飘到她肩头的水迹，又从包里掏出一张百元大钞，边塞到她手里边补充道："回去路上多买点吃的。还有，叮嘱你的事别忘了。"

拿到了经费的嘉语美滋滋地点头，刚说完一声"谢谢"，就一溜烟跑了出去。

她揣着这张百元大钞，直奔母亲叮嘱的目的地——季述打工的那家 7-11 便利店。

风雨大作的夜晚，季述果然在这里。

这一天的季述心情很不对劲，眼下并不是他的值班时间，他只是不想在家长会当天回校，也不想回家面对空荡的出租屋，所以只能回到店里，望着玻璃窗外的大雨发呆。

他偶然抬头，却见霓虹灯下的雨幕中，出现了一个撑着伞向他跑来的身影。

"你怎么来了？"

嘉语买了满满当当一袋零食，径直坐到季述的旁边。她将零食一件件摆在桌面上，薯片、饼干、蛋糕、酥糖……

等摆得差不多了，她才一本正经地回答他："给你庆祝。"

季述一时失笑："年级第一要给我庆祝？"

“是啊，庆祝你的认真答题。”

期末考完评讲的那几天，嘉语曾看过季述的卷面，虽然还在故意吊车尾，但他这次挑了压轴题仔细做完了。难题都是全对，隐藏的实力不容小觑。

嘉语冲他眨了眨眼：“毕竟你只想在最重要的考试上尽全力，对吧？”

内心的乌云阴霾消散了几分，原来嘉语一直都懂他。便利店里人来人往，季述的心却静了下来。他看着旁边沉浸地吃着甜点的嘉语，觉得自己何其幸运遇见她。不料，嘉语也抬起头，直直撞上了他的眼睛。

季述心虚地移开了眼，又听到了嘉语郑重的声音。“季述，我今天是带着任务来找你的。”

“马上要放寒假了，我家人想请你来家里吃一顿饭，你愿意来吗？”

放寒假，也意味着要到春节了。季述一下子明白了嘉语家人的用意，他们不想让他孤单过年。

季述想起了他久未露面的父母，母亲自从改嫁后就没了音信，父亲还在香港还债，本就稀薄的亲情支离破碎。无论富裕或贫穷，他其实从没有感受到过嘉语家里那种温暖与亲切。

这也是他最初对嘉语好奇的原因，他靠近她，却也羡慕着她。

所以他无论如何都对嘉语说不出拒绝的话，就像当年的他第一次去嘉语家里做客，就忍不住把珍藏已久的手作酥糖递给了她一样。

望着她期待的眼睛，季述最终还是点了点头。

7

除夕这一天，季述如约拜访了嘉语家。

嘉语从小生活在一个传统温馨的家庭，父母开明和善，站在鹅黄色柔光的客厅里，墙上的全家福旁贴满了嘉语从小到大的涂鸦画。季述一幅幅看过去，觉出了几分恍然。原来一家人的幸福可以如此简单，美好得就像童话。

热气腾腾的傍晚，多年不见的叔叔阿姨亲切地招呼他吃饭，看到满满一桌丰盛的家常菜，季述也终于有了过年的感觉。

他已经很久没有“一家人”过年了。

在香港的那几年可谓兵荒马乱，季述想起自己决意回到小城的那天，衣着寒酸的父亲在轮渡口岸送他，临别时重重地拍了拍他的肩。大人的世界有许多难言之隐，季述都懂，所以他接过了父亲递来的荷包，学会了闭口不问何时再见。

可时间一晃，笑容温柔的嘉语妈妈坐在他的对面，递来了一封新年利是。望着这个瘦削隐忍的少年，她与那天他的父亲说了同样的一句话：“要照顾好自己。”

季述鼻子一酸，新年就要到了，他突然很想家。

在便利店打工期间，季述曾向嘉语谈及他的攒钱计划。他在小城过得拮据，就更能想象父亲在香港还债的日子会有多落魄，所以他暗暗攒下了一笔钱，为的就是以后能帮上父亲，能帮一点也好。

新年第一天，季述决定动身去香港，见父亲一面。

可坐在昏暗的出租屋里，他又开始犹疑，万一到了那边，父亲不肯见他呢？新年街头孤身游荡，会不会显得太可怜？种种顾虑划过心间，归根结底，他只是一个十七岁的少年，远没有那么强大。

就在这时，门铃响了。

嘉语在阳光里朝他笑：“我的开年旅行定好了，季述，要不要陪我去一趟香港？”

背着双肩包的嘉语与季述一起坐上了跨城巴士，又辗转到了轮渡口岸，终于在傍晚顺利抵港。

夜幕降临，霓虹光影充斥在高楼间，这座城市是如此流光溢彩。然而穿过玻璃大厦，破败的笼屋依旧鳞次栉比，原来钻石里也有疮痍。季述在大街小巷里沉默穿行了许久，终于找到了那家临街的茶餐厅。

明亮的落地窗里映出了一道熟悉的身影，穿着工作服的父亲在店里奔走着，他看上去苍老了很多，所幸疲惫的笑容里还能找回几分精气神。

季述深吸一口气，掀开了茶餐厅的门帘。

另一边，嘉语已经事先与季述约好，她会在维港的天星码头前等他回来。

维港夜景迷幻璀璨，嘉语吹着海风默默欣赏着，也等待着。直到约定的时间过了，季述还是没有出现。

午夜将近，季述姗姗来迟。

少年的身影在夜色里显得如此单薄，走得近了，嘉语立刻看出了不对劲，季述的脸色苍白得像丢了魂。

嘉语一怔："季述，你还好吗？"

听到她的声音，季述回过神来。

他们在海岸上并肩站了许久，季述才哑着嗓子缓缓开口。他絮絮说着父亲孤身在香港的艰辛，奔劳赚到的钱勉强维持开支，还债的年头漫长无边。又终于听闻母亲的音信，她在国外定居了，改嫁的是个英国人。

他摊开了手，掌心里躺着张写着一串号码的字条。

原来父亲以为季述此番到香港是为了投奔，他力所不及，只能递出季述母亲的电话。

然而季述甚至来不及告诉他，母亲自从分别后，就再也没有联系过自己。

"你看，他们都不要我了。"

季述勉强笑了笑，声音很轻，又有重重的无奈。

"嘉语，我该怎么办呢？"

午夜的海潮翻涌，无边的悲哀瞬间淹没了这个坚韧的少年。

嘉语第一次在他的脸上看出了茫然与脆弱，他吃尽了命运的苦，却在此刻彷徨得找不到出路。

下一秒，世界静了。

萧索的夜风里，嘉语踮起了脚，用手轻轻环住了季述的肩。

她给了他一个拥抱。

多么万幸，嘉语还在他的身旁，那个温暖明亮的嘉语，一定愿意为他保驾护航。多年来积攒的委屈在此刻倾泻，少年将头埋在少女柔软的肩头，悄悄红了眼眶。

许久之后，季述听到了嘉语的声音。

"冬天就快要过去了。"

"季述，我会陪着你，直到等来下一个春天。"

尾声

三月伊始，育英中学迎来了高三学子的百日誓师大会。

和煦的微风里，一身纯白衬衫裙的嘉语走上了升旗台，她将作为学生代表宣读誓词。

一抹暖阳下，台下人群中的季述抬起头，看向了落在光里的那抹身影。

此时的他正站在高三（1）班的队伍前列，举着班牌的身形分外挺拔，像一棵向阳而生的树。

嘉语举起话筒，她坚定的声音在操场响起，又带来无数掷地有声的回荡。

"昨日风雨，已然无悔——"

时间在此刻开始流转，流转到了最初的日子。

少年骑着自行车驶过小城，狼狈地提着行李住进了窄小的出租屋。他戴着冷漠的假面，一心要疏远所有人。不料某日黄昏，少女冲到了他的身前，替他挡下了一切嘲笑与流言。

"今日乘风，我将以青春的名义宣誓……"

香港一行后，她日日叩响他的房门，两人在一摞摞辅导册里度过了冬天。新学期的排名榜上，两人的名字第一次并肩，占据榜首的姿态尤其耀眼。

"不做懦弱的退缩，不做无益的彷徨——"

是什么时候决心改变的呢？具体是哪天哪刻，连季述自己也说不太清了。

可他却始终记得自己遇见嘉语时的心情，在他晦暗难挨的时光里，嘉语曾是落进他心里的飞鸟，是美好的蝉时雨，是照亮过他的太阳。

可嘉语告诉他，不是这样。

没有谁会一直是谁的救赎，她只是陪伴了他一个冬天。解救他的人，是他自己。

终于，他们等来了属于自己的春天，也将走向各自的坦途。

他们都是飞鸟。

自此往后，当飞过无尽的远山，追逐更加广阔的光明。

半熟小草莓

我已经见过我认为最漂亮的眼睛了，我不能再夸别人的眼睛好看了。

✻苏赳赳

1

开学这天徐荇来得很早，特地从后门进教室，想找个角落的位子坐。

她抱着一沓书跨进门，和角落的三个人对上视线。

两个男生一个女生，那个女生旁边的位子还空着。她很热情地上前帮徐荇拿书，并做了自我介绍。

等徐荇反应过来，自己已经坐在那个位子上了，像填补了打牌四缺一的空缺。

徐荇小心翼翼地瞟向对面的两个男生，想记住他们的脸。

左边那个乐呵呵的，叫何天宇。

右边那个面无表情的，叫奚于周。

徐荇反复念着这两个名字，发现念快了奚于周有些像稀粥。她被这个念头逗笑，下意识地看向他，却被对方的脸吓得瞬间拉平嘴角。

凶巴巴的。

“你们四个来得这么早呀？”班主任从后门走进

来，“那把后面的卫生打扫一下吧。”

四个人乖乖拿起扫把扫地。等班主任走远之后，何天宇把扫把当甩棍似的转圈，发出“呼呼”的声音：“早知道就不来这么早了。”

林蓉发问：“你来这么早图什么？”

“昨晚打游戏太晚，早上起来看错时间了。”何天宇惋惜，“不然我肯定压轴出场。”

林蓉不客气地用扫把打在何天宇的小腿上，没好气地让他去扫讲台。

这时班主任又折回来了：“我打算就在你们四个人里选个班长，你们觉得谁合适？”

“何天宇。”这是除了自我介绍，徐荇第一次听到奚于周开口说这么多话，“他勤劳能干，在深夜依然刻苦学习。”

打游戏打到半夜不喊一声累，这是勤劳；并且游戏等级不低，这表明他十分能干。

“哪个是何天宇？”

“讲台上那个。”奚于周侧身，方便班主任更清楚地看到何天宇，“他心智成……”

这时何天宇甩扫把打到了自己的肚子，发出“嗷”的一声惨叫。

“他心智天真，很容易和同学们打成一片。”奚于周总结发言，“何天宇很适合当班长。”

林蓉在旁边附和。

徐荇对两个人的合作，以及奚于周快速改口表示目瞪口呆。

他们三个人早就认识，徐荇身为后来者，没打算发表意见。

就在这个时候，奚于周凑近，用手挡着嘴巴，在她旁边小声地开口：“说句话。”

徐荇打了个激灵，差点对着班主任举手：“我……我也觉得。”

班主任走上讲台，拍了拍何天宇的肩膀。他挂着笑的脸变得茫然，看向这边的时候发现三个人居然都在低头扫地。

徐荇觉得要是哪天奚于周把何天宇卖了，他说不定还会帮人数钱。

她抬头看了看奚于周，对方面不改色心不跳的样子让她感叹，强者如斯。

她总算知道什么叫人不可貌相了。谁能想到冰块脸满嘴跑火车呀？

如果不是徐荇不敢，她肯定一下子跳到奚于周面前，伸出两根手指指控：“原来你是这种人。”

当下，徐荇与奚于周的视线对上，只敢伸手指了指他的背后：“那里还有张纸，你没扫干净。”

“好。”

徐荇顿时松了口气。

2

全校只有他们班是复读班，没有年级前缀。班级在一楼转角，被一棵巨大的榕树挡着。阳光偶尔透过榕树叶间的缝隙投在窗户上，带来几分暖意。

徐荇搓了搓有些僵硬的手，探头看向饮水处，看见林蓉三个人正在接水。

她刚把头缩回来，就看见有个女生停在窗户前，正往自己班内张望。

“同学，你好，请问奚于周在不在呀？”女生扬了扬手里的练习册，“我想找他问个问题。”

嗯，醉翁之意不在酒。

徐荇下意识地看向不远的饮水处，刚想说：“他在……”

她对上奚于周的视线，见他冲自己摆了摆手，忙改口：“他在办公室。”

为了防止女生在这里等太久，徐荇补充：“奚于周一时半会儿出不来，要不等他回来我和他说一声？”

徐荇一说谎就心虚，语速飞快。幸好女生没看出来，留了名字说了“谢谢”之后就离开了。

林蓉和何天宇早就注意到这边的动静，看见女生走了，迅速晃到窗口。

奚于周跟在后面。

林蓉拿着水杯开始发问：“同学，你好，请问奚于周在不在呀？”

没等徐荇说话，何天宇跺了跺脚，故作娇羞：“人家刚才在办公室，有什么事吗？”

徐荇被他们这出弄得脸直发烫。

奚于周看了徐荇一眼，把暖手宝塞进她手里，这才开口：“何天宇，下节课是数学课。”

何天宇没反应过来：“数学课怎么了？”

奚于周笑了一声，没说话。

数学老师喜欢抽人当场答题，没答出来的要罚抄定理五百遍。他们四个人除了奚于周，数学都不行，每回都靠他蒙混过关。

何天宇反应过来后顿时一把鼻涕一把泪地在窗台边表示自己下次再也不敢了。

徐荇不舍地捏了捏暖手宝，从课桌和墙壁的缝隙递给奚于周。

奚于周转身问：“你不要？”

“啊？”徐荇疑惑道，“你刚才不是让我帮你拿着吗？”

“给你的。”奚于周状似想了想，才说道，“报酬。”

徐荇在秋冬季就恨不得黏在座位上，一起身就感觉全身被风割过。

奚于周的脸还是挺受欢迎的。如果帮他一次就有暖手宝用，那以后多来几个女生，这个冬天岂不是……

“别想了。”

徐荇的思绪忽然被打断，抬头看向奚于周。

他有些好笑地说道：“就这一次。”

徐荇瞪大眼睛，有一丝被抓包的尴尬。她摸了摸鼻子，小声回道：“好吧。”

过了两个小时，暖手宝已经微凉。徐荇把它放在桌上，低头专心做题。

忽然，她的手被碰了碰。

微烫的触感，很熟悉。

徐荇不解地抬头，是奚于周把暖手宝递了过来，见她不接，他还往前伸了伸。

“嗯？”徐荇迟疑着接过。

奚于周不是说只有一次吗？怎么暖手宝又给自己了？

难道他的意思是，拜托她打发人只有一次，但是报酬有很多次？

奚于周看着徐荇的眼睛顿时亮起来的样子，不难猜到她的想法。

他扬起嘴角：“嗯，报酬。”

3

除了高三和复读班，别的学生元宵节都放了三天假。因为只有一天假期，他们四个都不打算在家睡懒觉，约着出去过元宵。

何天宇说有家餐厅可以自己做汤圆。徐荇到的时候他们正在准备材料，面板上都是糯米粉。

徐荇听奚于周的话间断倒入冷水和热水，看着他用力揉搓粉团，粉团渐渐变得光滑。

奚于周的动作忽然停了：“徐荇，帮我一下。”

餐厅开了暖气，大家都脱了羽绒服。奚于周穿着黑色毛衣，揉面之前挽到小臂处，现在衣袖已经滑落，还沾上了些糯米粉。

他戴着手套不方便，于是朝徐荇抬了抬手。

徐荇搓了搓手，才小心翼翼地帮奚于周往上挽毛衣袖子，但手指还是不可避免地触到他的手臂。

徐荇的手常年发冷，触到温热的皮肤后立刻缩回，然后抬眼看向奚于周。

奚于周看着她抱歉的眼神，从刚才瞬间的微凉触感上回神：“没事。喜欢吃芝麻吗？”

徐荇点头：“喜欢。”

他挖了半勺糖：“够了吗？”

徐荇愣了一下，再次点头。

奚于周看出她的迟疑，又挖了半勺放进芝麻馅里：“我喜欢甜一些。”

林蓉那边的肉馅也已经调好，四个人面对面坐着开始揉丸子，中间放着一个大锅，有四个格子。

何天宇感慨：“这个锅像火锅似的，火锅汤圆，听起来就有意思。”

“你说就说，能不能别把揉得奇奇怪怪的丸子丢进我面前的格子里？”林蓉微笑，决定等一下把那个汤圆塞进何天宇的嘴里。

徐荇听着他们的话低头笑了，把揉圆的丸子放进林蓉的锅里，被林蓉抱着蹭了蹭。

旁边吵吵闹闹，对面的奚于周认真地包着芝麻汤圆，每个馅都饱满到要溢出来，白白胖胖的汤圆在锅里打转。

他的手细长匀称，揉糯米粉的时候她就发现了。她看了半晌，才发觉不对劲。

他怎么都往她锅里放？难道他发现了她的动作慢？徐荇探身过去，小声道："我的够了。"

奚于周也学着她的样子，小声回复："五六个就够了？"

徐荇心想：你那汤圆一个顶俩。

她抿了抿嘴，难得抗议："我又不是猪。"

奚于周笑起来。

徐荇不知道他笑什么，把自己手上的汤圆揉了又揉。她觉得还不错，于是放在手心，问奚于周："这个你要不要？"

奚于周没说话，直接用手指头推了一下汤圆，白胖子一骨碌就掉进了他的锅里。

后来徐荇又揉出几个不太好看的汤圆，都被奚于周要走。

徐荇有些不好意思："我没揉好。"

"没关系。"

不都说元宵节要吃圆溜溜的汤圆才象征着圆满吗？她包的那几个汤圆都不达标。

那会儿奚于周已经捞出几个汤圆，里面就有她揉得不太好看的。

徐荇没好意思看，低头吃自己的份。

浓郁的芝麻香萦绕在鼻尖，咬一口，带着微甜的芝麻馅就顺着缺口流出。

奚于周透过升起的热气看到徐荇，忽然叫了她的名字："徐荇。"

"怎么了？"

"开心吗？"

徐荇弯起眼睛："开心。"

那会儿奚于周尚没意识到在这种情况下叫一个人的名字意味着什么。

他只是想，圆满了。

4

放假回来之后就是周测，学校把元宵晚会延迟至周测之后。复读班不参与节目，但可以去操场上观看。

班上有同学选择去凑热闹，并答应回来给自习的同学转播这有趣的节目。

何天宇就是凑热闹的带头人员。他站在最后，踩着板凳，还拿着一把瓜子，表示觉得这次的小品排得不错。

奚于周没太大感觉，看到徐荇笑他就跟着鼓鼓掌。

因为总是看徐荇，奚于周第一时间就注意到她跳下凳子离开。他本来以为她是去厕所，但是半天都没看到她回来。

他决定去找她。

因为正在举办晚会，大部分教室都关着灯，教学楼一片昏暗，因此奚于周差点没看到坐在楼梯上的徐荇。

女生缩在那儿，小小一团。

奚于周停住脚步。

徐荇把头埋进臂弯，听到声音后以为有人要过去，于是往旁边让了让。

但对方好像停在了原地。

在这种热闹的时候徐荇不想打扰别人，于是站起身，抹了抹脸打算离开，没想到校服袖子被人拉住了。

奚于周背后是微弱的光亮，他的轮廓隐在昏暗里，但徐荇仍看得清那双眼睛里的关心和无措。

徐荇的思绪短暂地跳跃——奚于周也会感到无措吗？

"你要不要吃西瓜？"奚于周递过去一盒西瓜，上面叉着几个塑料爱心叉子。

徐荇的眼睛突然就模糊了。她再次把头埋在膝盖上，奚于周听见了闷闷的抽泣声。

过了很久，徐荇用力地擦了擦眼睛，觉得奚于周大概已经走了。

她刚想抬头，却透过臂弯看到自己的影子旁边还有一个影子。

两个影子互相挨着，好像不管她难过多久，抬眼都能看见他。

徐荇的泪意再次上涌。

“奚于周，你懂不懂那种感觉？”

徐荇的声音发闷，奚于周怕听错她的话，稍稍凑近：“什么感觉？”

“就是那种你再怎么努力都明白自己做不到的感觉。”

都说世上无难事，只怕有心人。可是徐荇很清楚，有时候不管她怎么努力，有些事还是做不到。

哪怕在别人看来，那只是一道数学题，哪怕十八岁因为一道数学题哭泣这件事情说出来甚至有些好笑。

但解不开的数学题犹如一场暴雪砸向摇摇欲坠的枝丫，把徐荇冒着的嫩芽全部覆盖。

奚于周没说话，只是静静地等在旁边，直到徐荇抬头。她的鼻尖通红，此刻小声道谢。

奚于周叉着一块西瓜递过来：“吃西瓜吗？”

徐荇接过西瓜放进嘴里，又脆又甜。

“你的名字是什么由来呀？”

徐荇被奚于周突如其来的问题问得一怔，但仍乖乖回答：“是苏轼的诗句——莫听穿林打叶声，何妨吟啸且徐行。”

徐荇念完，忽然抬眼看向奚于周。她有和她的名字所出自的诗一样的力量，她会感到挫败，但不会停下脚步。

所以徐荇并不需要奚于周多说什么，她自己就拥有走下去的能力与勇气。

他好像真的可以明白她。

男生正捧着一盒甜滋滋的西瓜，注意到她的视线后露出笑容：“怎么了？”

徐荇觉得自己大概很难忘记这个场景。远处传来欢呼声和掌声，昏暗的楼道仿佛和那边热闹的世界割裂开。奚于周看着她，神情是那样认真。

不知怎的，徐荇低头避开了他的目光：“谢谢。”“那再来一块。”

“你哪儿来的西瓜？”

“在何天宇那里拿的。”

“啊？那他不是没得吃了？”

“嗯，所以你回去就说没见过这盒西瓜。”

奚于周看见徐荇呆呆地张嘴“啊”了一声，笑得眼睛都弯了起来。

5

大冬天坐在楼梯上是会生病的。徐荇得出这个结论，敲了敲昏昏沉沉的脑子，试图唤醒它未果后趴在了桌上。

这几天天气不错，可惜徐荇只感觉到皮肤被晒得暖和，手脚还是在发冷，身体还有些沉重。

上课铃声响了。

徐荇忽然想起自己还没吃药，于是起身从书包里掏出药，迷迷糊糊地倒进小杯子里，刚想喝就被人扯住了衣袖。

同桌林蓉这节课应该去其他班上课了呀……

徐荇疑惑地转头，看见是奚于周坐在自己旁边。她问：“怎么了？”

奚于周摸了摸杯子，水只是微温，不足以把药化开。

“水有些冷了。等会儿下课我去装热水，还有药吗？”

徐荇摇头，带着鼻音说：“没了。”

她看着奚于周把杯子拿走，觉得有些犯困，脑子根本转不过弯，也没想着他拿走药要干什么。

她下意识地往有阳光的那边靠近，把头搁在窗台边上，昏昏欲睡。

窗外的几声鸟鸣把徐荇惊醒，她睁开眼睛，发现老师没看这边才松了口气。

徐荇看向旁边，首先看见的是桌上写了一半的笔记本。

她眯了眯眼仔细看——哦，不是自己的。她慢半拍地想，那是谁的？

徐苻微微偏了偏脑袋，不舍得离开这块暖融融的区域。

她看向身侧，课桌上的书堆得很高，阳光打在上面又折射在课桌上，形成橘黄的倒影。

奚于周低垂着头，斑驳的光影打在他的侧脸上，显得他的鼻梁高挺。徐苻能看见他又长又密的睫毛，像小扇子似的，时不时扇动一下。

奚于周挺直背，却不看黑板。他手里拿着一个绿色的小杯子，正摇来摇去。

徐苻觉得自己脑子里有团乱糟糟的毛线，理不清了。但此刻她居然清晰地意识到，自己此时想的是：奚于周真的挺好看的。

奚于周摇一会儿就偏头看徐苻一眼。

徐苻无端觉得这像某种奖励机制，类似于自己做试卷累了之后，就会有一颗糖吃。

但脑子容不得她细想，只下意识地蹦出来一个念头：想什么乱七八糟的呢？

奚于周没注意到徐苻眯着眼看了自己一会儿，看她完全醒了，才把杯子递过去："可以喝了。"

徐苻为自己的想法感到羞愧，急忙接过杯子一口气把药喝完。

她想坐起身，脖子却因为维持刚才的姿势太久而有些发酸，没控制住"嘶"了一声。

奚于周又递过来一副手套："垫在脖子那儿。你的卷子我看了，老师讲的对你来说都很简单，有错误的我在旁边标注了。"

徐苻接过手套，觉得自己病好后一定要报答奚于周，他人可真好。

手套又软又暖和，徐苻感觉睡意再次袭来，可脑子里仍想着报答奚于周这件事情，于是嘟嘟囔囔了一句："奚于周，你对我真好，我肯定报答你……"

奚于周说什么来着？

徐苻没听清，闭眼睡过去了。

6

这个班比徐苻想象中的复读班温暖得多。她本来以为自己这一年可能连大家的名字都记不全，但临近尾声，每个人的笑脸都刻在了她的脑海里。

徐苻对林蓉说起这件事情，林蓉也跟着感叹，这个班的每个人都是很好的人。

徐苻跟着点头。

"不过——"林蓉的话锋忽然一转，冲着某个方向挤眉弄眼，"你脑海里印象最深的还是那个人吧？"

徐苻往那边一看，看见何天宇眉飞色舞地冲全班同学表示要改造空白班牌："我看我们就叫霹雳（一）班！怎么样？酷不酷？"

徐苻被吓得猛地站起身，舌头都开始打结了："我和何天宇没……没……"

"谁说何天宇了？"林蓉把徐苻拉到旁边，"我说他旁边那个。"

他旁边是奚于周。奚于周正负责收集大家的意见，在黑板上写"正"字，顺便在"霹雳（一）班"下面画了个大大的叉。

何天宇转头看到顿时龇牙咧嘴地抗议。

全班同学都被逗笑。

徐苻也跟着笑，忽然想到林蓉的话，她想反驳但说不出话，急得又站起身。

林蓉捏捏她的脸，夸了句可爱："我说奚于周啦，你有没有觉得，他对你很特别？"

徐苻写完练习卷，一只手撑着脸看窗外的榕树，另一只手握着暖宝宝。

从入秋到寒冬，每天她都有暖宝宝用，甚至因为冬天之后学校的水滚烫，奚于周还买了个毛茸茸的草莓针织套。

大概因为徐苻的各种小物品都有草莓元素。

她的思绪飞远，想到某天。

奚于周的理科成绩很好，物理老师尤其喜欢他，自己教累了就坐在一旁休息片刻，让他上讲台讲题。

大家在底下报题号，奚于周挑着讲了几道题。

徐苻只在奚于周第一次上台的时候开过口，那会儿她只觉得听同学讲题挺有意思。

但她错的题连她自己都知道有些简单，于是下意识地放低声音，只当凑个热闹。

果然，在一众声音中，她报的题号格外突兀。

是以，徐荇只报了一次就低下头去。

“那我们就来说一下第十题。”

徐荇没反应过来，在脑子里回想了一下，确定报这题的是自己后才抬头。

奚于周报了书上的页码，声音淡淡的：“这个题目要用到的公式在这一页。”

徐荇和奚于周短暂地对视上。

有两秒钟吗？大概没有。

但徐荇后知后觉地感受到心跳快了两拍，快到她自己都来不及捕捉。

奚于周对自己是特别的？有……吗？

7

春去秋来，四季更迭。一年时间转瞬即逝，谁也无法回头看。

其他班级毕业了约着唱歌聚餐，而他们班约着在凌晨爬山。

何天宇在前方挥舞着红色小旗给大家鼓劲：“加油，同志们！半山腰就有休息的地方了！”

徐荇看着眼前的阶梯默默地叹了口气。如果说世界上有讨厌爬山联盟，她肯定第一个加入并成为终身会员。

过了大约四十分钟，大家陆陆续续到达半山腰。这天来爬山的人不少，有人直接在一旁坐着休息，很是热闹。

半山腰有个小摊，其中有种糕点做得特别精致，上面还写着“金榜题名”四个字。

实在是吉利。

徐荇四个人蹲在摊前，看着何天宇和老板娘讲价：“我买三十个，姐姐，您便宜点？”

老板娘被他一口一个“姐姐”叫得直笑，转眼看到奚于周：“哎，你这男娃长得不错。和我说句吉利话，我就便宜点卖给你们好吧？”

徐荇听到这句话，把视线从隔壁的摊子移回来。她的脚步往左挪了两步，看着奚于周。

三个脑袋同时转过来看着自己，奚于周咳了一声，下意识地转向徐荇那边，求助：“怎么说？”

他在夸女生这方面真的毫无经验。

徐荇觉得此刻奚于周犹如一只被盯上的小羊羔，于是忍着笑说：“你就说她年轻好看，挑个细节努力夸夸就行。”

等徐荇几个人把糕点都分给同学之后，她才看见奚于周走回来。

那个老板娘不肯放他走，拉着他又说了半天的话。

徐荇走过去找奚于周，一眼就看见他的耳朵通红。

她刚想开口，就听见何天宇在和几个同学分享刚才买糕点发生的事：“你们猜奚于周夸什么？他夸那个老板娘眉毛浓，哈哈哈——”

奚于周别听，是恶评。

徐荇刚想说几句安慰他，就听他十分虚心地发问：“我这么夸不对吗？”

“倒也没错。”徐荇迟疑着道，“但你可以挑别的五官夸，比如眼睛？”

“可我不能撒谎。”

徐荇掰了块糕点放进嘴里，闻言抬头看他：“嗯？”

“我已经见过我认为最漂亮的眼睛了。”奚于周低头，认认真真地说，“我不能再夸别人的眼睛好看了。”

徐荇的脑海里顿时闪过无数瞬间，张了张嘴又不知说什么，一时间卡壳了。

幸好奚于周的问题还没有结束：“你刚才说夸女生要挑细节夸，对吗？”

这个问题徐荇会：“当然。”

“这个是绝对还是指大范围？”

“嗯？”

“我的意思是——”奚于周眼睛一眨不眨地看着徐荇，“你也喜欢？”

徐荇微愣：“对呀。”

然后她就看见奚于周若有所思地点了点头。

他的耳朵还红着。

徐荇觉得这时的奚于周给了自己一种错觉，一种用糖就可以把他骗走的错觉。

要不，她骗一下试试？

8

徐荇觉得骗奚于周这件事情需要从长计议。

但林蓉觉得徐荇多虑，按她的话说，这就是徐荇动动手指的事情。

“你就别那么担心啦。”林蓉戳了戳徐荇的脸，“没发现吗？奚于周在你面前真的不太聪明。”

徐荇回想了一下，发觉奚于周在她眼里的形象确实和当初相差甚远。

刚开始她还觉得奚于周是冰块脸，觉得他凶巴巴的。

徐荇并不想多虑，但仍需仔细谋划一番。可还没等她想好怎么做，奚于周就忽然约她出去。

奚于周穿着白色短袖和牛仔裤，个子很高。他起身给徐荇拉开椅子，然后把柠檬水推过去：“我点了草莓蛋糕，还有其他想吃的吗？”

徐荇看了一眼菜单，点的确实是她最喜欢吃的，于是摇头。

自从她心里有了那件事，面对奚于周就有些不太自然。她喝了口柠檬水，欲言又止：“你……”

“我……”

徐荇立刻接话：“你先说。”

奚于周拿出一个盒子，双手捧着递过来：“这是给你的。”

徐荇打开，发现里面放着各种各样的手串，材料有木珠和水晶的，款式有些眼熟，是那天爬山时看见的。

那时徐荇本来想买一串，但是听到老板娘让奚于周讲吉祥话，注意力顿时被转移。后来跟随大部队活动，她也就没来得及买。

“你又上山了？”

“嗯。”奚于周的语气还有些抱歉，“不知道你喜欢哪种，只能每样都买了几串。还有就是，不需要报答。”

徐荇睁大眼睛，奚于周又知道自己心里在想什么了？她刚才确实在想该怎么回报他。

“古话说，有来无往非礼也。”徐荇觉得自己需要这个答案，“为什么你对我好不需要我的回报？”

“看你开心我就开心，这就是回报。”奚于周掐着指尖逼自己和徐荇对视，发觉自己有些难以招架她的眼神。

幸好这时草莓蛋糕来了。看徐荇低头吃蛋糕，奚于周松了口气。

“奚于周，你经常给别人点草莓蛋糕吗？”

看似很简单的问句，却犹如一声惊雷在奚于周耳边炸开。

他直觉这句话带着更深的含义。

奚于周觉得这句话在自己脑海里转了一圈，身体才给出反应。他的心脏剧烈跳动，刚放松的手又紧紧攥起。

“没有。”奚于周想起夸人要从细节夸，于是紧急补充，“只给你点过。”

“那你以后会经常请我吃草莓蛋糕吗？”

“会。”奚于周点头道，“肯定。”

徐荇伸手过来，奚于周傻愣愣地和她握了手。

她笑了，卧蚕饱满，眼睛弯弯。

奚于周只觉得要沉溺在她的眼睛里了。

他忽然想到初见徐荇的时候，自己正和何天宇一起坐在座位上。

这时候忽然有个女孩子从后门探头进来，眼睛亮晶晶的，笑起来很好看。

但是奚于周渐渐发现，这个女孩子对何天宇和林蓉明显更好。

奚于周头一次对自己问了句：为什么那个笑起来很可爱的女孩子很少对自己笑？

后来那晚，在楼道内，奚于周蹲在地上仰头看她，看见她的眼里盛满了泪，像一晃就要掉落。

他又想，哪怕她永远不对自己笑，他也不想看见她躲在角落掉眼泪。

他清楚情绪因为一个人而变得复杂意味着什么。

此刻，他看着她漂亮的眼睛，想着：徐荇真的好可爱，他能不能给她买一辈子的草莓蛋糕？

流云说它很想你

✲吾 佟

1

叶一哲是我见过的最幼稚的男生。

不过是课间去趟卫生间的工夫，他就用我藏在书桌抽屉里的打版尺做成了一个简易弹弓，和班级里的男生们互弹粉笔头。我咬牙切齿地站在教室门口，气得额头青筋暴突。

“换同桌，”我看着自己宝贝的打版尺被叶一哲弯得不成样子，不禁怒火中烧，“这次必须换同桌！”

这是我与叶一哲同桌后第五十三次燃起这样的念头。

叶一哲是班中一霸。他长得好，性格淘，成绩妙，刚分班时，着实惹人注目。我与他同桌那一阵，女生们眼神中的羡慕满得能滴出来。然而随着时间的流逝，她们的眼神变成了同情。

叶一哲实在是太跳脱了。

他在跟我同桌的第一周，就拆了我的椅子横杠做剑柄，害得我在课堂上原地劈叉；一个月后，他又不知从哪里捡了只翅膀受伤的小鸟，养在自己的抽屉里，懵懂无知的我去他的抽屉中翻找之前借给他的笔记时，被小家伙一通乱啄不说，还摸了一手鸟粪。

他跳脱的一面太过抢眼，完全遮盖住了他俊秀的皮囊和唬人的成绩，结果就是虽然大家都喜欢他，却没人愿意与我换座。我只能欲哭无泪地一坐就是三个月。

“掩护我！”见我回来，叶一哲抄起弹弓，飞快地向我弹了颗“纸子弹”，便笑嘻嘻地蹿到了一个男生身后。我一猫腰，只见“子弹”在空中画出了完美的抛物线后，砸在身后人高高隆起、弹性良好的肚子上。

十分，正中靶心。

我身后身怀六甲的英语老师眼泪汪汪地摸着自己的宝贝肚皮：“谁干的，出来！”

2

知道了弹弓的原材料提供者是我、制造者是叶一哲以后，老师通情达理地表示我俩“罪不当诛”，只要我们不再犯。

然而第二节英语课上，叶一哲因为读错一个单词而被罚去操场跑了十圈，而我被提问了整整五次。作案工具打版尺弹弓也被没收了。

我就差咬穿衣角了。那是我横穿半个城市才买到的最柔韧、最精致的打版尺，断不能就这样被毁在叶一哲手里！

自打怀孕后，英语老师就狂爱织毛衣，正巧，前一阵我妈妈的朋友从国外寄回几团新西兰毛线球，为赎回心头肉打版尺，我只能“铤而走险”。

次日放学。

“最后再对几个答案！”嗡嗡乱响的教室里，物理老师抖着卷子镇守一屋跃跃欲逃的神兽。我盯着卷子，椅子旁帆布袋中的彩色毛线球们随我的心一起躁动不安起来。

“老师，”身旁的叶一哲忽然乖乖举手，“我想上厕所。”

“憋着！”物理老师头也不抬，“第五题选什么？用欧姆定律行不行？”

“老师，我有肠易激综合征。”叶一哲无辜道，“我怕再不去的话，后果会很……惨烈。”

“没错，老师，”他的某个兄弟心领神会，“我做证。”

叶一哲偷偷向他挤了挤眼睛。

“赶紧去！”

我疑惑地看着他像鹿一样敏捷地蹿出教室的背影：我怎么不知道他还有这个毛病？亏我还是他同桌呢。

然而我转念一想，就算叶一哲有什么隐疾，似乎也没必要通知同桌。我晃去莫名其妙的失落感，在自己卷子的第六题上打了个“×”，又瞄了眼叶一哲摊开的卷子，气鼓鼓地替他打了个锋利的“√”。

直到所有班级全部放学，我才拎着一帆布袋的彩色毛线球气喘吁吁地赶到英语办公室门口。谢天谢地，门还没关，我刚想敲，后衣领却被人猛地拉住。

我一个趔趄，直直地向后倒去，蝴蝶骨撞向一个阔而薄的胸膛，手中帆布袋里的毛线球掉在地上乱滚。

“嘶——”身后的人痛吸一口气，却没有躲开，而是条件反射地一手虚挡于我的肩前，一手灵活地捞住一颗弹起的毛线球。

我刚要回头，便被那人一把捂住了嘴。

3

“嘘——”那人长而垂顺的睫毛近在咫尺，竟是本应在蹲坑的叶一哲。

他的掌心粗糙，有着常年打球磨出的薄茧和干干爽爽的薄荷口香糖味道。我的耳畔嗡嗡作响，脸颊火烧火燎，根本听不到他在说些什么，只记得拼命摇头想挣脱他的手。

似乎也意识到自己行为不妥，叶一哲尴尬地松开手："你是来……"

我这才想起自己此番冒险是拜他所赐，不禁气不打一处来："交'赎金'。"

叶一哲了然："你这样不行。"

他本是眼角微垂的狗狗眼，此时一眯，反倒成了惑人的桃花眼。

我不自在地移开视线。

叶一哲指了指办公室："美美已经走了，只剩'魔王'在，被没收的东西如果被他发现，那就绝对要不回去了。"

美美是我们有孕在身的英语老师，"魔王"则是英语组主任，"没收的东西绝不应归还"原则之绝对拥护者。那怎么办呢？见我愁眉苦脸，叶一哲眨眨眼："等着看。"

他拉着我蹲在暗处，见"魔王"关上老式自锁门离开后，才回到英语办公室门口，稍微用了用力，门"咯吱"一下开了。

见我目瞪口呆，他得意扬扬地指了指锁舌上贴的透明胶带。

"所以你刚刚没去上厕所，而是来偷鸡摸狗了？"

他咳了咳，别过脸去："赶紧去拿，速战速决！"

捧着失而复得的打版尺，我忽然觉得连一丝不苟地抹去胶带痕迹的叶一哲看上去都顺眼了许多。"明天美美发现了怎么办？"我不放心道。

"你不说，我不说，她就发现不了。"叶一哲狡黠道，"这几个月，美美光是钥匙就落在咱们班好几次，她现在正处于特殊时期，记性差得很。"他嘟哝道，"不然早就找我家长了。"

一束黑发调皮地从他后脑勺翘了起来，我想悄悄帮他拨下，谁知刚伸出手，他便回了头。

空气中仿佛被人投下吉利丁片，瞬间凝成透明布丁冻。

半晌，他犹犹豫豫地握住了我的手，借力站了起来。

"其实，你，咳，你不用这么感动啦，"他别别扭扭地挠头道，"下次棒冰分我一半就行了。"

鬼才感动！

可不知为何，我的嘴忽然变得很笨，被他握过的手烫得不行，只能悄悄藏进袖子里。

4

晚上回到家，我才知道为什么手这么烫——拇指发炎，肿成了一个通红的棒槌。

做手绣的绣娘都会戴顶指，以防被针尖刺伤手。我迷上缝绣不久，仗着皮糙肉厚便裸指缝绣，是以手指伤痕累累，此时更是发了炎。

而成果……

我盯着眼前针脚歪斜的长方形物体，觉得若是自己不说，任谁都看不出这是个笔袋。

这让人怎么送得出去？我懊恼地将可怜的丑笔袋搭在了眼睛上。

即使我做足了心理准备，被人当面嫌弃并拒绝也并不好受。

"袁破！"体育馆内，高二（13）班的某个学长幸灾乐祸地喊道，"别打球了，快来，有小学妹找！"

球场内一阵嘘声，一双黑白蓝相间的运动鞋跑过来："你是？"

"有一次在食堂，一个女生的餐盘打翻了，弄脏了学长的笔袋。"我的舌头都打结了，"我今天来给学长赔个新的……"

"没事，不用，我有更好看的了。"袁破点点头，场内有人跑来催他回去，袁破冲那人摆摆手，"还有别的事吗？"他微微垂头问我。

还没递出去的礼品袋像坠在滑轮下的重物一样坠在手里，周围人打趣的目光让我如芒刺在背。

"同桌，你来啦！"忽然场内有人叫我，身影越来越近，是叶一哲乱抓后标志性的狂野短发。他怎么在这儿？他什么时候和高二的人混得这么熟了？

叶一哲一靠近就自来熟地接过了我手中的礼品袋。"同桌真好，"他看了一眼，笑嘻嘻道，"我就知道你会给我带棒冰的。"

若不是周围群众着实太多，我简直想掀起他的刘海看看他的头有没有被篮球猛击过的痕迹。礼品袋中只有那个丑到爆炸的手工笔袋，他看到的难道是异次元棒冰吗?

旁边男生起哄，作势要抢，叶一哲嘻嘻哈哈地将礼品袋捂在胸口，一边喊着“不给，不给，我要自己享受”，一边鹿似的蹿远了。

此时正值午后三点，似火的骄阳挥舞着魔法棒，似要将所有胆敢从建筑物中露头的人类变成哈巴狗。最火的校园明星莫过于从学校围墙铁栏杆的缝隙中卖冰棍的大叔，他装冰棍的泡沫箱仿佛一块巨大的磁石，将穿着校服的小铁屑们从操场的四面八方吸引过去。

我赶到时，正好看到叶一哲一手高举着礼品袋，一手高举一个荔枝棒冰，从人群中挤出来。

“你要吗?”见我来，他顺手将棒冰掰成了两半。

我闷声不响地伸出手，叶一哲撇撇嘴，顺从地将礼品袋交到我手里。

我拿过礼品袋，将两枚硬币放到他的掌心。

5

“棒冰算我请你的。”我瓮声瓮气道。

我从未和叶一哲约定过在他打球时给他送棒冰，我甚至不知道他都和哪些人玩得好。他刚刚的嬉皮笑脸，分明是在众目睽睽之下拼命帮我找台阶下。我心里通透，可若要对着他讲出“谢谢”，我是决计说不出口的。

叶一哲从善如流地将硬币握在掌心，大摇大摆地向操场旁大树下的秋千走去。

一片云彩溜溜达达，暂时遮住了烈日，迎着微风荡起秋千，让人惬意得眯眼。叶一哲啃着棒冰，余光瞥见我捧着礼品袋发呆，不由得出声提醒：“那个小煤条儿再怎么盯也不会变好看，你不如先珍惜一下你的棒冰，再不吃它就要化了。”

我果然跳脚了：“谁让你看的!”

叶一哲吹着口哨望天，一、二、三，我的魔爪却没伸过去，他悄悄斜眸看来，发现我垂着头，似霜打的茄子般丧气极了。

“喂，你没事吧?”

“……真有那么丑吗?”风里传来我有气无力的呓语。

叶一哲咬下一大块荔枝棒冰，凉气让他的话含含糊糊：“一般一般，世界第三。”

我想起自己的收藏夹里还放着的五六个“手残都能绝不翻车的零基础笔袋教程”，一阵委屈如潮水般涌上，我忽然很想问问他，怎么做到无论多难的事都能一学就会?为什么我好不容易找到了兴趣所在，用尽全力却依然翻车到底?

我侧过头，看见叶一哲的侧脸，他正聚精会神地咬着棒冰。他微蹙着眉，连张大嘴咬冰棒的样子都毫不狰狞，反而有种不羁的野性。算了，他这样的天选之子，根本无法理解普罗大众之苦。

“其实你那个笔袋也没丑到无药可救，”天选之子忽然说，“不过是走线歪了点、纽扣松了点、裁布偏了点。”

这还不够无药可救?我简直要被他安慰哭了：“你说得对，我这就去扔了。”

“别急，我还没说完，”叶一哲说，“其实仔细看，你的布料选得结实耐磨，扣子上的锁链设计也挺酷炫的，再多练一练，也能送得出去。”他咽下最后一口甜水，“正好我的笔袋昨天被牛奶泡了，想买个新的，要不你这个，咳，先借我用用?我可以给你提供一些使用感受，这样你下次做就能入人家法眼了。”

我一怔，他已下了秋千，拍拍裤子来到我面前。

“有偿的。”他微微弯腰，向我伸出一只手掌，掌心赫然躺着两枚已被体温暖得温热的硬币，“机不可失，来不来?”

遮住烈日的云彩倏然散开，他的身影与那两枚硬币霎时光芒万丈。

待我回过神，融化的棒冰已顺着手淌下荔枝味的甜水。

“别吃了，”他顺手夺下，“今天的棒冰不好吃，糖精勾兑的，发苦。”他说着，将棒冰壳子扔进垃圾桶。

6

打那之后，叶一哲多了一个丑丑的笔袋，而我则多了一堆乱七八糟的“订单”——叶一哲美其名曰：练习机会。“在你重启‘笔袋计划’之前，必须大量练习。”他振振有词，“俗话说：一鼓作气，再而衰，三而竭。你的脸皮薄成这样，若第二次又失败，铁定就没勇气再送第三次了。所以，在做第二个笔袋之前，必须保证万无一失。”

我被他认真的样子镇住了，迷了心窍般点了点头。

于是，这之后的几个月，我都生活在名为“自发跳入叶一哲挖好的坑”的懊恼中。

比如有一次，叶一哲在课间操时偷偷跳了墙，当他全身挂满给班级同学代购的煎饼，像个移动小吃摊般横着走进教室时，我无可奈何地被蜂拥而至的饿狼们挤到边角，忽然被空投过来的一团布当头一击。

被围得水泄不通的过道那头传来叶一哲的喊声：“同桌！我校服袖子蹭破了，帮我缝一下！”

这头神兽也不知在哪里野的，袖子破了一个大洞。我费尽心力，花了一晚上才勉强打了个补丁，布料和颜色都不太对得上，他却毫不挑剔，穿得喜气洋洋，逢人便问：“帅不帅？我同桌帮我补的。”好像这是什么时尚似的。

有着叶一哲这个招摇过市的活广告，一阵袖子打补丁的乞丐服风潮悄然兴起。

叶一哲的订单业务并非仅限于此。一次课间，我正为朋友设计送她的生日礼物样式，打球输了的叶一哲蔫头蔫脑地踱入教室。

他一回座位便一语不发地伏案奋笔疾书，我担心他被打击过头精神错乱，于是悄悄探头看去，谁知他却小气地将字迹挡得密不透风。

下课时我终于忍不住了，刚要乱找话题，就见他抬起皱成包子的俊脸：“同桌，你能不能帮我把这句话绣在球衣上？”

他那样可怜巴巴，让我鬼使神差地点了头。

他的眼睛蓦地亮了，拿开了盖住字条的手：“就绣这句，绣大一点，醒目一点！”

我定睛一看：敌人见朕叫爸爸。

太没品了！我眼前发黑，刚要拒绝，只见他飞快地从丑笔袋的夹层中掏出什么，捧到了我面前。

“别拒绝嘛，”他讨好道，“这个送你，收下就算答应了。”

那竟是一枚光芒璀璨的金戒指。

7

“所以他为了讨好你，竟要向你求婚？”

“你在想什么！”我一记暴捶，“那是个误会，我业务不熟，经常扎到手，不知怎的被他发现了。他以前见过他妈妈缝袜子时戴顶指，错把戒指认成了顶指，这才闹出了乌龙。”

“但这都不是重点，重点是他竟然偷拿了他妈妈的金戒指送你，只为了让你不再扎到手指，”从邻校来找我玩的好友菁云托着下巴道，“啧啧啧。”

“重点明明是他每天压榨我好吗？”我咬着吸管说。

“这还算压榨吗？他把饭卡都给你了，你帮他缝补一次，他包你一周午餐耶！”菁云舀了一勺我的巧克力奶冰，“俗话说，天下没有白得的午餐，况且你们食堂这么好吃。”

这倒是。吸着奶冰，我一时无法反驳。

“况且你的缝绣技巧真的进步超多，我看的确有你同桌的功劳。”菁云认真道，“你送我的这个魔法书钥匙扣，又精致又好看，即使卖一百块我也愿意买，比你最初替我做的那个道歉笔袋好看多了。”

有吗？

魔法书钥匙扣静静地摆在一旁，它合上是一个袖珍串珠本子，打开后每页网格布上都绣着白鹭，几页联动翻看，白鹭振翅欲飞。的确绣脚整齐，又创意十足。

“要我说，”菁云嘘嘘哈哈地咽下冰，“你同桌看着大大咧咧，实则心细如发，他知道你心气高，便绞尽脑汁地给你创造机会，还不让你发现。把握好他吧，这样的好男生不多了。”

叶一哲真的有这么好？

晚自习时班主任不在，叶一哲趴在桌上补眠，我盯着他的丑笔袋发呆。

我从他的丑笔袋，看到他校服袖子的破补丁，又看到他搭在椅子靠背上的球服和他书包上挂着的残次品版魔法书钥匙扣。不知从何时起，我的针脚在他的地盘上漫山遍野地落脚，从青涩歪斜，到整齐秀密，如今，我已经可以飞快地做成一个古色古香的荷包，绣上一尾跃出浅塘的锦鲤了。

而自始至终，无论是稚嫩拙劣还是熟练精巧，叶一哲始终乐呵呵地全然接受着，珍惜地使用着，认真地夸奖着，可我从来都只把绣坏的、练手的留给他，那些得意的作品，都交予了其他求我帮忙的同学朋友。

一股难以名状的愧疚与难过忽然涌上心头。

就在这时，教室内忽然停电了。

一阵吵闹过后，前桌燃起了不知从哪里搞来的蜡烛。昏黄的朦胧坠在叶一哲长长的睫羽上，越过他挺拔的鼻梁，为他饱满的唇覆上薄纱。

原来，他的面容在睡着时是有些清冷距离感的。

我这才发现，自己竟从未以这样的目光、带着这样的心情认真看过眼前这个与自己朝夕相对的男生。

我一直对他颇有微词，嫌他不够沉稳，嫌他粗枝大叶，嫌他玩闹过头总是连累到我。

可事实真的如此吗?

这个会在连累了我之后想方设法偷偷弥补的男孩，这个会在我当众出丑时不动声色地为我解围的男孩，真的如我所以为的那样幼稚讨厌吗?

咚，咚，我清晰地听到胸膛中有什么声音愈发震耳欲聋。

就像那日，我们不约而同地溜去办公室偷偷取回打版尺，因误解了对方的意思而握住彼此的手之时。

咚，咚。

就像那日午后，骄阳下秋千旁，他在我面前微微垂头，眼神真挚，露出躺在掌心的两枚浸泡在阳光中的硬币之时。

那些我让自己刻意忽略的细节，忽然挣脱束缚，在烛光中，在我愈发震耳欲聋的心跳声中蹁跹起舞。

我隐约觉得，自己似乎懂了什么，又似乎什么都不懂了。

8

次日放学前，前桌给我传字条：放学后去吃麻辣串？我妈不在家，嘻嘻嘻。

我不去了。我写道：我晚上有事。

“你有什么事呀？”叶一哲把头凑过来看，“你不是超喜欢吃麻辣串吗？我还从没见你拒绝过她。”“……你能不能别凑那么近？”他毛毛躁躁的头发碰到我的脸颊，我强作镇静地躲了躲，然后才反应过来，“你又偷看我的字条！”

叶一哲吐了吐舌头，我将抽屉里粘贴样布的笔记本放入书包，他若有所思地摸了摸下巴。

我今晚的确有事。我要去北斋市集一趟，那儿有着本市最大的花鸟鱼市场，也有着布料最全、最好看的铺子。

许久不来，市集依旧人声鼎沸，卖糖人的手艺人和卖龙须酥的大叔隔着街对喊，赌谁能先凑齐六十六个客人。

“肯定是糖人铺子获胜，”叶一哲在我耳边小声下注，“看旁边那个领着两个孩子的妈妈，她那两个女儿的眼睛都快黏在小猪佩奇糖人上了。”

“叶一哲，”我终于忍无可忍，“你到底还要与我‘顺路’多久？”

自放学铃响，他就寸步不离地跟在我身后，连公交车都照上不误。

“我顺路嘛。”他状若无辜。

真当我不知道他家住南面吗?

“可能还要顺好久。”他可怜兮兮地苦恼道，“好香，不然我们先吃个麻辣串？”

他举了举手中的纸杯，我目瞪口呆。

“就在你选布料时买的。”叶一哲心领神会地挑了一竹签魔芋丝递给我。

麻辣串一吃就上头，很快一杯下肚，我俩摸着肚子面面相觑。

叶一哲用拇指指了指街对面的麻辣串铺子，我点了点头，于是两个人双双狂奔过了街。

暖光下，辣油淋漓的麻辣串被染上使人食指大动的美味滤镜。忙碌一天的人们拥挤在塑料小凳子上埋头苦吃，四溢的香气是鼎沸而幸福的市井烟火。

叶一哲不常吃辣，吐着舌头咝咝哈哈，我用牙齿起开一瓶“大白梨”递给他，他崇拜的样子有点呆，刘海儿、鼻尖和眼神都湿漉漉的。

“没想到你审美不行，起瓶盖倒是专业。”

“有你这么夸人的吗？”我一口咬下整只虾饼，“再说，我审美哪里不好了？”

他指了指我的背包，里面有我新挑好的两款布料：“丑死了。”

哪里丑？那明明是两块绣着云纹，耐磨耐用还闪着暗光的美丽布料！亏我买它们还是为了……我恨铁不成钢地嚼着虾饼，差点咬碎牙齿。

“你是要做笔袋吧？”他低头拨弄盘中的鱼豆腐。

我呛咳起来，憋红着脸顺手抄起大白梨狂饮压惊。

“我看见你买拉锁和装饰扣了。”他帮我拍了拍背，“所以很容易猜出来。不过我会保密的，放心吧。”

嗓子深处的辣意被勉强压制，我泪眼模糊，这才觉得有些别扭，简直不敢看他的眼睛：这算不算是公开处刑？

“既然，咳，既然你都知道了。”我装模作样道，“那你觉得，嗯，那两匹布料你喜欢吗？”我越说越像蚊子叫，实在太不争气。

“……嗯，”他含糊道，低头囫囵吞了一口粉，“是男生都会喜欢的，放心吧。”

我懵懂地眨眨眼，没太听懂他的话。

他说“是男生都会喜欢的”，已知他是男生，所以由理可证他也喜欢？

然而还未等我想明白，叶一哲已经吸完所有的粉，举手喊老板买单了。

9

这次开工，我可谓谨慎至极，光是查找视频教程，就花了整整一周。

待到设计花样款式，我更是差点秃头，仅是作废的草图就画了二三十幅。前桌忍不住提醒我：黑眼圈快垂到脚后跟了。

“我没事。”我强撑着眼皮说。

“你睡吧。”叶一哲抿唇道，“反正是自习课，一会儿老班若是来了，我提醒你。”

自从北斋市集回来后，他仿佛转了性，不再逗我不说，课余也不爱去找高二的学长们打球了。

我抵不住困意，浅浅睡了会儿。醒来后，我发现背上盖着一件宽大的校服，袖子上还打着粗糙的补丁。

我四处看了看，叶一哲不在，只有前桌笑意促狭。我目不斜视地又趴了回去，欲盖弥彰地将烧红的耳垂悄悄藏在臂弯里。

第二十三天时，我的巅峰之作终于得见天日。

夜灯下，我小心翼翼地缝上了最后一枚装饰扣。这只暗蓝灰色的笔袋针脚细密，对线工整，每一处暗兜与装饰都是我权衡许久才敲定的，没一处无用，没一处不精巧。普天之下，再也找不出第二个。

就是不知道，他……会不会喜欢。

我躺在床上，想起了叶一哲那个用了许久的丑笔袋——我的第一个作品。

次日，我早早来到学校，将装着笔袋的礼品袋悄悄塞入叶一哲的抽屉，然后如坐针毡地等待他出现。

直到早自习铃响，他才施施然迈入教室。我做作地端起书，实则耳朵和心都高高吊在同桌的一举一动上。

只见叶一哲一脸没睡醒的样子，打开抽屉摸书，忽然，他定住了。

看着他缓缓抽出礼品袋的手，我的心跳飙升到二百。

他眯起眼睛端详着袋子，然后又往里面看了看，透过包装纸，用手掌感受着物体的轮廓。半晌，他仿佛终于确认好了，一边挑眉看着我，一边用大拇指指了指自己。

我咽了咽口水，故作镇静地点了点头。

他比了个“OK”的手势，然后若无其事地将袋子放回抽屉，拿出书认真读了起来。

就这样?

我有些蒙。想象中的欣喜若狂并未出现，他甚至懒得拆开，就平平淡淡地放了回去。

熬夜大半个月的后遗症发作了，无名的委屈攻占鼻子，我别过头，吸了很大一口气。

难过一直持续到第一节课下课。我兴致缺缺地趴下想睡，忽然听到一个同学气喘吁吁道："班长，不好了！叶一哲好像和高二的学生打起来了。"

10

高二(13)班的门口围满了人，炽热的战局中央，两个身高相仿的男生针锋相对，正是叶一哲和袁破学长。

"收个礼物有这么难吗？"远远地就听见叶一哲在吼，"好歹是别人的一番心意，用得着拒绝得这么干脆？""一哲，我已经说了很多遍，我不喜欢收陌生人的东西。"是袁破学长无可奈何的语气，"况且我不认识你说的那个女生。"

我用力扒开人群，就看见叶一哲红着眼拎着我塞进他抽屉的礼品袋。

两眼一黑，我想，要不干脆昏过去算了！

"叶一哲！"豁出去了！我鼓起这辈子最大的勇气闭上眼，"你个傻瓜！那是我送给你的生日礼物！"

刹那，鸦雀无声。

两秒后，尖叫声与起哄声震耳欲聋。

在围观群众看热闹不嫌事大的疯狂掌声与口哨声中，我将叶一哲一路拽回教室坐下。他还蒙蒙的，像只被肉骨头砸得晕头转向的小狗。

我暴躁地拆开精心折好的包装袋，将崭新的笔袋拿出，又把他的丑笔袋掏空。

"这是有笔帽的，装在里面，"我边演示着边说，"这是被你弄丢盖子的，别在外面，我在这儿设计了透明隔板，不会弄脏布料。自动铅，放在这里，旁边放铅芯和橡皮。改正带别在这儿，直尺夹在中间……"

我为他的所有文具搬了新家。"记住了吗？"末了，我凶凶地问。

"这是送给我的吗？"他还是一脸状况外的茫然。

"喂？请问我是被叶一哲大白痴屏蔽了吗？"我又气又笑，"我刚刚是给小狗上了一堂课？"

"可是，可是我没托你做。"他忧心忡忡道，"而且……我饭卡快没钱了，下次班级集体充钱要一周之后呢。"

我被他的担忧弄得哭笑不得。"这是我送给你的。"我耐心道，"你还知道什么叫作送吗？"

"所以是你主动为我做的，专门送给我，对吗?不是想让我替你转交给袁破学长，对吗？"

他的眼神那样渴望，渴望到甚至有些脆弱，让我心头的羞意变味成了酸涩。

"是给你的。"我小声道，"图纸是按你的习惯量身设计的，布料是你说过'是男生都会喜欢'的，它从诞生起，每一个部分都写着你的名字。"

你喜欢吗？我好想问。

可叶一哲已经用行动表明了他的心情。

——他先是手足无措地摸着笔袋，然后猛地捏了一下我的脸。

好了，现在我们班级也沸腾得快要掀破房盖了。

尾声

"哎，同桌，话说你最初为什么要送袁破学长笔袋啊？要不是因为这个，我也不会差点将'流云'拱手送人了。"

"这个啊，说来话长。你还记得那个总来找我的初中好朋友菁云吗？有一次我带她去食堂，她弄洒了餐盘，汤汁弄脏了袁破学长的笔袋。袁破学长没在意，她却过意不去，正巧那阵我打算学缝绣，她便托我帮她做个新的，以作抵赔……等一下，你偷笑什么？"

"咯咯，哪有。话说，同桌，你把'煤条儿'还我好不好？"

"……你不都有'流云'了，还要那个丑笔袋做什么？"

"没什么，只是'流云'和我说，它想'煤条'啦。"

我从那时决定喜欢你

少年白衬衫的衣角，充满着薄荷味道，连同向我吹来的风都是清冽的香气。

梨与天鹅绒

未兀

1

班级队伍快要进入礼堂时，恩梨清晰地听见口袋里传来手机振动的嗡鸣。她借助四周同学的遮掩，小心点亮屏幕，季蔓的消息接连弹了出来，最新一条显示的是："江湖救急！速来接应我！"

她叹了口气，迅速跟班长请假，带着收发室的钥匙赶了过去。

恰逢校外领导莅临交流工作，为了维持纪律，教导主任加大了巡查力度。

季蔓要是迟到被抓，少不了要受到处分。

学校正门已经关闭，避免处分的唯一方法，便是从收发室的后门进入，这点只有在收发室勤工俭学的恩梨办得到。

她一路小心躲避着巡查部的同学，好不容易接到季蔓，再一扭头，一个高大的身影就出现在收发室门口。

来人穿一身晃眼的蓝白色校服，稍一低头，露出清俊的眉眼，看上去有些眼熟。他用长指轻点手中的笔记本，戏谑道："顶风作案，胆子不小啊。哪个班的，还不快把名字报上来？"

恩梨心道这是遇上了巡查部的人，眼睛一闭，就要视死如归地报出自己的班级和姓名。

一旁的季蔓似喜似嗔地上前拍了他一掌："路砚！差点被你骗过去！"

"今天赶着回礼堂，下次再跟你算账。"季蔓单手反拎书包搭在肩上，和路砚聊了几句，接着转头朝恩梨招招手，"走吧，恩梨。"

恩梨小跑着跟上去，即将过门口时，忽然被路砚拍了拍肩膀。

"高一（5）班，陈恩梨。"恩梨下意识地立定喊道。

他被她的反应一惊，再反应过来时，那点笑意已经在眼底漾起，他提醒道："你后门的钥匙忘记收回了。"

恩梨的脸一下子涨红了，她回到后门拔下钥匙，像是被洪水猛兽追赶般，飞快跑走了。

之后发生的事还算幸运，因为负责发言的领导临时有事，演讲推迟了。恩梨和季蔓来到礼堂，顺利进入班级的队伍里。

"今天早上还要多谢你。"同桌季蔓小声跟她道谢。

"没关系。"恩梨腼腆一笑，"我妈要我跟你说，你定制的舞蹈鞋今天就能取走了。"

"我最近太忙没有时间，多放几天也没关系。或者你下午帮我带来学校吧，我会支付你跑腿费的。"

恩梨摆摆手要推辞："我可以帮你带来，跑腿费就不用了。"

她还想继续推辞，季蔓已经皱起眉："让你收下你就收下。"

恩梨最怕惹季蔓不高兴，闻言只好点头。她盯着台上挂着的横幅，上面的庆祝语时而旋转时而悬浮，就是记不进大脑，她懊恼自己的"不识抬举"。

毕竟季蔓愿意看在同学的情分上在她家买鞋，她感激都来不及。

2

恩梨是单亲家庭的孩子，跟随身为制鞋匠的母亲生活。她能进入市里最好的高中，除了自身成绩优秀，还离不开母亲的努力。

这所高中附近的租房费用高昂，让这个普通的家庭负担沉重，每当恩梨提出想回到普通中学念书时，母亲起早贪黑制鞋的身影就会出现在脑海。

搬来这里的第一天，母亲告诉恩梨："我付出这么多，全都是为了你，你千万不要让我失望。"

简短的一句话，无数个午夜梦回，在恩梨的耳边挥之不去。

遇到季蔓是她的幸运，虽然季蔓总被人诟病大小姐脾气，但季蔓出手阔绰，心地善良，明明不缺做工精致的舞蹈鞋，还是经常照顾她家的生意。

即使被戏称为跟班，恩梨也从来不生气。

有校外领导莅临交流，学生们这天的日程变得很简单，上午开完大会后，整个下午都是自习课。季蔓照例去舞蹈室练舞，恩梨从家中归来，提着鞋盒和保温桶去了舞蹈室。

因为离家近，恩梨的三餐都是回家吃，妈妈坚信营养餐的重要性，在得知她要为季蔓带舞鞋，又让她吃完午饭后带上一桶甜汤到学校。

还在午休时间，整个艺术楼静悄悄的，她推开舞蹈室的门，里面一个人也没有。

她走到季蔓的专属储物柜旁，刚把鞋盒放进去，伴随着厚重窗帘拉开的声音，有人从飘窗旁走出来："怎么是你？"

来人是路砚。恩梨怕被误会是盗窃，连忙举起鞋盒以证清白："我是来送东西的。"

"季蔓不在。"他像是刚睡醒的样子，眼神略显困顿。

等视线在她身上打量一番后，他那双眼睛慢慢有了神采："你带的是汤吗？"

他自来熟地伸手，想接过去看。恩梨把手臂往回一缩，戒备道："这是要送给蔓蔓的。"

"她被家人接走了，要明天才回来。"被恩梨拒绝，他也不恼，而是就着一旁换鞋的矮凳坐下，意有所指道，"好歹相识一场，何必这么警戒？"

正是他这一番提醒，恩梨明白自己对他的眼熟并非错觉，他们确实见过的，虽然当时她有些狼狈。

那时的恩梨刚搬来这里不久，某次搭乘公交车去卖场购置家具，下车时被同行的大叔以借手机打电话为由，抢走了手机。

她抱有善心，怜悯对方斑白的头发与朴素的穿着，对方却没有怜悯她。这部手机是母亲送她的升学奖励，她目睹母亲为此加班加点了数月。

大叔转眼消失在路况复杂的小巷，追赶不上的她想借路人的手机报警，不了解前因后果的路人见她情绪激动，纷纷避让。

她急得眼泪在眼眶打转，一旁的路砚上前递给她一张画纸，炭笔精准描画出大叔的五官，他指了指自己搭在路旁的画架："我在站点写生，碰见这一幕，所以画下了他。刚刚我已经报警了，你等警察到来，仔细描述事件经过就好。我还有事，就先离开了。"

恩梨急忙鞠躬道谢，看着他搬起画架欲走，开口道："您愿意再等等吗？等追回损失，我想补偿您。"

怕对方拒绝，她急忙举起画纸："我是说，支付画稿费！"

她焦急又诚恳的模样逗笑了他，他停下脚步，推了一下鼻梁上的黑框眼镜，稍加思索道："也许我们会在这个站点再见面。"

他说罢朝前走去，恩梨挥挥手，道了一声"好"。

只可惜那日一别后，她再也没有见过对方，哪怕她时常在那个站点徘徊。

3

久别重逢，恩梨的甜汤成为迟来的答谢。银耳莲子羹清甜降火，路砚边喝边问："所以你的手机，追回来了吗？"

她点点头："追回来了！因为有画像在，配合周边的监控，抓捕进度很快。"

二人又聊了几句，奈何恩梨实在不是擅长交流的人，话题很快冷场了。四周的寂静气氛令她坐立不安，只盼着路砚尽快喝完汤，她拿回保温桶告别。

好不容易等路砚喝完，她伸手要去取，他已经拿着保温桶站起身："喝了你的汤哪里还有叫你清洗的道理。"

他走向了楼层转角的水房，恩梨跟过去时，看见他先认真洗掉了指尖残留的颜料，紧接着将汤料倒进垃圾桶，搓洗起了保温桶。

午后的阳光透过玻璃窗，星星点点地落在他身上，鬼使神差般，恩梨问道："你应该是美术生，为什么会出现在舞蹈室？"

她意识到自己的语气有点像诘问，想要开口说些别的挽救，路砚已经如实答道："我参与了一个绘画比赛。季蔓在轮滑比赛中输给了我，答应做我的模特。"

他将清洗干净的保温桶交到恩梨手里，朝她眨眨眼睛："听说你在收发室兼职，如果收到发我的文件，请帮我留意。"

其实这句话更多的是客套，哪怕他不说，通知每一位收件人都是她的责任，但为着这句话，她确实更细致地观察起每日新增的邮件。

等她终于从众多邮件中发现路砚的名字，已经过去了一个星期。

这一个星期里，她也从季蔓口中得知了二人的关系。美术生路砚高二下学期转学过来不久，在学校旁的轮滑馆偶遇季蔓，二人因为摩擦不打不相识，又因为一场轮滑比赛冰释前嫌，成为朋友。

“其实那场比赛应该是平局才对，因为我们都没有抵达终点。”季蔓说这话时，目光柔和，“但他见我快要摔倒，转身为我做了缓冲肉垫。”

“结果我没有什么大事，他却磕伤了后脑勺，在医院休养了好几天才来学校报到。”她佯装埋怨，语气里带着隐晦的欣喜。

恩梨见状稍加思索，决定让季蔓把邮件转交给路砚。

因为偶尔要为身在舞蹈室的季蔓带东西，恩梨撞见过路砚为季蔓绘画的场景。为了不妨碍其他练舞的同学，他选择的时间大多是午休时或下午放学后，偌大的舞蹈室只余下两人，身穿芭蕾舞裙的季蔓优雅伸臂，像一只骄矜的天鹅。

他在一旁执起画笔，细致描画。

如果没有恩梨的意外闯入，这场景本身美得像一幅画卷。

她连连抱歉，回到家中却没忍住搜索起路砚参与的绘画比赛，她没有偷窥别人信件的习惯，但负责邮寄的主办方将赛事名称清晰地印在信封上，恩梨看过邮寄信息就没有忘。

比赛经过了海选阶段，通过初赛的选手都收到了恭贺邮件，她在官网首页陈列的上百张图片里，艰难地找到了路砚的画。

那时的季蔓还没有成为他的模特，他画的是一幅风景画，画中暴雨将至，小船漂泊。沉重的笔触在画到角落的岛屿时戛然而止，取而代之的是生的希望。

眼前蓦然浮现出车站旁路砚的笑脸，出于对画风的欣赏，恩梨将那张图片存了下来，用作电脑壁纸。

4

为了采光更好，路砚与季蔓的绘画场地改在了天台，恩梨再次偶遇路砚，是一个多月以后。

她结束了收发室的兼职工作，下了一个下午的雨还是没有停歇的趋势，她没有带伞，只能加快回家的脚步。

刚出学校不久，一辆压线行驶的轿车飞速驶过，她躲闪不及，被车轮激起的积水溅了一身。

司机没有任何抱歉的意思，照旧开得飞快。恩梨自认倒霉，拍了拍身上的污渍，正要离开时，听见几声凄厉的犬吠。

她快步走上去一看，方才汽车驶过的地点，赫然出现了一只受伤的幼犬，被碾断的腿部让它失去了逃离能力，只能无助地哀号。

恩梨心疼，立刻要将它抱起，余光看到身侧有人撑伞上前，是路砚。他将雨伞放进她手里，叮嘱道：“受伤的动物警惕性高，你这样贸然去碰触，很有可能会被咬伤。”

他说罢脱下外套，小心躲避幼犬的嘴，将它裹了起来，示意她跟上：“我们去兽医院。”

等待手术的时候，二人聊到了幼犬的去向，恩梨小声道：“在它伤好送往流浪动物救助站前，能不能麻烦你收留一下它？”

恩梨这番话说得脸热，摆出要救宠物姿态的人是她，但实际安置幼犬的人却是路砚，就连手术费用都是他抢先支付的。

如果不是母亲对动物毛发过敏，她无论如何也开不了这个口。

好在路砚只是点点头，没有过多询问。幼犬的手术很顺利，二人又停留观察了一会儿，发现它没有不良反应，便在医院门口分别。

雨声淅沥，她用外套盖住头顶就要一鼓作气地冲出去。

路砚拉住她，将伞递了过去：“听季蔓说你住在学校附近，兽医院离我家更近，你把伞带走吧。”

没等恩梨拒绝，路砚把幼犬放进新买的宠物背包，用外套将包往怀中一裹，跑进了雨里。

恩梨拿着那把伞，忽然觉得这个雨天也没有那么糟糕了。

送幼犬去流浪动物救助站的那天，路砚是和恩梨一起去的。她用零花钱为它买了一堆玩具。

他们正遵循工作人员的指示在指定地点将幼犬从背包中放出来，谁料到达新地点的它突然应激，张嘴要咬人，还是路砚反应快，一边将恩梨护在身后，一边迅速放下了栅栏。

“你没事吧？”惊魂未定的恩梨拉住他上下检查。

“我没事。”他配合地原地转了一圈，除了鞋子的边缘被咬开胶，并没有什么大碍。“它有防范意识是好事。”

所有的流程完成后，路砚和恩梨离开了流浪动物救助站，在听到他半开玩笑地惋惜起自己的新鞋时，她鼓起勇气提议道：“不如让我帮你修复它，不需要多长时间，很快就能完成。”

5

每周六是母亲固定给合作商家送货的日子，她要忙到深夜才回来。恩梨小心地打开家门，看见里面空无一人，知道今天也没有例外。

书房被母亲改造成工作室，恩梨拿出备用的男士拖鞋，让路砚在等待修补的过程中穿着拖鞋在客厅稍作休息。

恩梨经常观察母亲制鞋补鞋，她的手艺虽然不算精湛，但是足够为母亲分担基础的修补工作了。从前的一个假期，她瞒着母亲完成了一双皮鞋的修补任务，本以为会等来母亲的夸赞，不承想收获的却是批评。

“我努力供你读书，不是为了让你学我制鞋。”母亲气得发抖，高高扬起的手掌，轻轻落了下来。

母亲疲惫而无力地将恩梨推出工作室：“以后不要让我看见你出现在这里。”

母亲的爱敏感而拧巴，以往许多次母女发生摩擦，最后都终结于恩梨的妥协，那次的恩梨同样没有辩解，而是小声保证道：“以后不会了。”

再次回到工作室的恩梨思绪万千，曾经学会的技巧却没有因为时间的流逝变得生疏，她迅速完成了修补鞋子的工作。

她将修补好的鞋子用清洁布擦拭了一遍，送到客厅给路砚换上。

路砚连连道谢，二人交接的动作太大，碰到了茶几上摆放的水杯，水蔓延到恩梨的电脑旁边。

她今早临时查阅资料，所以将电脑摆在了茶几上，后来出门匆忙，居然忘记收回房间。路砚眼疾手快，拿了茶几旁的毛巾去擦，未关机的电脑反应灵敏，弹出了锁屏页面，正是她之前保存的画。

“我……”恩梨的大脑代替电脑短路了，她此刻支支吾吾，说不出一句完整的话。

路砚点评道：“这幅画完成得匆忙，现在看来还有诸多细节没有画好。”

“已经很好看了。”她轻声道。

“如果你感兴趣，可以告诉我你喜欢什么风格的画，我画一幅送给你。”他指了指自己的鞋子，学着她在车站前说的那番话，“我的意思是，支付修鞋的费用。”

因为偶尔会结伴去流浪动物救助站看望幼犬，恩梨和路砚走得近了些。第一个发现异常的是季蔓，她在某个课间状似不经意地问起：“听说你最近和路砚关系不错？”

“只是普通朋友。”恩梨紧张地将她和路砚相识的始末一股脑儿告诉了季蔓，还没说到补鞋的事情，季蔓已经不耐烦地打断道：“我不在意这些。”

她直直盯着恩梨，目光兴奋：“你五一小长假有没有安排？要不要和我们一起去A市旅游？”

这个“我们”指的是她和路砚，由于路砚那幅以季蔓作为模特的画作通过了复赛，需要在五一前往A市参加线下决赛。而A市以保存良好的古城景观闻名，季蔓想借此机会与路砚一起参观。

孤男寡女到底有些不方便，她怕家里人不支持，便想拉上恩梨做伴。

恩梨有些动摇：“可我妈妈那边？”

季蔓大手一挥，揽住她的肩膀：“只要你答应，一切好商量，阿姨那边我替你去说。”

不知道季蔓用了什么法子让母亲点了头，恩梨回家不久，从工作室出来的母亲递给她旅行费用：“年轻时多出去看看，总归是没错的，不要影响学习就好。”

母女之间少有温情时刻，母亲给过钱，转身又回到工作室。恩梨看着那些钱，忽然有些无措。

6

古城五日游，其中前两日是路砚的休整和比赛时间，比赛当天，季蔓送路砚去内场，恩梨带着背包等在外场。

外场的公示栏挂满了复赛获奖作品，路砚的名次靠前，季蔓的肖像画摆放在显眼的位置。她惊叹于画作的细腻与传神，而后忽然回忆起当时路砚问她想要什么画。

“天鹅。”她这样回答。

恩梨幼年时家庭和睦，身为工程师的父亲拥有体面而高薪的工作，她如许多同龄孩童般被家人注重兴趣爱好的培养，短暂地学过芭蕾。

文艺汇演时，她可以骄傲地站在舞台上，被父母夸赞为独一无二的小天鹅。

这样的美好并没能持续很久，恩梨六年级那年，父母离异了。没有谁对不起谁，只是感情被长年累月的矛盾耗尽了。

恩梨被判给了母亲，父亲虽然按月支付抚养费，但日子到底不如从前宽裕，她放弃了学习舞蹈。

母亲象征性地劝阻过，考虑到实际情况，还是赞同了她的决定。

庸碌中长大的恩梨喜欢季蔓，不光是因为季蔓善良，有时候，她透过季蔓，在看另一个平行时空的自己。

因为决赛是在现场根据主办方给出的条件进行限时绘画，之后现场评级，最后综合三轮比赛成绩给出最终结果与名次。恩梨在外场待了很久，一个上午过去，季蔓和路砚才相伴出来。

季蔓语气愤然：“明明就是你的画更好看，凭什么你的名次那么低，我看这些评委八成是暗箱操作。”

“我知道你是关心我，但是不能这么说。前两轮比赛有大众投票，我在前期失去优势，后期不能靠画技拉开分差，是我的问题。”路砚神情平和地安慰她。

寥寥数语让恩梨厘清了决赛结果，她识趣地没有追问，拿了包里的水给二人递去，熟练地转移话题。

恩梨来之前做过攻略，这里的一家私房菜很有名，她预约好了时间和位置，好脾气道：“结果已定，不管满不满意，饭还是要吃的。”

季蔓的脾气来得快去得也快，见路砚本人都不在意，她也不想咄咄逼人，就着午餐的话题聊了下去。

私房菜馆离比赛地点不远，步行十来分钟就到了，包厢环境不错，饭菜颇合口味，季蔓恢复了笑脸，开始计划起之后的古城游玩。

可惜“计划赶不上变化”，她的规划刚说到明晚去古城河道坐竹筏，一通电话打断了她。

接完电话的她神情凝重，表示家中临时有事，要立刻回去。

路砚开始查票，季蔓道：“节假日的票需要预订，一时半会儿没有合适的车回去，我家里人会来接我。”

“要不要我们陪你一起回去？”恩梨问道。

“不用啦。”尽管路砚表现得坦然，她还是担忧他会因为无缘前三产生挫败，“订好的酒店和车票不能浪费，你们在古城多玩几天，权当散心了。”

7

话虽如此，失去了季蔓这个主心骨，另外两人默契地没有提及游玩的事情。直到离开的前一天傍晚，路砚敲响了恩梨的房门，问她：“要不要去坐竹筏？”

今天的天气格外好，晚霞燃烧出动人的色彩。她的目光从窗外收回，点了点头。

由于赶上了小长假，古城的游客络绎不绝，他们排了很久的队，才顺利登上竹筏。

年迈的艄公问她要不要跟他合影，她答应了，谁知合影刚结束，艄公便要收取五十元的合影费。

路砚替她争辩：“附加费用是需要提前说明的，您这样和敲诈有什么区别？”

艄公不生气，边划船边哭诉自己的悲惨过往，他料定年轻人面皮薄，闹不出大事。果不其然，路砚还想说些什么，就被恩梨拦住了：“算了，就当是做善事吧。”

或许是被她的软弱气到，接下来的一段行程，路砚都没有和恩梨说话。两人沉默地结束游玩，回到酒店，他们住在相邻的两个房间，恩梨走进房间前，听见路砚叹了一口气："陈恩梨，你这么多年都没有变。"

没等她追问这句话的具体含义，路砚又撂下一句："你可以学会拒绝。"

紧接着，他关闭了房门。

五一长假结束后，恩梨和路砚的关系降到了冰点，他们不再结伴去流浪动物救助站，加之绘画比赛告一段落，恩梨再去舞蹈室，也没有撞见过路砚的身影。

季蔓和路砚的关系倒是融洽，决赛的结果出来后，由于赛事颇具影响力，虽然路砚没有进入三甲，但他的三幅作品都被放进学校的展示厅，其中就包括季蔓的肖像画。

路过的学生偶尔会窃窃私语，季蔓对此毫不在意，坦率道："这是他获奖的表彰，我是主角，没什么好羞怯的。"

恩梨欣赏季蔓的处事态度，有时候路过展示厅，她会驻足停留，默默地心想，路砚还欠她一幅画。

但那又怎么样呢？大概率只是一句玩笑话。

恩梨的生活恢复了从前的平静，母亲想让她读本地的重点师范大学，她即便不感兴趣，也会认真准备。

高三即将到来的暑假，季蔓打电话告诉她，艺术生要统一去参加集训，来年四月才会返校备考。

"那你集训加油，我会为你准备复习笔记，有什么问题都可以找我。"恩梨叮嘱道。

"那就多谢你啦。此前我还担心过集训枯燥乏味很难坚持，但听说路砚的集训地点离我很近，总算没有那么难熬了。"

恩梨呆坐了很久，直到那边的声音重归寂静，她跟着放下了电话。

8

恩梨的高三生活平淡而忙碌，她在念书方面天赋不高，加上沉默寡言的性格，在学校没有多少朋友，偶尔有人跟她搭话，说的也是和季蔓、路砚有关的话题。

"你听说了吗？季蔓的舅舅是有名的美术家，他的画廊展示了路砚的画。"

恩梨如实道："没听说过。"

她的反应实在让人扫兴，久而久之，连找她搭话的人都没有了。

恩梨只能从身边的传言中，拼凑出事情的大致经过。路砚出生于普通家庭，这么多年学习画画几乎掏空了家底。传言绘画比赛的赞助商之一是季蔓的舅舅，他故意接近季蔓，利用季蔓的肖像画引起对方的注意，经过她的牵线搭桥，从而获得曝光机会。

不然怎么解释画廊展示了路砚的画，却没有展示比赛前三的画作呢？这个绘画赛事的影响力有限，远不如有名的画廊展出获得的关注度高。

她下意识想要反驳，但说到底，她对路砚的了解太过浅薄，苍白无力的话语是激化流言的利器，她选择了沉默。

等季蔓和路砚回来，流言会不攻自破，她就这样幻想着，然后听到了二人要原地备考的消息。

季蔓在电话那头告诉她，因为长时间与课堂脱节使得他们跟不上进度，回学校备考的效率太低，他们打算在机构接受高考辅导。

恩梨只能在电话里祝他们高考顺利。

依托于学校产生的联系太脆弱，她听说季蔓和路砚很早就制定了高考结束后的旅游计划，她与他们大抵是不会再见了。

但高考结束后，在逛季蔓舅舅的画廊时，恩梨再次遇见了路砚。结束了辛苦的集训与备考，他整个人看上去消瘦了许多。

他笑着和恩梨打招呼："好久不见。"

"好久不见。"恩梨同样对他挥挥手。

难得重逢的两人没有太多话说，简单寒暄过几句，她得知路砚是等飞机途中临时起意，来画廊参观，不久就会离开，便提议送他出门。

线上约好的计程车很快就会来，眼看就要离别，路砚忽然感慨道："很多年前，我遇到你，也是在画廊前。"

那时的她还是在画廊对面学芭蕾的女孩，他告诉她自己被扒手偷走了钱包，想要向她借钱回家，并承诺第二天还给她。

恩梨答应了，路砚却心虚地低下了头，因为他第二天就要搬家，很长一段时间不会回到这个城区。他确实遇到了扒手，却也欺骗了一个女孩的好心。

恩梨闻言有些讶异："如果那能帮助当时的你，我不介意。"

路砚摇摇头："我从来都不是一个光明磊落的人。"

"传言没有距离限制，你听说的那些话，我同样听说过。但我现在告诉你，传言没有作假。我确实是刻意接近季蔓，我承认如果没有她，就没有今天的我。"

空气寂静，恩梨听见了幻想破碎的声音。

9

高考成绩出来的那天，恩梨被母亲以"年轻人要多社交"为名逼着参加了班级的告别会。整个告别会其实很无聊，老师结束发言后，场面陷入恭维声与调笑声中。

她吃着饭，听到周边同学谈论起季蔓和路砚。

季蔓的社交软件时常会更新最新动态，里面从不缺少路砚的身影，有共同好友留言调侃，她没有承认也没有否认。

恩梨回家后，盯着电脑的壁纸看了很久，最后点击了更改键。

成绩出来后的两周是志愿填报时间，她的分数与往年师范大学的录取分数差了几分，不够保险。

"说不定会扩招呢。"母亲如此安抚道。

她将自己关在房间里，一遍遍翻看着志愿填报手册。

志愿填报进行到第四天，她收到了季蔓寄来的邮件，文件夹很薄，打开发现是一幅画。

笔触大胆而凌乱，画风很有冲击性，恩梨仔细辨认了很久，发现画的是天鹅。

她的呼吸顿时急促起来，连忙拨打季蔓的电话，甫一接通，季蔓开口道："订单显示已签收。恩梨，那是路砚送你的画。"

顿了顿，她又说："那个胆小鬼，连送画这种事都不敢亲自做。"

这通电话开始被季蔓主导，她告诉恩梨，她许诺路砚会为他联系舅舅，让他的画得以在画廊展示，代价是他要陪她一起毕业旅游一个月。

所谓的刻意接近，在季蔓送路砚去医院时，他就将自己参加轮滑比赛的目的告诉了她。出于少女的自尊心，她将初遇对外美化成童话，什么都没有讲。

她主动提出为路砚当模特，主动提出去送他比赛，主动提出联系画廊展示作品。她主动了那么多次，除了一起旅游，路砚没有给出任何承诺。

季蔓笑了笑："但我也不是没有反击，我没有告诉路砚，展出他的作品其实是我舅舅的主意。他被路砚的画吸引，早在我试图联系他之前。

"相约好的旅游，他在开始前，不顾误机也要去画廊装作偶遇你。恩梨，那个时候我才意识到他对你的特别。他告诉你，他曾经欺骗你、利用我，又何尝不是觉得自己不光彩，所以选择把一切阴暗面告诉你呢？我甚至开始讨厌你，用合影这样拙劣的把戏宣示主权。

"但一个月转瞬即逝，我明白自己无法挽留他，我眼睁睁地看着他为你画下这幅寓意挣脱枷锁的画，忽然就释然了。

"我这一生什么都不缺，没有路砚，还会有赵砚、李砚。朋友一场，恩梨，我不希望你误会他。"

通话就此结束，恩梨盯着那幅画，像是做了什么重大决定般，她冲出门外，对着母亲说："我不想读师范大学了。我想念设计专业，和你一起制鞋，行业不分贵贱，我不觉得累，更不觉得丢脸。我有选择的权利。"

面对母亲错愕的神情，她明白这条路还要走很久。

但至少下次再见，她有底气告诉路砚自己努力争取过。她有心，不怕等不到重逢。

我从那时决定 喜欢你

✻薄皮大馅

/ 天生一对 /

宿雨电子失恋了。

连着加了三个星期的班，好不容易有个不用工作的周末，她早早把家里的卫生打扫好，备足两日份的零食饮料，泡了个澡，打开了空调热风和加了柚子香薰的空气加湿器。

一切准备就绪，她套上毛茸茸的厚睡衣往懒人沙发上一躺，开始享受来之不易的闲暇时光。

具体的享受方式是，打开星宿工作室的最新力作《寻觅》，然后废寝忘食地打游戏打了一个通宵。

直到游戏结束的背景音乐响起，平板的屏幕上滚动起工作室的人员名单，宿雨才眨了眨酸涩的眼睛，擦掉眼角未干的泪痕。

不是困的，是被虐的。

《寻觅》作为一个惊悚向的推理解谜类游戏，内容却绝不是仅有一些故弄玄虚的恐怖元素，情感充沛细腻贯穿全程的故事线才是游戏的最大亮点，这也是星宿工作室多年来深受玩家欢迎的原因之一。

可此时此刻，发现玩到最后玩出了男女主阴阳两隔结局的宿雨，只想立刻原地脱粉。

不仅要脱粉，她还迅速从一旁抄起手机，点开微信置顶的对话框，气势汹汹地发送消息：

“林折风！你丧尽天良！泯灭人性！”

“小舞和阿阳明明可以在一起的，为什么要让他们分开，我命令你现在就让阿阳从石洞里出来，小情侣速速团聚！”

“我好伤心，明天太平洋水位线要被我哭到上升一厘米了！”

没等宿雨宣泄过瘾，对方就直接拨了个微信电话过来。

此刻是凌晨五点，宿雨完全没想到他还醒着，接起电话后蒙了两秒，才带着浓浓的鼻音控诉：“罪魁祸首良心发现要来安慰我了？”

“好久没见你哭了，想听听你的哭声是不是还那么洪亮。”青年低沉的嗓音有些困倦，夹杂着一缕若有似无的笑。

“喂！”宿雨难以置信地睁大眼睛，“林折风！你太过分了！我立刻给你写绝交书！”

“我错了，宿雨同学大人大量，别不跟我做朋友。”对方非常识时务地认错，就是语气不太正经，顿了顿，又问她，“你喜欢小舞和阿阳？”

宿雨有些莫名：“对啊！青梅竹马就是最甜的！”

林折风说：“可他们不是情侣。”

“怎么可能！”虽然面对的是游戏总策划加作者本人，但作为高举“舞阳”大旗的CP粉，宿雨还是要撸起袖子跟他好好论证一番，“他俩心意相通、彼此信任、互相依赖，而且都觉得对方是自己最重要的人，明明就是天生一对！"

她越说底气越足，等着林折风被她说服，然后痛哭流涕痛改前非，还小舞和阿阳一个大团圆结局。

话音落下，听筒里却突然安静了下来，宿雨以为是网卡了，起身想找个信号好点的地方。

窗外正飘着细雪，盐粒子一样的雪花被风裹挟，在昏黄的路灯笼罩下，恍惚如一场光怪陆离的梦境。

听筒里忽然又有了动静，林折风的声音也似混在了风里，朦胧得听不真切。

他说："宿雨，在你心里，这样就算天生一对了吗？"

/ 最坦然不过的语气 /

林折风是个心狠手辣的创作者。

这是宿雨从很小的时候就认定的事情。

幼儿园大班曾经布置过一项作业，让每个小朋友回家准备一个故事，第二天在班上讲给大家听。

有人说《孔融让梨》，有人说《乌鸦喝水》，还有人说《小蝌蚪找妈妈》，虽然偶尔出现卡壳忘词的情况，但氛围还算得上是其乐融融的一片。

然后就轮到了林折风。

彼时年仅五岁的林折风穿着一件英伦风的马甲，脖子上还系了个领结，俨然一副小小演说家的模样，台下的小朋友都纷纷鼓掌。

在大家期盼的目光中，他口齿流利、逻辑清晰地说了一个故事串烧，其中包括夸父逐日之死、精卫填海之死和愚公移山……之死。

于是当天下午四点，幼儿园门口来接孩子放学的家长们就毫无防备地被一群小朋友的哭声给淹没了。

里面唯有两个没有哭的，一个是肇事者林折风，一个是像小尾巴一样跟在林折风身后的宿雨。

"林则风，改个结局吧，能不能别让他们死了，我把下午老师发的小蛋糕让给你！"宿雨皱着一张脸蛋，俨然一副忍痛割爱的表情。

林折风却不为所动："第一，你平翘舌发音错了，我叫林折风，不叫林则风。"他扭头看了一眼宿雨和她手里的小蛋糕，"第二，我不爱吃甜的。"

宿雨眼睛一亮，立刻道："那你改个结局吧，我帮你把你的小蛋糕吃了！"

"……"

五岁的林折风尚且不知道"随机应变"这个词语，却从这天起无师自通了它的含义。

任宿雨如何软磨硬泡，林折风最后也没有修改结局，只是第二天下午，当老师又发小点心时，他第一时间将自己那份递给宿雨，堵住了她喋喋不休的嘴。

这一给，就给了整整十年。

在高二文理分科前，宿雨和林折风巧合地分在一个班级。按宿雨的话说，这是天赐的缘分，要她当林折风最忠实的读者，时刻监督他笔耕不辍。

林折风不置可否，只纠正她："是最忠实的黑粉。"

宿雨理直气壮道："如果你一直写喜剧，我不就是红粉啦？这得怪你！"

没等宿雨下一波攻击发起，林折风已熟练地径直从书包里掏出一根水蜜桃味的棒棒糖塞进她嘴里。

高二分科后，宿雨选了文科，教室和林折风所在的理科实验班相隔三层楼，再也不是课间跨过走廊就能实时追到他最新作品的距离。

以至于她再一次看到林折风的故事，是校庆话剧表演的剧本。

剧本改编于经典童话《白雪公主》，却是完全不一样的结局走向，概括来说，可以叫《白马王子之死》。

宿雨看完之后，一言不发直奔公交车站。

九月底，云城秋意已浓，公交站台旁，缀满花骨朵的桂树下，站着一个身形高挑挺拔的少年。

夕阳余晖从枝叶间洒落，照得他身影看上去仿佛有几分落寞。

宿雨酝酿了一路的话就这样卡在了嗓子里："刚才有辆223路车开过去了，你怎么没上车？"

少年抬眼看她，轻描淡写道："没看到。"

"那你要跟我一起等车啦，223路车一刻钟才来一辆。"说到一半，宿雨才骤然想起自己的目的，一把抓住身前人的手臂，"林折风！速速把剧本结局改了！"

"这可是我第一次演公主！给个面子，写个好结局吧，求求你！"

少女清脆的嗓音里带着自己都没察觉的撒娇，是面对他时最坦然不过的语气。

/ 你是不是吃醋啦 /

"不改。"

宿雨用一连串的好话换来了林折风两个字的回答。

公交车颠簸穿梭过半座城市，次第亮起的霓虹灯光在宿雨脸上掠过，衬得她目光一瞬间黯淡。

林折风抿了下唇，正要开口，宿雨忽然先他一步道："我早知道你不会改啦，改了就不是你想写的东西了。但作为读者外加你的女主角，我还是得争取一下嘛，万一哪天你突然就觉得它才是最合适的结局呢。"

况且宿雨心里清楚，林折风愿意临危受命接下剧本撰写的任务，很大一部分原因，是因为她。

这次的话剧节目排练时间紧，迟一天定剧本，排练时间就少一天。宿雨只是前天随口向林折风抱怨两句，今天被指导老师赞不绝口的新剧本就从天而降了。

如此大恩大德，宿雨自然铭记于心。

林折风手指轻敲着椅背，状似随口道："今天这么急着来找我，不用陪你的男主角了？"

他口中的男主角，是宿雨这次的话剧搭档，名叫谢商。

为了让谢商心无旁骛参与排练，宿雨最近都牺牲放学时间帮他补习功课。

听见林折风的话，宿雨皱了皱鼻子，一脸痛苦："别提了，他英语太差了，我怀疑他 26 个字母都背不全，辅导他比坐牢还难受。"

"不过好在，他家甜品店的点心味道还不错。"

她说着，从背包夹层掏出一盒包装精致的桂花糕，豪气干云地放在林折风腿上。

林折风没接，语气淡淡："我不吃甜的。"

"知道啦，从小到大听你这句话听得耳朵都起茧子了。"宿雨冲他做了个鬼脸，又软声道，"我尝过，这个不甜的！总不能让我们林大作家白白付出，小小心意就收下吧！"

总归不是她的心意。林折风眼睑微垂："我要是不想收呢？"

"林折风。"宿雨忽然叫他，严肃着一张脸，眼睛一眨不眨地望着他，"你是不是吃醋啦？"

林折风呼吸一滞。

下一刻，宿雨忽地弯起眼睛："别吃醋嘛，你永远是我最好的朋友，谁都不能取代你的位置！"

在宿雨的想象中，林折风听到这一番感人肺腑的剖白，应该感动得眼泪汪汪。

可现实中，不知道哪个词语惹恼了他，直到宿雨下车，他都没再说一句话。

宿雨平时是没心没肺惯了，但对于好友如此明显的冷待，她还不至于一无所觉。

冷战伴随着秋天第一波寒流到来。

整个国庆假期，宿雨忙着写作业、忙着遛狗、忙着满城瞎逛，就是没空再顺道路过林折风家，连哄带骗把人喊出来陪她去抢某某甜品店限量发售的新品。

一连放肆了七天，刚收假返校，宿雨就得了重感冒，脑袋沉甸甸，体温也高得吓人。

怕吃药后犯困，神志不清影响排练效果，直到晚上九点排练结束，她才吃下第一粒感冒药。

只是慢了三分钟，宿雨走出艺术楼时，学校里就安静得只剩风声，以及——

自行车链条转动的声音。

她抬起头，车直直停在了她面前。

眼前是她快半个月没见的人。

林折风单手握着车把，两条长腿支在地上，另一只手拎着一杯红枣姜茶。

晚风是二十摄氏度的桂花味，少年轻轻挑了一下眉，对她说："上来吧，送你回家。"

"公主。"

/ 他也不是 /

和好比冷战来得还要莫名其妙。

宿雨就这么被一句"公主"给哄好了。

她坐在自行车后座，拽着林折风的衣角，嘬了一口姜茶，侧着头问他："怎么突然说话这么好听？是不是终于意识到你平时对我太坏了，要好好弥补？"

林折风说："你演我剧本里的公主，我当然要多叫两句帮你入戏，不然怕你演砸了哭鼻子。"

还是那个说话气死人不偿命的林折风。

宿雨“哼”了一声，然后慢慢闭上眼睛，安心地在他身后睡了一路。

十月末，校庆当天，宿雨主演的话剧在典礼上取得了空前的成功，以超高票数获最佳节目称号。

林折风对原版故事做了大刀阔斧的修改，虽然从爱情线上看，王子战死，公主孑然一身，的确是悲剧，但公主本人却能称得上是爽文大女主，一路继承王位，出征海外，开疆扩土，成为一代传奇女王，故事立意直接拔高一截。

高中生活单调乏味，难得有一桩新鲜事调剂，等宿雨反应过来的时候，她和谢商的名字已经霸榜校园表白墙快一个月了。

毕竟是话剧的男女主角，两个人又都长得赏心悦目，只从外貌来看十分登对。

但当事人宿雨在听闻消息的第一时间就出来辟谣：“我和谢商是纯搭档关系，拒绝捆绑！而且我这辈子只爱纸片人，现实中谁也比不过纸片人好。”

一片唏嘘声中，有个女生问道：“那林折风呢？我记得宿雨你和他关系特别好，他也比不过纸片人吗？”

“林折风当然不……”话脱口而出到一半，宿雨忽然停住。

“当然不”什么呢？她心中泛起一阵迷茫，下意识逃避这种难以控制的感觉。

“林折风很好，但他……也不是纸片人。”

围观群众闻言失望散开，没人发现窗前闪过一片深蓝衣角。

林折风又生气了。

这是宿雨的直觉。

虽然这一次，他没有明显地和她冷战，像上次那样不搭理人，但是冷着脸给她讲数学题、冷着脸给她排队买王记的灌汤小笼包，冷着脸给她发消息说自己要去北京下周才会回来——

这是宿雨亲眼看见的。

今年春节来得早，一月中旬学校就放了寒假。

宿雨背着一书包作业，准备先斩后奏去林折风家蹭空调，结果在小区门口看到目标对象一手拉着行李箱，一手在发消息。

“……我不在的时候，不准偷吃冰棍……”宿雨悄无声息潜伏在他身后，一字一顿念着输入框里的内容，还没念完，手机就被林折风按了锁屏。

林折风脸上没什么表情，问她：“你怎么过来了？”

宿雨丝毫没有偷窥被抓的心虚：“你要走怎么不当面跟我说？是不是要背着我去别的地方玩？不讲义气！”

“之前报名了一个比赛，决赛地点在北京，通知刚刚下来，时间很紧。”林折风将入围通知函递到她面前。

“我开玩笑的，没怪你……”看见比赛名称时，宿雨倏地抓紧了他的胳膊。

国内规格数一数二的文学比赛被他说得如此轻松随便，要不是知道他向来不爱张扬，不是存心炫耀，宿雨都想揍人了。

她深吸口气，语气沉沉叫他：“林折风。”

“嗯？”林折风抬起眼。

宿雨脑袋里滚过一长串的话，从“好好加油勇争第一”到“苟富贵勿相忘”，但这些好像都不对，都不是她要对林折风说的话。

最后，她仰头看着眼前人，说：“早点回来呀，等你一起跨年！”

林折风愣了两秒，忽而牵了下唇角：“知道了。”

/ 去往故事的新篇章 /

那次比赛，林折风以一分之差错失第一，只拿到了银奖。

从北京回云城那天是年二十八，临近春节，高铁站堪称人山人海，他从出站口出来的时候，天已擦黑，厚重的云层压得很低，像在酝酿一场大雪。

周围到处都是呼唤亲友的声音，热闹得让人觉得格格不入。

林折风父母常年外派在异国，过年对他来说一直和普通的日子没有什么分别——直到某一年，宿雨意外得知除夕夜他一个人在家煮饺子吃后，不由分说揣着两大盒仙女棒，风风火火闯入他的世界。

就如此刻。

穿鹅黄羽绒服的少女向他飞奔而来，长长的毛线围巾一晃一晃地被甩在身后。

"这个点人也太多了，司机堵在高架桥上，我看你的车马上到站了，当即夺门而出，跑了快一公里，累死我了！"宿雨脸颊红扑扑，气儿还没喘匀，忽然想起了正事，从口袋掏出一个小小礼花筒，砰一下拉响，"当当当！热烈庆祝林折风同学荣归故里！"

整个流程像按了加速键，等林折风反应过来时，眼睛里就只剩下宿雨笑意盈盈的一张脸。

他不想泼冷水，但此刻还是低声说："我没有拿第一。"

到底是十几岁的少年，再不在意成绩，也无法不因为和冠军失之交臂而有片刻失落。

宿雨皱了皱鼻子，根本没把什么第一第二放在心上，说："那怎么了？有全天下独一无二的宿雨女侠为你撑腰，你比谁都厉害！"

天底下能把这种歪理讲得头头是道的，唯宿雨一人尔。

可是能一句话就让他扫尽心头阴霾的，也只有宿雨一个人。

"况且，天大地大，寿星最大嘛！"宿雨拉着他衣袖，声音带着雀跃，"快走啦，寿星大人，现在的第一要务是好好给你过十七岁生日！"

少女步伐轻快又坚定，在第一场雪降临前，要带着他穿越汹涌的人潮，去往故事的新篇章。

公历一月二十三日，是林折风的生日。

好像每年他生日这天，都在下雪。

时隔七年，宿雨还是第一个对林折风说生日快乐的人。

虽然半分钟前，她还在因为游戏打出了 BE 结局而对寿星本人大发雷霆，但她的脾气一向来得快去得也快。

"好吧，不管小舞和阿阳那样算不算天生一对，林折风同学都又长大了一岁！"

"二十四岁的林折风同学，永远十八岁的宿雨同学祝你新的一岁文思泉涌，灵感不断，多写喜剧，做个好人，永不秃头！"

林折风说："这么大的恩情，我要怎么回报？"

"这个简单！"宿雨早有准备，给他发去某家火锅店的地址，"地点我都选好了，中午在这儿等你！"

这边挂了电话，宿雨就睡了个天昏地暗。

可惜没能睡到火锅专属闹铃响起，她是被一连串的手机消息提示音吵醒的。

宿雨睁开惺忪的睡眼，映入眼帘的是屏幕上的一串重磅新闻。

"知情人爆料！星宿工作室最新作品疑似抄袭？"

"天才主创江郎才尽？灵感全是剽窃他人？"

/ 来找你要用跑的 /

她闭上眼睛，默数三下，又猛然睁开。

手机屏幕上的字还是没有消失，反而又多跳出了几条相关讯息，标题起得一个比一个有攻击性。

而通知栏最上面，是林折风不久前刚发来的信息：抱歉，临时有事要处理，中午来不及陪你吃饭了，给你点了外卖，大约一个小时后到，趁热吃。

宿雨握着手机的手僵了一瞬。

演什么孤胆英雄，都遇到这么大的事了，也不肯对她吐露半分，还要顾着她中午有没有饭吃。

她想生气，可面对这样的林折风，她连脾气都发不出来，只好气势汹汹地点进了第一条新闻链接。

爆料人的帖子最早是发在微博，博主自称是星宿的多年老粉，因此在《寻觅》刚发布时，她就立刻购买了游戏，但越玩下去越觉得情节熟悉，尤其是男女主计划去游乐园却误入整蛊鬼屋，从而掉落异世界这一段情节，和她本人的经历几乎一模一样。

博主并非信口开河，随着爆料的小作文一同发出来的，是她一年前的微博截图，里面记录的内容的确和游戏剧情一致，甚至还有两张她和男朋友在鬼屋里的合照作为证据。

"我的偶像竟然看过我的微博，如果是其他时候，我应该很开心吧。但现在这种情况，我只觉得震惊和难过，希望 @星宿工作室 能够给我一个回应。"

字里行间情真意切，给出的证据也硬到连星宿的粉丝都没法辩白。以前星宿的追捧者有多少，现在冲到官博下讨伐的人就有多少。

……

网上的骂声林折风都没有在意。

工作室负责社交平台运维的员工胆战心惊地举手发言："老大，真的不用先发点什么安抚一下粉丝情绪吗？"

林折风盯着面前的电脑屏幕没有回话，敲击键盘的动作一刻不停。

一旁有人替他答道："别急，我们现在已经找到那人偷盗策划的监控视频了，等老大把证据链捋清了再发微博，到时候自然真相大白。"

"怎么有这么阴险的人，在我们这埋伏一年多，就为了提早埋线造假，等《寻觅》发布来陷害我们！"

"我就是担心虽然我们有监控，但对面打这种感情牌，太容易迷惑粉丝了，最后还可能说只是单纯撞梗，恶心我们一把。有这种心机拿去做宫斗游戏早出成绩了，还用得着耍这种阴招？"

在一片小声议论中，林折风写完了声明的最后一个字。

发出去的那一刻，突然有人发出一声惊呼："老大！快来看！这是宿雨姐的微博吧？"

林折风循声望去，面前递过来的手机屏幕上是宿雨的叮当猫头像。

"很难想象这个世界上有这么巧合的事，有人一年前的经历和我七年前的经历如此相似，原来天底下把游乐园门票错买成鬼屋的倒霉蛋不止我一个。"

她在文末艾特了爆料人，附的九宫格图是七年前发在 QQ 空间的私密说说。

"林折风一定想不到我给他的十七岁生日准备了多大的惊喜。先坐三圈旋转木马，再去坐花车游街，让他感受一下公主般的待遇。"

"救命啊！这不是游乐园的门票吗？谁能告诉我怎么进去秒变鬼屋啦？怪不得网上都保持神秘，没有一个人透露这个游乐园的内容！"

"从今天起我不允许任何人忤逆林折风，他就是我的救命恩人。呜呜呜那个突然拔地而起的石像也太吓人了，我离魂飞魄散就差那么一点了，幸好林折风一把把我捞了起来。"

……

每一条说说底下，还有她拍的照片。

最后一张是宿雨在林折风身侧拍的。摄像头没有对焦好，照片里晕开好大一个光圈，却没能盖住少男少女贴在一起的影子。

林折风看到这里时，手机响起了嘀嘀嘀的提示音——"您和目标对象的距离还有 50 米"。

这是宿雨在他手机上下的定位 App。

某次下班公交坐反方向还错过了末班车，在郊区迷路到大半夜才被林折风找到后，她就毅然决然跟他开通了实时位置监测。

50 米以内会开始自动提醒。

50 米。

20 米。

10 米。

5 米。

他转过头，宿雨距他只有咫尺，手扶着膝盖大口喘气。

"怎么喘成这样？"林折风问。

宿雨眼睛是月牙形状的两弯："我哪次来见你不是用跑的？"

/ 讨厌就推开我 /

宿雨的微博和星宿工作室的官方声明一前一后发出之后，网上的舆论瞬间反转。

"本来还以为是真的，结果跟人家真正的少女日记比起来，这写得也太干巴了，连点心理活动都没有……"

"只有我一开始就觉得那个爆料人的微博怪怪的吗？就好像提前知道了剧情，迎合着编写的一样，有的时候太过一致反而会显得很假。"

"怪不得我之前玩到这段剧情的时候觉得很甜，原来是主创自己的经历，而且现实竟然比游戏更甜……"

发完微博就深藏身与名的宿雨，正在和星宿工作室的主创大人一起吃迟到了几个小时的生日大餐，一同庆祝的还有工作室里忙活了一天的其他成员。

饭过三巡，有人喝高了，大着舌头朝宿雨举杯："宿雨姐，这次多亏了你，不然我们不会这么快洗清抄袭谣言。现在网上都是在线嗑你和老大 CP 的。"

话音刚落，就被身旁人踹了一脚："你是不是觉得自己很幽默，来蹭饭就好好吃饭！"

其余人偷偷觑着林折风的脸色，倒是宿雨已经在他眼皮子底下偷摸喝了好几杯，这会儿正在兴头上，站起身跟那人碰了个杯，说："催婚有点困难，哪天我和林折风结拜的时候，一定请你来吃席。"

明明包厢内暖气打得很足，但这会儿却仿佛有阵寒风袭来。

饭局没过多久就散了，林折风负责送宿姓醉鬼回家。

快到她家楼下时，林折风才第一次提起她那条微博的事："我以为你早都忘了。"

晕了一路的宿雨此时分外清醒，不假思索道："怎么可能会忘！跟你有关的事我都记得清清楚楚！"

林折风一怔。

宿雨仰着头望着他，那双漂亮的眼睛十年如一日的清澈明亮，仿佛能让他所有该有不该有的想法都无所遁形。

于是他低下头，头一次没有管脑海里那些令人讨厌的克制的声音，只凭借着心意行动，轻轻地啄了一下宿雨的嘴唇。

怀中人的眼睛震惊地睁大。

"讨厌吗？"林折风问她。说完没等她回答，吻又落了下来，"讨厌就推开我。"

/ 最大的梦想 /

宿雨做了一个很长的梦。

梦到十七岁那年，她和林折风在那家整蛊鬼屋被 NPC 追得满屋乱跑，她不小心扭伤了脚，林折风背着她一步一步走到终点。

她被吓得箍进了他的脖颈，两个人距离近到呼吸可闻，有某个瞬间，什么柔软的东西擦过了她的唇角。

触感就和林折风亲吻她时一样。

林折风亲了她。

二十四岁的宿雨终于从酒醉中恢复了神志，倏然从床上坐起来，对着空气大喊一声："混蛋林折风！"

下一秒，"混蛋"就举着蜂蜜水出现在了她卧室门口。

宿雨傻眼："你怎么在这儿？"

林折风面色淡淡把蜂蜜水递到她手里："我怕亲完就跑第二天要被人骂。"

宿雨："……"

她向来是坦坦荡荡的性格，难得有这样羞愤交加的情绪。缓了好一会儿，她才装作若无其事地出了卧室的门。

照顾她的这段时间里，林折风一直在客厅用笔记本办公，宿雨好奇地探过脑袋，就看见文档标题上写着：《寻觅》大团圆版番外。

什么尴尬情绪在 CP 面前都不值一提，宿雨语气兴奋："这是小舞和阿阳的番外？"

说完她又冷静下来："不对劲，彗星撞地球啦？你竟然愿意改写结局！"

"因为，"林折风看着她，认真地说，"我突然发现我的故事还有 HE 的可能，我喜欢的女孩子好像也有一点喜欢我。"

话题兜兜转转好像又回到了原点。

空气静默良久，久到林折风以为宿雨不会说话时，她说："……不止是有一点喜欢。"

最初察觉是什么时候呢？还是在整蛊鬼屋那晚，她害怕得在心中把所有喜欢的纸片人角色全默念了一遍，睁开眼，在她面前弯下腰的是林折风。

从那时起，他在她心中就超越了所有最完美的纸片人。

于是后来，她总想着要等到一个最佳时机来昭告天下，她对林折风的友谊"变质"了。

但紧接着等到的却是她高考因两分之差，和理想的专业失之交臂。再后来，她过着庸庸碌碌的大学生活，按部就班毕业工作，而林折风组建了自己的工作室，依旧写着喜欢的故事，在追逐梦想的道路上越走越远。

那个所谓的"最佳时机"，再也没有等到。

话说到最后，宿雨的声音越来越轻，"林折风，我早就变成一个胆小的大人了。"连喜欢一个人的勇气都没有。

林折风伸手将人紧紧扣在怀里，说："宿雨，你一点也不胆小。无论是以前还是现在，保护我的人都是你。"

七年前，保护他藏在云淡风轻背后的自尊心。七年后，又在人言纷纭中毫不犹豫地为他正名。

在他眼里，她一直闪闪发光。曾经让他因为害怕失去而不敢再靠近，如今也让他重新充满向她踏出那一步的勇气。

"宿雨，也让我成为你的勇气吧。"

因为，你才是我此生永恒追逐的梦想。

少女与璀璨

✻ 祝南茗

他追逐着站上领奖台的梦心无旁骛，而她也追着追梦少年一往无前。

生活哪有这么复杂，只会最简单的那一招又如何，你的执着可以改变你尚未想到的一切。

1

办公室里值班的学妹忘记戴耳机，正刷着抖音视频，背景音乐或激情或煽情，使白觅安的脑袋隐隐作痛。

同样的配乐已经连续播放了好几次，学妹一边看着视频，一边从衣兜里掏出纸巾，揩了揩眼角的泪水。看上去明明难过极了，她却还要不停地循环播放。

白觅安默默地挪到学妹身边，往她手机上瞥了一眼，愣住。这个短视频居然是以悠悠球为题材剪辑的视频，虽然欧成颉挺帅的，但是……也不至于看到哭吧！

“值班时间，看这个做什么？”

学妹显然没有理解暗示，认真道：“白部长，你可能不知道欧成颉吧？这个视频是他的狂热粉丝‘心有悠悠结’剪辑的，虽然悠悠球小众……但是这视频剪得也太好了！”

白觅安沉默了。客套地应和几句，把自己的耳机递给了学妹，她终于获得了一片清静。

回到座位上，看着眼前要整理的资料，却忽然回想起视频里那双清澈的眼睛，白觅安揉了揉头发，顺手打开手机浏览器，开始搜索欧成颉。

她边看帅哥边发出快乐的笑声，办公室门没有锁，穿着黑色冲锋衣的男生一手插着兜进入办公室，表情冷峻。

“马老师在吗？”他说话腔调很好听，有抑扬顿挫之感。

这个男生戴着口罩，但自己似乎在哪里见过他的眼睛，白觅安愣住好几秒才回神：“抱歉，马老师最近还在出差。如果是社团的问题，直接跟我讲就好。我是社联办公室的部长兼临时主任。”

“我们社团申请的这个学期的活动教室，你们是不打算安排了吗？”

白觅安麻利地打开电脑，安抚道：“同学，你别着急，我这边帮你查一下，请问你是哪个社团？”

“悠悠球社。”

白觅安在表格里搜索寻找，却没有收获：“同学……我们这边查不到这个社团……”

本以为对方会难以置信，没想到他却自嘲地笑了笑，随后说道：“我们社之前被撤销了，最近重新建立，这个你到时候和马老师讲，他会告诉你的。”

他笑起来眼睛尤为好看，白觅安看得头有些晕，只知道点头：“那我先帮你查一下空的活动室，你可以给我留个姓名吗？等我找到合适的教室，在企业微信联系你。”

他点头，扯过旁边的白纸，确定是没用的纸后，潇洒地写下三个大字——欧成颉。

等到他走后，白觅安依然处于一种神游的状态，学妹还在刷着他的视频，白觅安真想冲过去把她摇醒。

刚才欧成颉本人就在你身后五米不到的地方啊！

2

“怕的不是别人长得好看，而是长得好看的人比你还努力呀！”白觅安在寝室里发出一声感叹。

室友怪叫着袭击白觅安的腰：“你还好意思说别人，白主任，还有人比你更努力吗？”

社联的主任最近出国交流，就把临时主任的位置留给了白觅安，不出意外的话，她就是下一任主任了，这样她就成了最年轻的社联主任，可谓是羡煞旁人。

可是，看完欧成颉比赛视频的白觅安，心里却感叹着：欧成颉真的是又帅又强。

他十岁那年为了拜当初的 2A 高手为师，于是去《火力球王》剧组拍戏，学成之后婉拒《火力球王 2》的邀约，并在同年获得亚太地区 2A 前二十名的好成绩。

去年的亚洲季军比赛录像，欧成颉双手不断甩动，展示出各种高难度招式。

当欧成颉结束表演时，白觅安差点跟观众一样尖叫出声。晚上睡觉时，白觅安反反复复地看着欧成颉比赛的视频，实在控制不住自己，火速到淘宝店下单买了 2A 的入门球，然后到企业微信里找欧成颉。

白觅安：同学，有一个教室，戏剧社也想要，但是我打算把那个教室留给你们，只要你愿意收我做徒弟。

时间已是深夜，白觅安盯着发光的屏幕许久，正打算锁屏睡觉时，对方回复了。

欧成颉：成交，明天来图书馆。

第二天，白觅安满怀期待地来到图书馆，结果只看到了欧成颉一个人。她疑惑地朝附近张望，问：“你的社员呢？”

欧成颉用大拇指指了指图书馆旁边的小径，白觅安蒙蒙地跟着他走进，发现里头别有洞天。原本的医务室搬走后，留下的空旷大厅正好成了悠悠球社活动的地方。

看到一个同学手持一根线，将悠悠球抛起，白觅安微张着嘴，问道：“你们社团还教怎么玩空竹吗？”

“那是 4A，离绳花式。”欧成颉解释道，“球脱离绳后在绳上做花式，你仔细看，4A 的球和空竹还是有很大区别的。”

白觅安想活跃气氛，懂也装不懂：“我还以为数字代表几个球呢，没想到还是有门道的。”

“扑哧！”有社员听到白觅安说的话后笑出了声，被欧成颉眼神一扫后，立马手对着唇一拉，作拉链闭嘴状。

“你想学哪种？”

白觅安想都不想便回答：“我要学 2A！”

人群里又传出唏嘘声，白觅安的声音弱了下来，悄悄说：“怎么了，2A 不能学吗？”

欧成颉摇了摇头：“没有，大家只是觉得你勇气可嘉。对于新人来说，1A 比较容易入手。”

“可是我就喜欢 2A,你比赛的视频实在太帅了！”

白觅安的表现像极了头脑一热的初学者，欧成颉见多了入门即放弃的社员，只是露出了招牌的疏离微笑，然后将自己的球放到她手上：“试试吧，从抛球开始。” 2A 悠悠球需要一直做回旋，所以从上手到学会需要极其长的时间，很多人因为熬不过初学阶段而放弃。

白觅安兴致勃勃地套好指环，学着视频里欧成颉的动作，将球向前抛出，再自信地将手指往自己的方向一抖。

球精准无比地朝她自己的方向滑去，她的脑门正中一击。

3

“学姐，我已经把活动方案写好了，麻烦您过目一下。”白觅安虽是代理社联主任，但所写的方案还是要给真正的社联主任过目的。她从欧成颉那边回来后，忽然接到学姐交代的任务，便将这方案赶紧写了出来。

学姐还在国外交流，和白觅安之间有时差，有时通知不到位，就会出现现在这种在限定时间前疯狂改方案的情况。

“好的，我现在马上改，保证今天结束前交出最终方案。”

“好，白学妹，你要好好加油，陈悦学妹前几天也来找我，说想争取主任这个职务。”

她当然明白学姐的暗示，挂断微信电话后，白觅安用手指按摩了一下太阳穴，趁学姐还没下课，她得赶紧把方案改好。

午夜一点，室友心满意足地追完剧，发现自己的床帘外还亮着光。

她悄悄探出头，跟下面和 PPT（演示文稿）两看相厌的白觅安说：“你怎么连明天要讲的 PPT 都没做好，幸好潘老师好说话，你随便做下就行。”

白觅安刚刚和学姐沟通好活动策划，结果发现明天下午专业课结课作业要讲的 PPT 还没做好，她不想敷衍了事。

和自己超不擅长的意识流电影搏斗一整晚之后，白觅安第二天是卡着点起床的。

当看到手机上的时间赫然显示着“13：03”时，她用平生最快的速度从床上起来，简单梳洗后，就挎着自己的小背包跑到了教学楼。

“让一下，拜托！”

正是上课高峰期，白觅安的姓的首字母是“B”，这意味着她必须提早到教室，然后将做好的 PPT 拷贝到桌面上，以便讲演她的作业。

白觅安一路横冲直撞终于到达教室门口，还好没迟到，她精神松懈下来，一头撞上杵在门口的男生，原本负伤的额头再次受伤。

“不好意思！”

可是这个男生，好像不是自己班上的同学?

白觅安眨眨眼睛，正好和转头的欧成颉对视，欧成颉朝她点了点头：“没事，讲演加油。”

随后的一系列变故让白觅安措手不及。潘老师见欧成颉来了，迎上前激动地握住了他的手。

“小欧，你可算来了！”

潘老师虽然为人和善，但他给白觅安他们班上了大半学期课，从来没这么热情过。

白觅安和室友面面相觑，室友试探地问道：“这个男生是哪个年轻的知名导演吗？”

她自问自答：“不会吧，这么帅的导演，我没理由认不出！”

白觅安额头疼，隐隐有种不祥的预感，果然，她的第六感很准确。

作为第一个上台讲演作业的同学，她走上讲台时几乎是同手同脚，因为她可以清楚地看到欧成颉正在凝视她。

“以上就是我对《野草莓》这部影片的解析。”

磕磕绊绊地讲完了昨晚现编的影视解析，白觅安大脑几乎是一片空白。她心里呐喊着：“救命，我刚刚是不是说了，主人公虽然看上去是个冷酷的老头，但是我觉得他为自己而活的样子很酷？”

酷什么酷，早知道欧成颉会来听，她就再把词句好好斟酌一下了……

潘老师对白觅安的和平日里一样毫无灵魂的赏析做了点评，说完之后又殷切地和欧成颉讨论了几句。

作业讲演结束，欧成颉和潘老师作别之后，看到白觅安等在楼梯旁边，额头上还有老大一块瘀青，没忍住笑出了声。

见他来了，白觅安伸出手：“欧成颉，你怎么会来我们班上课？……”

“上学期，我选修了潘老师的课，他很喜欢我。他知道我下午没课，就让我来旁听一下。”

“原来是你！”早就听说潘老师在其他专业的学生里面挖到一个很有灵气的好苗子，看重得不得了，就差没抢到导演班来，没想到就是欧成颉！

白觅安想了一整夜才搞定的专业课结课作业，欧成颉居然轻轻松松就能交出满分答卷，她抓了抓头发，简直怀疑人生：“欧成颉，你还有什么不会的吗？”

4

“我们社长厉害着呢——十岁演戏火出圈，无数观众等着他回去！可别说，咱社长就一头扎进玩悠悠球这条不归路了！”

听着社员卢嘉的介绍，白觅安在心里补充道：“而且他去年在专业国赛上还代表计算机学院拿了奖，不仅头脑聪明，艺术天赋也极高，随便上个选修课都能被教授盯上。”

对比自己，一个活动方案得改十次，学业成绩也是非常努力才能勉强维持现在的水平，简直是人生不能承受之痛。

想到这里，白觅安的悠悠球掉在了地上。

看到她失魂落魄离开的背影，欧成颉叫住卢嘉，不经意地问道：“她怎么走了？”

“被老大你打击到了，你这么优秀，她知难而退了呗！”

欧成颉看了卢嘉一眼，似是让他不要乱说话，卢嘉吐了吐舌头，躲到旁边继续练球。

放心不下独自离开的白觅安，欧成颉将自己的球收好，在企业微信问白觅安去向。

谁知这一问可出了大问题，过了好几分钟，这时间就算是回寝室也绰绰有余了，可是消息仍是未读状态。

就算是路边小猫被坏人抓走，欧成颉都不会坐视不管，更何况白觅安也算欧成颉的半个社员。欧成颉顺着白觅安离开的方向寻找，发现左边的草丛里传来了似有若无的哭声。

欧成颉拧紧眉头谴责自己是不是对她太严格了，再走几步就看到白觅安捧着横放的手机，他正好能看到屏幕上正在播放有关他的视频剪辑。

白觅安最近烦心事很多，精神紧绷，一有空就看关于欧成颉的视频剪辑。

大家往往只看到欧成颉一演成名，可当时的他为了争取到那个角色，经历了三次试镜失败，都没想过放弃。在采访中，十岁的欧成颉脸上还肉嘟嘟的，说话却像小大人一般：“感谢选角导演给我的试镜机会，他没有怀疑我的能力，我也会以最好的表现回应大家对我的期待。”

视频剪辑的最后是欧成颉饰演的角色——一位天才悠悠球手的巅峰一战，画外音是欧成颉采访中的自述，话语铿锵：“如果连走下去的勇气都没有，最后的胜利也不会属于你。”

“加油呀，白觅安，不就是小小的主任吗？你一定能拿下！”

白觅安被这个视频燃得热泪盈眶，握着拳头给自己加油，一抬手就碰到了旁边站着的欧成颉。

她本想赶紧把界面关闭，手一滑把声音开到了最大，欧成颉的脸色肉眼可见地变黑了。

“不好意思，我不是有意的。”白觅安手忙脚乱地把手机锁屏塞到口袋里，如鹌鹑般乖乖站着，就等着欧成颉的批评。

“多看看真人，少看剪辑。”欧成颉低垂的眼睫像一把小扇子，他靠得很近，白觅安几乎能看到他脸颊旁边淡淡的小雀斑。

上一秒还在屏幕里的人，下一秒就出现在眼前，白觅安几乎要眩晕过去，她迷迷糊糊地点头："好……"

随后她明白了什么，恐慌地后退几步："同学，你放心好了，那个教室我一定会想办法留给你的。我们社联是正规学生组织，绝对不会干出以权谋私这种事情的！"

听到这话，欧成颉的左眼皮猛地跳了下，还没来得及解释，白觅安就一脸刚正不阿地走了，只留他一个人无奈地叹气。

5

一定是被当成奇怪的人了……

接下来，又是白觅安在办公室值班的时间。她边想着怎么挽回在欧成颉心中的形象，边往办公室走着，马老师的车从她旁边经过，她想到前几天问马老师重建悠悠球社的事情。于是等马老师下车后，她便打了招呼。

“悠悠球社？”马老师也露出了诧异的神情，“当时不是已经撤销，教室也被用来开设剪纸社了呀。”

“是这样的，我查了当时悠悠球社的情况，他们整个社的状态都是很好的，而且社团还代表学校拿过奖，我想是不是可以给他们安排一个教室？”

白觅安掏出手机，翻资料给马老师看，马老师甚至没有细看，就直接将她的手机轻轻推开："白觅安，悠悠球只不过是儿童玩具，连我五岁的儿子都不玩。你觉得有保留悠悠球社的必要吗？"

“老师，我知道了。”白觅安表示理解老师的做法，的确，在寻常人看来，悠悠球好像就是儿童玩具，但是悠悠球竞技有没有意义，绝不由别人来定义。

卢嘉大老远就看到白觅安和马老师在说话，他想谈论的无非是教室的事情，凑近一听，才知道不仅教室没了，可能连社团都要面临二次解散。

“我早就说了，白觅安她为了当上社联主任，肯定会不择手段。我都听到了，她同意校方解散悠悠球社！”卢嘉气不过，和欧成颉抱怨。

“然后呢？”欧成颉反问道，“难道社团不在了，你就不练球了？”

“你还帮她说话！你知道白觅安在学生里的名声怎么样吗？你信她，不信我？”卢嘉一掌拍在旁边的墙上，下一秒疼得嗷嗷叫，“气死我了！”

欧成颉听到兜里的手机振动，拿出手机看，正是白觅安发来的信息，他看了眼卢嘉，笑了："你就疼着吧，少编派别人。"

白觅安急急地发消息给他，就是为了收集悠悠球社的一些资料，她要为悠悠球社重新做一份立社申请。

当第一眼看到白觅安的时候，欧成颉就知道了，眼前这个总喜欢把情绪挂在脸上的女孩，就是传闻中那个“为了当上学生会干部，不惜和朋友绝交”的女孩。

可惜他这个人，不爱听别人说的，只相信自己看到的。

6

不知白觅安是用什么法子让社团牌子挂在空教室里的。卢嘉这人缺心眼，还以为是社联老师良心发现，恨不得将自己专业课上亲手打造的小锤子献给老师。

在教室门口，卢嘉热情地说："马老师，您就收下吧，一点心意！"

金工实习这门专业课，将铁块打造成锤子极其不易，在结束课程后，学生往往会把小锤子送给自己最珍视的人。按照土木学院的传统来说，做的第一把锤子是得送给心上人的。老师自然也知道这个传统，尴尬地婉拒了礼物。

马老师确认教室的一切设施正常，临走前拍了拍欧成颉的肩膀，以示鼓励。

欧成颉和卢嘉不同，他对老师突如其来的关心早有预感，猜出最后使老师改变心意的一定另有其人。

思及此，欧成颉深深地看了白觅安一眼，白觅安歪了歪头："社员取得的成就就是最好的招牌，不许我为你们好好宣传一下？"

不愧是术业有专攻，白觅安在办公室干了些时日，粉饰文字的能力得到极大提高。欧成颉本来就是低调的性子，取得了什么成绩也从来不当回事，至于他社里的成员，一个个的也都深受他的影响。

互联网的发明，让小众的悠悠球赛事也能为大众熟知。而白觅安便是通过在某视频网站发布视频，逆转了老师对悠悠球的印象。

她搜集了社内所有成员的资料，包括性格、取得的比赛成绩，她都记录下来。三天后，一条名为"点击即看！世界上唯一比动漫里的动作还夸张的竞技运动"的混剪视频席卷整个网站，点击数据飙升。视频详细介绍了每一个社员，恰到好处的夸张使大家对视频里这所大学的悠悠球社有所了解，并且在一定程度上科普了悠悠球悠久的历史。

画面的最后是欧成颉去年参加的亚洲杯季军比赛录像，没有文字描写，任何额外的描述都是对这种艺术表演的破坏。

白觅安正是拿着这条视频的后台数据去申请的立社，比起那些没有说服力的解释，网友的评论更能证明悠悠球社有保留的必要。

"没想到悠悠球还能这么燃！A大不愧是重点高校，人才汇集！"

"不懂就问，请问A大分数线多少，我现在努力还来得及吗？"

好歹这社团教室顺利申请下来了，白觅安松了一口气，等老师离开教室后，欧成颉看她的那一眼，差点把她吓得心脏骤停。"社长，你没事吧？"她生怕欧成颉看出什么。

欧成颉微笑着，没有回答，而是转移话题："我看到那个视频了，新人视频博主可都是怪物，用一晚就能剪出视频。"

"可不，我们这个专业就是以效率为重。"

她还以为瞒过去了，结果欧成颉平静地朝她伸出手："十年前抢走的我的球，可以还给我吗？"

7

作为半个公众人物，十岁的欧成颉深知粉丝的疯狂，比如他现在一个人走在回家的路上，而后面不远处跟着一个隐藏失败的小尾巴。

这个女孩几乎可以说是在剧组的时候就一直跟着他。她是片场导演的女儿，单亲爸爸不忍心把放暑假的孩子一个人丢在家里，于是千求万求，可算让总导演同意让她跟来剧组。

"我家孩子脑子不好，笨，大家多担待些。"欧成颉听到这句话时正在化妆，化妆师正给他上腮红，在不远处的那个女孩似乎对眼前的化妆包感兴趣，扒拉几下，几盘化妆品不幸落地。

片场导演刚说完话，那孩子就出现了意外状况。

欧成颉的戏份少，一天只有几个镜头，干脆就替片场导演看着女孩。

"你就跟着我，我一个人孤单，缺一个朋友。"

女孩开心地点头，原本以为她跟着欧成颉会玩得很开心，结果欧成颉天天玩悠悠球，根本不是她想象中的"玩"。

她百无聊赖地在欧成颉面前翻翻课本，掰掰手指，做什么事情都不专心。

剧组杀青的前一天，欧成颉终于跟着高手学到新技巧，心满意足的他看到还在那边自顾自地玩得开心的女孩，朝她招了招手："妹妹，你知道为什么片场的人都很喜欢我吗？"

"为什么？"女孩刚刚又试着去爬树了，手指甲缝里都是泥土，她一天做各种不同的事情就没个消停。

欧成颉右手放出一个悠悠球，球正在空中旋转："因为我专注，无论做什么都能做到最好。你能答应我以后无论做什么都尽自己最大的努力，不要半途而废吗？"

"当然可以！"

她以为和这位哥哥是好朋友，为了证明自己能做到专注，回家后花了一个小时，破天荒乖乖地坐在桌子前画了一幅画，想着第二天给哥哥看自己的"专注"。

片场上的工作人员对她的作品赞不绝口，纷纷夸奖，大家不同于往日的冷漠，有人温柔地摸了摸她的头："妹妹画的欧成颉真像。"

原来哥哥说的是真的，"专注"讨人喜欢！她跑遍了片场的每个角落，想跟哥哥说自己做到了，自己也成为讨人喜欢的小孩了。

可是他不在，他从她的世界路过，只是无意中用自己的光芒照亮了她。

8

2010年的街头，欧成颉家附近的音像店门口有两台巨大的音响，十岁的白觅安蹲在音响后面，露出头顶的头发。店主随意播放着音乐，正在极近处的白觅安被巨大声响炸得捂住耳朵，跑出老远，完全暴露了自己。

欧成颉皱着眉头，双手插着口袋："你怎么来的这儿，我记得白导演家住在另外一个区。"也正是因为住得远，所以白导演才不敢让女儿一个人留在家里。

白觅安急得眼泪都快出来了，气得说不出话，咳了好几声才喘过气："是你说我们是好朋友的，你单方面断绝朋友关系，那就不要怪我不客气了。"

小孩子能想出什么高深莫测的法子，白觅安那时是想着要让哥哥后悔离开自己，小短腿噔噔跑到哥哥身边，伸手扒拉印象中哥哥放着悠悠球的口袋——拿走了他的宝贝悠悠球，一定让他追悔莫及！

她平生从未跑过这么快，抢走了球之后就快速跑到另一条街的巷口，把球藏好之后，跟路过的叔叔问路，找到了公交车站坐车回家。

所以白觅安回想童年的时候，觉得自己还挺聪明的，为了气欧成颉，能跨越半个市抢球……

几天后的亚太地区比赛，她在片场上听欧成颉提过一次，她缠着收工的爸爸带她去看比赛。不料她没看到欧成颉因为失去备用球而出丑的样子，反而被欧成颉不带备用球的酷模样秀了一手。原来这个球对他并没有那么重要。她本想以此要求他重建联系，可幼稚幻想落空了。

比赛结束时，灯光下的欧成颉光彩四射，感谢完评委后补充了一句，目光似有若无地看向观众席，让白觅安瞬间羞愧不已："备用球先放你那儿，等你能再遇到我的时候还我也不迟。"

欧成颉原本想的是，既然妹妹想要球，给她便是。可意外看到台下的她手上攥着球、惶恐不安的模样，便说几句话去安慰她。

没想过拿回球，也没想到会在大学里再遇见她。

再次听闻她姓名，是学生会选拔干部的前一天。他正在图书馆后面练球，两个女生吵架的声音从图书馆拐角处传来。

"白觅安，咱们是朋友，就和你说实话吧。我已经和所有同学打好招呼了，待会的选拔，你直接弃权就好，我也不想让你输得太难看。"

"凭什么？选拔本就是公平坦荡的事情，有你这种朋友，我还嫌给自己跌份呢！"话语结束，还有女生吐舌头的"略略略"的声音。

欧成颉一听就知道，另外一个女生肯定气坏了。他没猜错，没过多久，白觅安的这个八卦便被传得满天飞。

大家都说，社联主任白觅安是刚正不阿的工作狂，他正要为社团申请一个教室，找这种公事公办的人最合适不过。那天他一推门就看到了长相和小时候几乎没什么变化的抢球妹妹，原本应该相认的，可那时白觅安怪笑着看屏幕里自己的照片，于是，他为了保全白觅安的自尊，收起了相认的想法……

9

白觅安本来还想维护一下自己的形象，这下不用挣扎了，她在欧成颉面前早就没有面子了，她嘴角微微抖动："原来你一眼就认出我是那个灰头土脸的小妹妹了。"本来还想伪装成热爱悠悠球的乖宝宝，结果被正主一眼看破。她热爱的哪是悠悠球，明明是他。

"你觉得我知道的只有这么多吗？"欧成颉捂着额头，似有些无奈。

不过幸好是白觅安，他才能坚持到现在，只是他的确是最近才知道视频博主"心有悠悠结"就是她。两年前亚洲杯悠悠球赛，他所在的2A组出现了一个新参赛 2A 组的大神球手。这个球手曾经包揽 3A 三年的冠军，那年同时报了 2A 组别和 3A 组别的比赛。在 2A 比赛时，那位大神恰好在欧成颉前几位比赛，欧成颉清楚地看到那位大神出神入化的操作。

在绝对的能力面前，一切都只是浮云。他瞬间对自己产生了怀疑，他真的能在这条路上走下去吗？他有资格吗？

和其他的天才球手相比，他练球的时间并不短，可名次始终在亚洲赛十名开外。而有人年纪轻轻就已经成为开拓新时代的球手了。

比赛结束后，他还站在后台，呆呆地看着自己的手。

“欧成颉！你愣着干吗？”他的好朋友陪他来参加比赛，正好在网站上看到一个视频，叫了欧成颉好几声，好朋友兴奋地指着手机屏幕，“你快看，有粉丝为你剪辑视频！”

诚然，这个网站上有很多剪辑视频，似乎很多人看久了之后便觉得视频剪辑好像不是什么难事。大多数剪辑视频博主前期需要收集极多素材，事实上最难的不是剪辑，而是如何用那些寻常的素材，做出不寻常的效果。

这是欧成颉第一次看“心有悠悠结”上传的视频剪辑，被视频博主富有张力的剪辑所吸引，这也是他的入坑作。视频博主显然是他多年的老粉，知道许多他从前的事情，视频博主在简介里这么说——我不会只站在台下为你鼓掌，我会冲到前方为你摇旗呐喊。你值得被更多人看见，被更多人喜欢。

世界上所有事情都是入门易，巅峰难。坚持就是胜利，剪辑如此，悠悠球也是如此。

他一直默默关注这个视频博主，甚至潜入自己粉丝的粉丝群，视频博主会经常在群聊里面吐槽功课，但每次吐槽完又傻兮兮地给自己打气。

恰好是白觅安来学悠悠球的那天，深夜，群聊里还能听到视频博主发的语音，大意是说终于做完了赏析课的作业，明天去老师那边挨批。

听着耳机里传来的极其耳熟的声音，他眨了眨眼睛，再重复播放一次，才敢确认……“心有悠悠结”就是白觅安。

10

现在的白觅安可算知道了粉丝要远离正主生活的真正原因。

事情发展得很突然，她原本只是在朋友圈随口一说，最近有一部电视剧的角色颜值和演技都很不错，让她瞬间有了“二创”的欲望。她真的只是“口嗨”，谁知欧成颉就拿着她朋友圈的截图问她，什么时候能剪辑，他很期待。

白觅安收到信息时，正抱着一大袋薯片窝在靠椅上追剧，她的嘴巴张得老大，原本叼着的薯片也掉在了睡裤上。

她只是想简单地当一个快乐宅女，为什么要在愉快的双休日来催她更新！

但是欧成颉找她，她不可能不回复，于是支支吾吾地忽悠道：“等有空吧。”

如果问白觅安后悔拿这句话搪塞欧成颉吗？答案是肯定的。

过了一个多月，其间白觅安很奇怪地发现自己总能在学校里遇到欧成颉。每次遇到时，欧成颉都真情实感地告诉她：“你有空时记得更新，不要忘记群里嗷嗷待哺的粉丝们。”

她本可以趁着这么多次机会和欧成颉多培养培养感情，可大号拖更了大半年的她实在不好意思，几乎每次都是在欧成颉期待的眼神下落荒而逃。

群里的风向逐渐不对，所有群友每天早上发的第一句都是“今天悠悠更新了没”。白觅安可怜兮兮地拿着自己满满当当的课表给欧成颉看，但课满这个借口已经用了好几次：“还有机会和粉丝说博主真的没法更新吗？”

“有呀，忙着恋爱这个理由充分吗？”他不好意思地轻咳了一声，眼神却坚定而温柔，“至于对象……可以考虑我。”

视频正在飙升的播放量，好似正在升温的爱意。是对梦想的爱，也是对彼此的爱。十年来，他追逐着站上领奖台的梦心无旁骛，而她也追着追梦少年一往无前。

今日天晴风轻，宜心动，宜圆梦。

韶光过

陈廿榛

1

荆溪有一个秘密，从来没对任何人说过。她常常会想，为什么自己会来到这个世界。不要惊讶一个不满十岁的孩子能思考这种生理与哲学并存的问题。荆溪更小的时候还常常担心，如果宇宙真的毁灭，星河倒灌，她要躲到哪里去才好。但是当她问出这个问题以后，大人们无情地嘲笑她，把她的问题当作笑话讲给更多人听。没有人在意一个孩子的恐慌，渐渐地，荆溪开始渴望有一间独立的卧室。

当时他们一家人还住在父母单位分配的小房子里，四十平方米的屋子，兼具客厅、卧室与卫生间的功能，荆溪只能住在父母大床旁边的一张小床上。她在夜里有任何举动，父母都能轻易地察觉到。这是关爱，却也是禁锢。荆溪怀疑自己的叛逆是从那时开始的，她开始偷偷地用手电筒躲在被窝里看书，把被子的角落全部严丝合缝地压住，在那个小小的空间里，闷热，闭塞，却也有着奇异的安全感，这是连父母都无法给予的。

她在那个狭小的空间里，看《三侠五义》，看《孽海花》，看名叫《中华上下五千年》实则是《三言二拍》与《施公案》合集的一本书。在长大后的十几年里，荆溪曾经反复推演分析她性格的成因，在又一次与童年的对话中，荆溪确定当时那些她躲在被子里读完的书已经在冥冥之中为她的人生埋下了伏笔。

而这些，是她的父母全然不知的。他们知道自己的女孩好读书，喜静，却不知道在她幼小的身体里灵魂成长的速度已经远远超过肉体。她冷淡地观察着她周围的世界，像是一个世间的游离者，虚伪的老师，心机外露的亲戚，她班里那些还没开始青春期发育就会拿谁喜欢谁来开玩笑的同学们。在荆溪的视角中，这个世界光鲜亮丽地飞速发展着，唯有她，站在自己雾茫茫的世界里，不知道何去何从，于是只能随波逐流。

那时的荆溪不知道，她需要一个朋友，理解她，懂得她，无论是男是女，无论是老是幼，总得有这样一个人出现，她的灵魂才不会在世间孤立无援。

顾靖书就是在这时出现的，不早也不晚。五年级开学的第一天，荆溪背着书包去学校的宣传栏榜上找自己的名字。小升初的关键一年，学校、老师和家长们达成了共识，班级以成绩为杆重新划分，荆溪和顾靖书，原本可能在学校里擦肩无数次也不相识的两个人，竟然成了前后桌。命运的指针终于在这一刻开始渐渐重合。

在元旦前的接近四个月里，荆溪从没有主动回过头，但这并不妨碍她知道关于后面那个男孩子的消息。原来在她隐秘地屏蔽这个世界的同时，这个世界也在屏蔽她。她后知后觉，顾靖书在学校里竟然是个风云人物，奥数比赛，钢琴，朗诵，法语，甚至还有快板，她第一次听到其他女孩历数他的履历时，第一反应不是惊讶于这个同龄男孩的出众，而是觉得可怕，怎么会有精力如此旺盛的人？想想每次被逼着去学舞蹈时都生不如死的自己，荆溪在心里给顾靖书盖了第一个章：狠人。

2

在荆溪的章落下的同时，她并不知道自己也被顾靖书盖了章：冷淡。

他们的成长其实是一场遥远的殊途同归。荆溪是从书里学会看世界，而顾靖书则是因自小背负家里的期望而努力，学得多了，见识也就多了，因此小小年纪也锻炼出了一颗玲珑心。在遇见荆溪之前，顾靖书把身边的人分成两类，一类是和他一样的，可以随时被家长、老师拿出来充门面的，要么是学习成绩，要么是才艺；而另一类是看起来相对普通一点的，有些只顾着玩，但也玩得开心。

唯独荆溪，算是个另类。她成绩很好，却不被老师喜欢。靖书听自己在学校工作的妈妈提过两句，“这孩子有点古怪”，再说下去无非是她不愿意参加奥数比赛，也不愿意写国庆征文。说来说去，“不愿意”三个字恐怕就是“古怪”这个评价的根源了。但一个人，不做自己不愿意做的事情，又有什么错呢？

自那以后，靖书开始留意起荆溪来，他会不自觉地去观察她。比如帮老师跑个腿，去叫荆溪班里的班长，会发现她总是一个人坐在座位上看书，偶尔有女孩凑过去，她也能笑着和人家聊起来。但靖书总觉着，她的笑有点冷淡，是为了合群不得已而为之的。

不过，即使发现对方在某些方面和自己算是同类，靖书也没有贸然上前。他也有他的骄傲。

但同班以后，能够观察她的机会更多了，这样的观察在多年后回想起来时，是有点别扭的，因为当时的靖书是带着骄傲的情绪去观察荆溪的。他理解她的“不愿意”，也羡慕她能够如实表达出来，而他，在不想说话时也要拿起话筒，在心绪繁杂时也要努力平复下来处理同龄人之间的纠纷，每当遇上这样的时刻，他总会微妙地嫉妒她。

就这样，从九月到十二月，他们竟然没有私下说过话。唯有语文或英语课，老师要求小组合作的时候，她会转过身来，平静地看向他，因为在他们四个人的小组里，他是组长。其他小组里，大家在开始正式任务前，总是会忍不住喊喊喳喳小声说会儿话，而他们这个小组，永远能够最先完成任务，然后大家默契地保持沉默，各自看书。每当这个时候，靖书便会有些紧张，因为这是他们共用一张课桌的时刻，尽管荆溪只是微微把书搭在他的桌子上。他每天擦课桌的习惯应该就是在那时养成的。

直到他们十一岁那年的元旦，两人才终于在课堂之外对彼此说了第一句话。那时的家长和老师们对于节日都不太当回事，但学生们却格外重视，校门口的水果店和饰品店还应景地上了一批新货。有些交情好的同学，还会互赠手套围巾贺卡之类的小礼物。所有人都沉浸在节日的欢愉里，靖书的书桌上更是堆满了礼物，但那一天，他的心情反倒是罕见地低落，因为，整整一天，荆溪都没有收到一个礼物。尽管她本人对此似乎并不在意。

犹豫再三，靖书还是从书里找出一张书签，那一节的阅读课，他什么也没看进去，脑子里翻来覆去想祝福语，稿纸上凌乱地写满了句子，最后落在书签上的也只有一句“诗酒趁年华”，这是他所能想到的最好的祝福与鼓励。放学后，靖书留在教室锁门，顺便把书签夹在了荆溪的语文书里。

3

第二天，荆溪早读的时候翻到明显夹了东西的那一页，还没等看清图案就下意识把书合上了，看了眼周围老师并没有来才把书又小心打开，这次她认真地端详了那张书签，还有，书签后面的字。

课间时，大家都下去扫雪了，教室里只有几个值日生在打扫卫生，靖书正在帮老师整理随堂考的成绩单，荆溪攥了攥拳头，终于鼓起勇气转过身。

“谢谢你。”

她看到靖书有些错愕地抬起头，但转瞬间似乎又意识到了什么，说：“你怎么知道是我？”

“因为只有你用灰蓝色的墨水。”荆溪说着指了指他的笔袋，露出一个小小的孩子气的笑容。

道完谢，她就准备下楼了，如果被班主任抓到她在教室里，一定会唠唠叨叨个没完。那一天，雪下了很久，直到晚上放学也没有停，荆溪回家后天已经完全黑了，她站在窗前看了一会，在漫天的雪中，她隐约意识到自己的世界走进来一个人，但她并不知道这个人是否会影响到她的生活。荆溪并不喜欢变动，如果可以的话，她甚至希望时间能够永恒地静止在某一刻，因此，她把那张书签夹到了一本希腊神话书里。七岁以后，她就不再看童话了。

后来的日子，讲起来有些乏善可陈，小升初，初升高，时间飞速地流转着，校服换了，校牌改了，头发长了又短，书桌上的练习册有增无减。青春在荆溪身上好像被按下了暂停键，她读的书越来越深，越来越杂，对这个世界却越来越恐慌，因为她在不该深思的年纪意识到自己的渺小与无能为力。她看罗素、卡夫卡、加缪，也看《堂吉诃德》和《伤心咖啡馆》，在老师、同学们的眼里，她已经长成一个气质越发沉静的女孩，但她自己清楚地知道，她心里的荒原已经开始吞噬她的正常生活，她必须做些什么，把自己从深渊中拽出来。

而靖书，就是在这个时间点上又一次出现在她面前的。那一年，他们十七岁，尽管一直是校友，也偶尔因为成绩优异而聚集在老师的办公室，但他们之间似乎隔着一条宽阔的河，偶尔目光对上，也只是彼此点头致意，从未像其他同学一样寒暄。

荆溪把长发剪到齐肩的位置，买了跑鞋和运动装，决定每天早晨把晨读背书的时间用来跑步。这意味着，她要把起床时间提前到六点半，这样才能保证每天七点五十到校不会迟到。几年前他们家就已经搬到大房子里，她也有了独立的卧室，即便早起也不用担心会吵到父母。那年春天，北地多雨，她开始在睡前留意第二天的天气，以便提前做好计划。这天早晨起来时，她推开窗看了看外面，天空有点泛灰，但并不影响跑步。

谁料她在公园里刚刚跑到一半，就感觉有水珠落在了脸上。这像是一个讯号，紧接着天上的雨就开始迅猛地砸下来，荆溪赶紧向不远处的凉亭跑去。等她跑到亭子里时，头发已经湿了大半，看着天地间被雨幕连成的一面墙，荆溪忽然有点头疼。她决定再等一会，如果雨还不停，就淋雨回家换衣服去学校。正当她对着雨出神时，忽然看到不远处有人撑着伞正朝亭子走来，那是一把黄色的画着皮卡丘的伞，在学校里她曾经见到顾靖书撑着这样一把伞。

4

靖书走近，果然看到荆溪坐在亭子里，她似乎也在看他，淋过雨的头发湿漉漉地披在肩上，这样的形象大幅度地冲淡了她身上冷淡的感觉。

“我送你回家吧。”靖书收起伞走到亭子里对荆溪说道。他注意到她先看了看雨，又看了看他手里的伞，然后对他道了声谢。这让靖书觉得自己似乎是和这场急性子的雨在一起要挟她。

“你怎么会来这里？”或许是两个人撑着一把伞距离太近了，荆溪无法在这样的氛围中保持沉默。

“这边有个面包店，我早上经常来这边买面包，刚刚来的路上看到你了，出来以后看到下雨了想着你可能没带伞就过来看看。”

靖书感觉自己好像身体与灵魂分离了，身体在为他们撑着伞，注意着行人与红绿灯，而灵魂在上方默默检视，自己刚才说的话是否足够礼貌又合理。

“你眼神真好。”他听到身边的女孩这样说，诚恳的语气，似乎只是在单纯地羡慕他的好视力和好记性。她还是跟从前一样，靖书忽然有点好奇，她现在在读什么书。这样想着，也就顺口问了出来。而她对这个话题似乎有些抗拒，但还是礼貌地回答他了：“《西方哲学史》和《不安之书》。”

这个答案是既在意料之外也在意料之中的。靖书捏了捏伞柄，终于还是没忍住开口："我小时候的钢琴老师很喜欢肖邦，他总是布置曲子让我们回家练。但不知道为什么，那时候的练习很痛苦，感觉自己好像快被曲子吞噬了。"他意识到自己这句话里的某个字显然触动了荆溪，因为她把看向远方的目光转到他的脸上，于是他接着把下面的话说了出来，"我妈妈察觉到不对劲儿，就让我停了一阵子，先换别的曲子。大概一两年之后吧，我再重新弹的时候，发现已经不会再有那种难受的感觉了。"

"所以，如果不舒服，就先停下来吧。"靖书说完看向荆溪，这是他们最靠近彼此的一次，近到他可以清晰地看到她眉上的痣和眼底一闪而过的迷惘。他忽然福至心灵，知道了她为什么开始跑步，他开始在回忆里检索跟她有关的记忆，她剪了短发，换了眼镜，穿在校服里的衬衫也从蓝色系换成了白色系。这些零散而细碎的画面让靖书忽然意识到哪里不太对劲，在他不自知的情况下，他对荆溪的关注已经超出普通同学的范畴。而这时，他听到了一句话，让他所有的理智都被按下了暂停键。

"很奇怪，我们明明不熟的，可是好像只有你能一眼看穿我的困境。"荆溪歪头看向靖书，而他察觉到她的目光，努力装作若无其事的样子开玩笑："是头一次觉得我很帅吗？"说完靖书却有点后悔，因为他不确定荆溪是否能接受这种程度的玩笑，有点亲昵的，他从来没对别人开过的玩笑。

"不是。我忽然发现我记不清你的样子，高考完以后我们应该就不是校友了，我得好好记住你的脸。"荆溪说这话时依旧是坦坦荡荡的语气，靖书听着不免觉得有些忧伤。雨似乎小了点，但依旧淅淅沥沥的，整个天地间都雾茫茫地被水汽笼罩着，偶尔行过的车会在水泥路面上淌出一条明亮的水线。

他顺着她的话题问道："有想去的学校吗？"

她点了点头，说："想去浙大，想看看绿涛拍岸究竟是什么样子，那种浩浩荡荡的绿意我想象不出来。"这是一个意料之中的答案，靖书对比自己想去北京的理由，又默默给她加了一个关键词：浪漫。

下着雨的路比想象中要短一点，快到荆溪家门口时，靖书感觉自己和十一岁那年纠结要在书签上写什么的少年仿佛重合了，他想了又想却不知道该说些什么，但又不甘心就这样沉默然后道别。

"如果可以的话，不要喝那么多咖啡。"荆溪突然说出来的这句话让靖书愣了会儿，他想到学校给高三年级特地装的那个大饮水机，就在走廊的最东侧，而荆溪的文科班就在那里。

"好。"他郑重地承诺着，脸上不自觉地带出了笑容。

雨还在下，那是一个多雨的年份，他们高考结束那天，也同样下着很大的雨，挤在校门外的家长们，撑着各式各样的伞，像是在雾茫茫的天地间举起了一盏盏色彩各异的灯。靖书走出考场，站在走廊上，他忽然想起记忆中的某一天，空无一人的走廊，荆溪站在风口，他不知道她是在看天空还是在看地面，他只记得那天的风燥热而猛烈，吹得她的齐肩短发飞扬在风中。那是他关于少年时代最后的印象。

5

荆溪如愿去了杭州，杭州的雨更频繁，梅雨季开始时，荆溪身上常常会起疹子，晚上后背整夜的痒让她无法安睡。即便那时的电子通信业已经势头猛起，人手一个智能手机走在校园里快成了标配，可她依旧不习惯用电子产品读书，离家时半个行李箱都被书塞满了。但晚上即使有帘子灯光也无法完全被遮住，于是她就躺在上铺默默地回忆中学时背过的古文。这样漫长的夜，她差不多经历了两年，直到身体开始适应南方的湿度，情况才渐渐好转。

在那些孤单的夜晚，她常常莫名地想起一句诗："铁马冰河入梦来。"随着这句诗而来的还有跟顾靖书有关的一些画面，并不完整，零零碎碎的，不知道是什么时候被记忆库存储起来的。女孩子的寝室，晚上开茶话会是常事，大家常常说起初恋，说起少女时代恋人的眉眼，荆溪从不参与，偶尔却也听听。同别人相比，她的青春看起来似乎太无趣了，室友们也从不打听。

恰好她心底有些片段也只想自己珍藏。高三那年，有一个下午，她坐在空无一人的教室里听到操场上男孩子们的呼喊声。那天刚刚下过雨，草地上还挂着亮晶晶的水珠，男孩子们却等不及地面上的水蒸发，就抱着篮球跃跃欲试了。她想了想，也穿上外套走下楼去，因为她忽然想看一看，平日里看起来文质彬彬的人，打篮球会是什么样子。那是学校为了给高三同学们减轻压力而批准举办的一场篮球赛。文科班是男生不够女生来凑，理科班却是想上场都要争破头。

荆溪没有走去球场，她去了二楼的天台，那里刚好可以看到场上的情况。他穿了一件蓝白色的球衣，左手腕上戴着一件饰品，距离有点远，荆溪看不清那是护腕还是手链之类的装饰品。球场上的他，开始似乎有点放不开，但后面跟队友磨合默契了，竟然也有了点挥斥方遒的感觉。

那场球赛到黄昏时才结束，淅淅沥沥下了一整天的雨，在傍晚时天色却放晴了。夕阳是淡淡的橘色，荆溪整个人仿佛都置身在暖色调的夕阳里，她的目光始终在跟随他，看到他和队友们拥抱，看到他接过女孩子递过来的水。那一天的黄昏格外漫长，荆溪在黄昏的余韵里和她迟来的青春狭路相逢了。

但她做不出来毕业就告白这样勇敢的事，很小的时候荆溪就知道，她喜欢的是有安全感的生活。小时候的安全感，来自那个闷热的被窝，和雨天里的一把伞。现在的安全感，是香水，娇兰的花草水语系列，和每年的铃兰限定，是她为数不多的物质追求。她喜欢把这些瓶子摆在一起，只是看着，就觉得满心欢喜了。

那个几乎没有人说话的小学同学微信群，她偶尔想起他时会点进去，看看他的头像，看看他是否更新了签名。关于他的八卦，她知道得也越来越少了，她在杭州，他在燕园，朋友圈越来越大，也越来越无法画成一个圆。

偶尔睡不着的夜里，也会被一种悸动蛊惑，去找他吧，哪怕什么都不说，他应该也能懂得自己的心情吧。但这念头一出，又会被狠狠地打压回心底，万一他变了呢？万一他有了恋爱对象呢？如此反复，一个漫长的夜也就被消解了。

6

靖书的确恋爱了，如果有人能够和中学时一样在荆溪耳旁八卦，她或许能够把八卦和现实对上号，靖书的女朋友，就是那个当年在球场上给他送水的女孩。爱情并不总是青睐勇敢的人，但勇敢的人却总是能够把握住机会。一路追着靖书到北京的女孩，就把握住了时机。他或许并没有多么爱她，起码和她给出的喜欢相比，靖书的喜欢是稍显克制的，他似乎总是这样，走一步，想十步，外人看到的他总是片面的，好像没有人能拼凑一个接近他自己认可的灵魂。

不对，还是有这么一个人的，只是，她似乎并不在意他的灵魂是什么样子。

靖书想到这，觉得心里像是被板栗的外壳刺了下，但这种感觉转瞬即逝，并没有影响到他的生活。起码他陆续的几个女朋友，都没有察觉到男友心里隐蔽的那个角落。事实上，靖书始终无法判断出，他对荆溪的感情究竟是少年时代的骄傲作祟，还是灵魂的寂寞需要有人懂。

无法做出判断，就无法付诸行动。于是大学的四年里，靖书并没经常想起荆溪，只是偶尔的下雨天，他会打开天气预报看看杭州是否也有雨。即使有雨，他也不会忧心她是否带了伞，因为这样的忧心越界了。

但命运有时候很有趣，似乎是见不得有人可以控制住自己的感情，于是故意布下路障，在云端看着渺小的人类要怎样跨过去。靖书的路障，来自高中的一位校友，那时已经到了大学最后一年的春天，他的几段恋情相继终结，毕业论文，实习，凡尘琐事满满登登地占据着他的日程表。这位校友是个热爱张罗的人，他把散落在北京的高中同学聚到了一起，能来的都来了，大家热热闹闹地吃了饭，喝了酒，在即将各奔前程的当口回忆青春。同大学时光比起来，中学时代就是他们遥远的青春了。

席间不知道是谁先说起暗恋，竟然有三四个人都曾暗恋过荆溪。

“就是觉得她很漂亮，成绩又好。”

“她对我笑过，我觉得可能在她心里我比其他人特别一点。”

“她到现在还单着，你们说她是不是有暗恋的人啊？”

话题不知道怎么开始拐到一个奇怪的方向，而大家似乎都热衷于这个游戏，但谁也没能提供一点有价值的线索。直到一个不起眼的女孩，她说了句：“荆溪可能喜欢最后那场篮球赛中的一个人。”

“为什么？你怎么知道的？”大家七嘴八舌地问。那女孩被众人的注视调动起情绪，她努力回忆过去，描述那天自己看到的情景：“我那天看到她走到天台上，一直坐在那里，看着球场，直到球赛打完太阳落山了她才走。如果不是为了看喜欢的人，应该不会坐那么久吧？”

这个推测听起来很合理，但也有人反驳：“或许她就是为了放松一下呢？”

很快大家就把话题转向别处了，一个八卦，并不足以支撑整场同学会，但后面靖书的脑子里就一直在回响着那个女孩最后说的那句话：“可是，她看起来很寂寞呀。”

喜欢一个人的时候，才会寂寞吧。他忽然也想去看看，那如碧涛般扑面而来的绿究竟是什么模样。

7

杭州又开始下雨了，荆溪和朋友们约好去龙井茶山的计划只好暂时搁置。和其他同学的焦灼相比，荆溪的生活一如既往地安静。已经被保送本校研究生，和家里也就未来留在杭州的想法基本达成共识，除视力又有点下降之外，荆溪的生活基本没有什么波澜。有的时候，熟悉了的朋友会开荆溪玩笑给她介绍朋友，但荆溪会静静拒绝：“不用，我有喜欢的人。”起初大家会试探着要荆溪讲讲来龙去脉，后来发现说来说去无非就那么几句。

“你们为什么没在一起呀？”

“为什么要在一起？”

“你不是喜欢他吗？”

“可喜欢为什么就要在一起？”

一问一答，几个朋友也辩不过荆溪，但好在大家包容她的不一样，还纷纷表示，等哪一天荆溪想开了，他们一定会给她留意自己身边的小伙子。荆溪笑着应了，她对未来并没有长远的规划，万一哪天真的需要有一个人来分担生命中浩荡的孤寂，说不定真的需要朋友们帮忙。

不过，朋友们的承诺似乎暂时无法兑现了。三月末的一天中午，雨依旧在下，荆溪从十五分钟的午觉中醒来，听着外面雨滴敲打在玻璃窗上，她的被子温暖又热乎，加厚的帘子挡住了来自外面的嘈杂，这样的午后让她想起十岁那年在学校午休时的情景。

那天外面下着瓢泼大雨，荆溪睡靠墙的床，她把学校统一的蓝色被子打开，躲在里面看《哪吒传奇》，查寝的老师悄悄进来，没有发现她还在看书。后来，她在雨声里睡着了，那是她迄今为止最有幸福感的一场午休。这样的幸福感环绕着她，以至于她在接到陌生来电时，语气仍是轻松的，甚至带着笑的，直到电话那头的人在噼里啪啦的雨声中说：“我是顾靖书。”荆溪发现，她微小的快乐几乎是在瞬间被紧张取代了。这个人，对她情绪的影响力，比她以为的还要大。

快走到门口时，荆溪原本有些迟缓的脚步忽然加快了，当她看到那个站在雨中的人时。伞被对方接过，大部分遮在她的头顶。

“附近有咖啡厅奶茶店之类的吗？”

这么多年，他们之间本该是陌生的，有距离感的，但他一句话就把时光拽回到那个下着雨的清晨，他们撑着伞站在雨中，似乎一切都没改变。但观察彼此的眉眼就知道，时光的缺失又是的的确确发生了的。

“你来，有事吗？”荆溪下意识忽略了对方的问题，她现在更想做一个等待答案的人。

“有，我发现我喜欢你，但又比喜欢多一点，我觉得我可能是你的灵魂伴侣。”

顾靖书的话很突然，但荆溪并没有觉得惊讶，也没有暗恋成真的欣喜，她摸了摸自己的心口，很平静，甚至平静到有点悲伤。

“是不是只有做恋人才能长远维系住灵魂伴侣的关系？”

“不会，二者之间没有因果关系。我强调灵魂伴侣，就是想告诉你，无论你做什么选择，你在我这里都是自由的。”

荆溪听到他的话，点了点头，又问出了一个不相关的问题：“你高三那场球赛左手上戴的是护腕吗？”

这是一个莫名其妙的问题，但荆溪看到顾靖书的眼睛里似乎有雨滴要落下。

借年少月光

阳光正好，洒于每个角落，照亮少年们风华正茂的青春。

冬日破茧的蝶

✿婆娑果

她像试图破茧成蝶的毛毛虫，但因为结茧时过于努力，反倒无法突破那厚重的茧房……

温佑铭第一次见白雨筠是在一个大雪天。

鹅毛似的大雪扑簌簌落了一地，实在算不上是浪漫的好天气。

温佑铭坐在咖啡厅的落地窗前，眼神不自觉落在窗外，像是在欣赏北国的雪，又像在欣赏冬日的风。他皮肤白，身板瘦，单手撑着下巴靠在桌前的模样，倒还真能让人看出几分文艺的氛围来。

看着看着，白雨筠便走进了他的视线。

她穿着几乎能盖住脚踝的长款羽绒服，脖子上围着一条格外厚实的围巾。雪天路滑，她迈着小碎步走得小心翼翼。像俄罗斯商品店里售卖的套娃，像极地馆里走起路来晃来晃去的企鹅，像一只横行游走的面包蟹，像……少女突然“扑通”一声摔倒在地，因为下坡惯性，她像个冰壶似的径直滑到咖啡厅的窗边。

温佑铭被逗笑了……

所以，当白雨筠抬起头对上温佑铭的视线时，正好看到温佑铭那张幸灾乐祸的脸。

虽然彼时温佑铭自认为并没有“幸灾乐祸”，可他还是因为心虚快速收住了笑意。

于是，他们看着彼此，一齐冷着脸，就像两只放在门口揽客的雪雕，一动不动的。

许是因为趴在地上实在是冷，所以还是白雨筠先有了行动。她以极快的速度爬起来，拽起围巾挡住脸。然后，她装出一副什么都没发生的姿态，快速离开。仿佛只要她走得足够快，温佑铭就没有看到她摔得四仰八叉的名场面。

随后，“扑通”一声，白雨筠摔倒了第二次。头朝下，脚后跟翘起，她像根萝卜似的扎进了雪地里。

温佑铭自认为是个有礼貌的人，平时遇见这种事情时根本就不会笑。可此时此刻他实在是忍不住，因为白雨筠努力想要快速爬起来却因为衣服太长只能原地蠕动的姿态实在过于搞笑。

她像试图破茧成蝶的毛毛虫，但因为结茧时过于努力，反倒无法突破那厚重的茧房……

1

白雨筠从来不信那些“只要努力就一定会有回报”的鸡汤，毕竟她已经努力到连笔盖都快要咬穿了，可眼前这套数学卷子横竖算着也就只有“60”分。

150 分满分的卷子，她勉强算是把零头考了出来。

数学老师用卷子卷成纸筒，恨铁不成钢地“敲”在白雨筠的脑瓜门上：“你说这成绩怎么就上不去呢？千万别说是因为你笨，这世上哪有什么笨孩子，分明就是你不够努力。”

白雨筠别过头去，小声嘟囔：“其实我还挺努力的。”

数学老师抬起眼皮，盯着白雨筠幽幽地看了一眼。

白雨筠微微一笑，默默把嘴闭得相当牢靠。

还不够努力……

那就得加倍努力。

经过家里人的一致决定，白雨筠乖乖去报了新的补习班。

补习班的老师是白雨筠妈妈的同事的三姑的邻居的表妹的女儿的二表姐，从事教育行业多年，成绩斐然，听说有好多届高考的理科状元都是从她那里出来的。都说杀鸡焉用宰牛刀，想着自己能考 90 分就很好的白雨筠也觉得用不着特意用这么一柄宰牛刀来宰自己。可她还是乖乖地去了，然后……她就遇见了温佑铭。

辅导老师随手指向温佑铭旁边的位置，便定了白雨筠的座位。在确认整间教室都没有第二个空余的座位后，白雨筠敢怒不敢言，咬牙切齿地认命了。她努力保持着微笑，想要以落落大方的姿态来面对本次重逢，谁料温佑铭完全没有认出她是谁……他甚至懒得抬头看她一眼！

温佑铭抬手将放在邻座的书包拎起来塞进自己的书桌里，然后继续低头玩手机。老式的按键机，虽说是个彩屏的，但也只能玩玩俄罗斯方块这种回忆向的小游戏。这种手机还没停产吗？难不成是偷用了他爷爷的老年机？

这种砖头似的东西到底有什么可玩的？

温佑铭用眼角的余光看了看她，他像是看穿了她的心事，笑眯眯解释道：“只要不学习，俄罗斯方块也好，黄金矿工也罢，我觉得都挺好玩的。我上一任同桌不在这里补习了，不然他还能陪我下五子棋。”

“我也会下五子棋。”

温佑铭终于抬头看了眼自己的新同桌。

白雨筠把笔和纸摞到书桌上，没好气道：“但是我不想和你玩。”

温佑铭眯了眯眼睛，恍然大悟般喊出了白雨筠的名字。

他那一嗓子，声音不大不小，刚好够附近的同学都听到。他们齐刷刷看过来，然后又齐刷刷回去继续看手里的练习题。学霸们的时间管理非常严格，百忙之中抽空吃了个瓜，然后继续沉迷学习，无法自拔。

白雨筠默默伸手挡住脸，她那冻得红通通的手指微微有些肿胀，倒是很衬外面那万里银霜的严寒。

温佑铭瞧了瞧，从书包里掏出两个暖宝宝丢了过去。他说：“别客气，用吧，你看你的手指，被冻得像超市里最便宜的那种红皮火腿肠了。”

心怀感激的白雨筠很想撕开暖宝宝背面的胶，然后把温佑铭的嘴巴彻底糊上。

2

白雨筠讨厌冬天，讨厌下雪，讨厌那积雪被踩实后光滑得像镜子一样的地面。

可没办法，她生在北方，年年下雪，年年低温，年年都得切实地感受“宁古塔苦寒无比”这句话的悲情分量。

白雨筠讨厌在冬天出门，每每到了学校规定不得不参加的跑操时间，她都得一边踩着音乐的拍子追着队伍，一边默默在心底咒骂。白雨筠的戾气，都是在冰天雪地里硬生生跑出来的。

之所以要强调白雨筠对冬日的厌烦，主要是为了侧面烘托出她与温佑铭的初遇究竟是怎样原本并不会发生的孽缘——那是一个美好的周末，是最该好好趴在被窝里享受暖气温热的好日子。谁料，邻居家的姐姐突然拎着锅铲子找上门来，她先是给白雨筠投喂了刚出锅的炸鸡，然后又满怀歉意地说道：“我那锅里还炖着猪蹄，实在是走不开。小雨啊，姐求你个事儿行不行？”

还没来得及擦干净嘴角油花的白雨筠第一次切实明白了何谓“吃人嘴软”，她没办法，只得笑着点头答应。

邻居姐姐的表弟出门时不小心丢了钱包，导致没办法买单，于是就被困在了咖啡厅里。她在做饭，抽不开身，所以就得求着白雨筠带钱去把自己那不省心的表弟给赎回来。

白雨筠不想去！

可白雨筠还是答应了。

她把自己裹成粽子，摇摇晃晃挪向那家自己在朋友圈看到过无数次但从未去过的咖啡厅。托温佑铭洪福，她倒是也有机会去这种大火的店铺凑凑热闹。好歹也是个心智成熟的高中生了，怎么就能做出弄丢钱包这种蠢事？白雨筠被北风吹得抖了抖，脑袋突然变得灵光起来。于是，她发现了整件事情的盲点——为什么现在还有人会带着钱包出门？

直到在补习班里看到温佑铭的“老年机”，白雨筠才算想清楚那件事的前因后果。

而那天在风雪中咬牙前行的白雨筠并不知温佑铭手机落后于当前版本许多代，她还以为是熊孩子任性想给表姐多添些麻烦。于是，她本就郁闷的心情变得愈发悲愤。脑子忙着生气，身体协调性能随之降低，于是，她便摔了个脸着地。

等她好不容易爬起来时，正好对上温佑铭那张“幸灾乐祸”的脸……一张挺好看的脸，好看到让白雨筠暂且忘记了自己的狼狈，只记得盯着他看。她的脑袋足足空白了三秒钟，直到男生收回笑，变成了面无表情的高冷。白雨筠这才意识到自己的失态，急忙手脚并用地爬了起来。

她想忘记这段狼狈。

她也希望那个温佑铭可以删除刚刚那段记忆……虽然彼时的白雨筠并不知道那个男生便是温佑铭，是她此番特意顶着大雪跑出来的目的。

白雨筠手忙脚乱地走远，试图装作无事发生的样子。

然后，她又摔了一跤！

年轻人不怕摔，但年轻人真的很怕疼。白雨筠疼得咧开嘴，牙缝间时不时地漏出“嗞哈嗞哈”的呻吟声。她试图爬起来，但是羽绒服限制了她的行动。最后，还是刚刚那个笑得很欠揍但长得很好看的男生跑出来将她扶了起来。

他问她：“怎么样，需要去医院吗？”

白雨筠被摔得肉疼，被冻得脸疼，但这并不妨碍她觉得对方的声音很好听。

“有事……”白雨筠抽了抽鼻子，“但我觉得应该不用去医院。”

白雨筠默默扶着自己脆弱的腰，用特别温柔的声音表达了谢意。她突然觉得世上还是好人多，刚刚被激发出来的戾气也跟着淡化了不少。

咖啡厅的门开了。

服务生打扮的男人把脑袋探了出来：“那位顾客……你是不是忘记买单了？”

白雨筠拍了拍身上的雪，若有所思地问道：“你不会就是温佑铭吧？”

“你认识我？”

白雨筠的脸色瞬间黑了下去。

一定是冰天雪地冻坏了她的脑子……哪儿来的什么好人啊？

3

白雨筠被数学题折磨得焦头烂额。

她觉得补习班是这世上最不可思议的东西，要自费将白天在学校里遭的罪再变本加厉地遭上一遍。这是一场漫长的折磨，是一场永无止境的拉锯战……白雨筠咬着笔盖，很是焦灼。她歪头看了眼正在用老年机玩俄罗斯方块的温佑铭，只觉愈发头疼了。她将头发抓得乱糟糟的，几番欲言又止后到底还是没忍住将心底的好奇说出了口：“上学时不好好学习的我见过很多，在补习班还能心安理得摸鱼的，你是第一个。”

“有什么不一样吗？”温佑铭用手指戳着按键，然后打了个呵欠，“学的不都是同一套教材吗？”

白雨筠直言不讳：“补习班的学费……更贵，如果不好好学，我总会觉得舍不得。”

这就好像花钱进了电影院，无论电影多难看，都必须坚持着看完。虽然这实在属于浪费时间，但若是不继续看下去，就会觉得浪费了钱。

勤俭节约是中华民族的传统美德，白雨筠这人，很有美德。

温佑铭的一局游戏结束了，他身子后仰，将手机放在跷着二郎腿的膝盖上：“我来这里又不用钱。”

“为什么？”

“因为上面讲课的那位是我……”

温佑铭的话音未落，一个粉笔头突然凌空而至。那位年岁不过三十便已有桃李满天下美誉的年轻女教师拥有炉火纯青的扔粉笔技术，第一枚，精准打在温佑铭和白雨筠的桌子之间，起到了震慑作用。第二枚，正中温佑铭脑瓜门，砸得他白里透着红，发出一声闷哼。温佑铭下意识低下头，于是，第三枚粉笔头就落在了他的脑瓜顶上。不疼，但侮辱性极强。

“做题，把嘴给我闭上！”老师看起来很是暴躁，“如果这次月考你数学还敢给我考 30 分，我必让你看不到明天的太阳。”

温佑铭生了一张叛逆的脸，长了一颗叛逆的心，可此时此刻却是选择了老实听训。他不但一句反驳都没有，甚至真的开始做起了题……

对此表示既震惊又好奇的白雨筠用极小的动作戳了戳温佑铭的手肘：“你话还没说完，你刚刚说……那位是谁？”

温佑铭没回答。

他低着头，一言不发。

白雨筠鼓着腮帮子，搞不懂此时此刻温佑铭的脑袋瓜里到底在想些什么玩意儿。

三分钟后，她收到了同桌亲笔写来的纸条。她小心翼翼打开，发现上面写着四个大字——闭嘴，做题。

白雨筠面无表情地将纸条攥成了球，如果不是自己武力值欠缺，她一定要把这纸条塞进温佑铭的嘴里。

4

补习班的老师是温佑铭的姐姐。

同父同母的亲姐姐。

一个亲姐，一个表姐。一个负责弟弟的学习，一个负责在危难关头把弟弟从咖啡厅里赎出去。

白雨筠喝了温佑铭请客的奶茶，不好继续冷着脸，便暂且放下恩怨原谅了他。她用吸管戳着杯子里的芋圆，漫不经心道："你的姐姐可真多啊。"

"你才见到几个！"温佑铭低头摆弄他的老人机，他今天的小游戏换成了"贪吃蛇"。那"蛇"扭动腰身，在狭窄的屏幕里面蹭来蹭去，身形渐渐延展变得厚重起来，"我们家到我这一辈儿几乎都是女孩儿，只有我一个是男生。我是家里最小的，上面亲姐、表姐、堂姐加起来少说得有十多个。我有三个亲姐姐，一个老师，一个律师，还有一个在医学院读研究生。"

白雨筠由衷赞叹道："你们这一大家子，个个都是人才。"

除温佑铭以外。

"你觉得我的三个姐姐都很优秀吗？"

问这句话时，温佑铭并没有抬头。他的"蛇"缠了一圈又一圈，行动已经相当笨拙了。

白雨筠的回答自然是肯定的。

无论换了谁来回答这个问题，应该都给不出否定的答案吧。

温佑铭的蛇吃到了最后的豆子，他轻声笑道："可我奶奶不这样认为，她觉得，我以后一定是温家最有出息的孩子。即便我闯的祸最多，学习成绩最差，她也觉得温家的祖坟都在指着我冒青烟，仿佛我的降生就已经足够光宗耀祖了。"

听到这里，白雨筠默默吸了一口凉气。

她没搭话，因为她不知道这样的话题该如何继续下去。她就是觉得温佑铭的三个姐姐都挺厉害的，即便肩上没有担负着让家里祖坟冒青烟的重担，也还是在各自的领域取得了相当优秀的成绩。至于温佑铭，不知他是故意的还是不小心，终归是成了拉低全家智商水平的那个秤砣。白雨筠其实还得在心里谢谢他，如果不是有他托底，自己的数学成绩就是补习班的倒数第一，那她还真是无颜面对为了自己动用所有人脉连同事的三姑的邻居的表妹的女儿的二表姐都翻找出来的母亲大人。

想到这里，白雨筠就笑了。

温佑铭侧目蹙眉："我好像没明白你的笑点。"

"我没笑，你看错了。"白雨筠的嘴坚硬无比，便是天塌了，靠她的嘴应该都能再多撑上一阵子。她干咳一声，转移话题："你好像很听你姐姐的话？"

温佑铭点头："我尊老爱幼。"

他姐姐听了这话，应该不会高兴。

白雨筠故意想找他的不痛快："她希望你数学不要只考 30 分，这句话你倒是没听。"

"你也挺听话的，为什么你数学只考了 60 分？"

白雨筠沉默了。

她发誓，她一定要把数学考出 90 分来给温佑铭看看！

5

白雨筠与温佑铭并不同校，除晚上一起在补习班补课外，很难再有交集。

高中二年级的课程，实在不怎么轻松。每天起得比狗早，睡得比猫晚。眼见着自己那黑眼圈就要碰瓷国宝了，白雨筠也没什么解决的办法，只能偷偷用了两次妈妈的眼霜。可惜，没什么效果，她的脸看起来依旧憔悴得不像一个妙龄高中生。而妈妈在发现眼霜变少后，一度以为是爸爸把它拿去擦了手。夫妻两个还为此吵了一架，扯出不少从前的旧账和八卦。

白雨筠撑着眼皮和自己讨厌的学科斗智斗勇，爸妈见状，吵架声音逐渐变小。

老一辈的人常说"学好数理化，走遍天下都不怕"，眼下她都能凭借自己那稀薄的成绩劝好两口子吵架，学好理科果然是很有用的！

温佑铭的表姐再次上门来给白雨筠送刚出锅的蛋挞，白雨筠虽说嘴馋，可还是吃一堑长一智生出了警惕之心："温佑铭不会是又丢了钱包吧？"

"放心吃，这次我就是单纯地想让你尝尝我做甜品的手艺。"

白雨筠放心地咬了一口，然后竖起了大拇指。

不知从何处探出一只手来，抓起一块蛋挞便塞进了自己的嘴里。白雨筠没有抬头去看这只手的主人，很奇怪地，她几乎已经确定了来人正是温佑铭。她抬头，确认了自己想法的正确性。他们好像并没有熟悉到仅凭一只手便能确认对方的程度，可她偏偏就是认出来了，这很神奇，这让白雨筠莫名生出一种奇怪的成就感。她又咬了一口蛋挞，觉得更甜了些。

温佑铭伸手在她眼前晃了晃，算是在打招呼："不好意思，我的钱包还在。"

白雨筠下意识往后退了一步："你为什么在这儿？"

"我住在这儿。"他指了指他表姐家，然后懒洋洋打了个呵欠，"已经两个多月了。"

自打白雨筠不情不愿地去咖啡厅把他捞出来那天起，他们便已经是邻居了。仔细算算，确实已经有两个月的时间了。而在这两个月的时间里，在他们去相同的补习班的情况下，白雨筠竟然从来都没发现自己多出来这样一位邻居！

这似乎不合逻辑。

眼见着白雨筠眉头紧锁陷入纠结，温佑铭忍不住笑出声来："骗你的。"

简简单单三个字，轻易突显出主人公无聊且欠揍的人物性格。白雨筠皮笑肉不笑地抽了抽嘴角，和邻居姐姐说了声"再见"后便果断关上了家里的门。她在心底默念着好人不能和傻子置气，可想着想着又发现自己好像也没多生气。毕竟穿衣镜里能看到自己的脸，而她脸上的表情，是笑着的。

6

月考成绩下来了，白雨筠的数学卷子竟还真的达到了 90 分。

数学老师很开心，她说："看吧，只要努力，成绩还是会提升的。"

虽说白雨筠已经取得了巨大的进步，可她的成绩在高手云集的补习班里依旧是垫底的。她将唯一能给自己托底的希望寄托在温佑铭身上，可等来等去，温佑铭却是没来参加今天的补习。吊车尾的小伙伴没来，白雨筠表示很不开心，于是，她给温佑铭发了短信：今天怎么没来补习班，是身体不舒服吗？

没过多久，温佑铭回了她三个字——"啧啧啧"。这明确表达出当事鸡看出黄鼠狼坏心思的不屑之情。

温佑铭这个人在日常生活中给了自己极大的自由，即便他会在粉笔头的威慑下很听姐姐的话，但大部分时间里他还是我行我素。按照他们老温家的算法，他是家里的"独苗"，是祖坟青烟的点燃者，是温家优良基因的传承者。可他显然没有那种"独苗强则温家强"的觉悟，这惹得家里人时常生出那种恨铁不成钢的想法来。为了让他好好学习，长辈们没收了他的手机，把他安排在亲姐姐的补习班。奶奶陪读，表姐做饭，爸妈抽空监督。如此高端的配置，换成猪应该也学会上树了。可温佑铭偏偏就是一副扶不起的阿斗做派……阿斗很听相父的话，温佑铭也很愿意听姐姐的话，这样一想，他的确更像阿斗了。

白雨筠没有回复温佑铭的短信，倒是他又主动发了信息过来：怎么突然关心我？难不成是一日不见如隔三秋吗？

老师继续讲课了，白雨筠懒得和他拉扯，随手回了一句"是"，便放下了手机。

虽说还是吊车尾，可成绩确实有了实打实的进步。白雨筠觉得今天的自己很有激情，即便黑眼圈依旧严重，可看起来远没有平日那般憔悴。

放学了，九点半。

爸爸出差，妈妈夜班，今天没人来接白雨筠了。

她裹着厚厚的羽绒服，站在嗽嗽往脸上吹的风里，只觉刚刚燃烧起来的学习热情就这样被灭了下去。

路很滑，灯很暗，白雨筠快速挪着她的小碎步，只盼着能快些到家。冬日里的北方是没什么夜生活的，黑漆漆的夜路上几乎看不到什么人。尚在营业的烧烤店、KTV 倒是还有几分热闹，偶尔会有三三两两的人勾肩搭背从里面走出来，然后趁着醉意大声吵嚷着。白雨筠不受控制地有些害怕，于是，她的脚步更快了。

回家的路上有条小巷子。

两栋楼挤出来的一道窄巷，很窄，没灯，是白雨筠的必经之路。她打开手机的手电筒，准备快速穿过。迎面走来一伙儿醉酒的男人，他们扯着嗓子在笑，吸了一肚子的北风却也丝毫不觉得冷。

白雨筠很难不怕。

她低着头，往上扯了扯围巾，准备加快步伐。

她听到有人在和自己搭讪："这么晚了，小姑娘自己回家？"

她不敢回答。

突然，有人在身后拍了拍她的肩。

白雨筠回头，看到了温佑铭的脸。他对那些醉酒的男人说："不是她自己，我们两个是一路的。"

温佑铭伸手抓住白雨筠的袖口，笑着把她拉出了窄巷。

很安全。

什么都没有发生。

只是温佑铭的手暴露在外，被冻得发红。白雨筠低头，借着手机的光亮观察温佑铭的手。她很想用类似"超市里最便宜的红皮火腿肠"的毒舌言论来形容他红通通的手指，可话到嘴边却僵住了。思考半晌，她终是向他表达了谢意："刚才谢谢你。"

"没事，顺路而已。"他松开她，顺便替她将散落下来的围巾重新围好。少年第一次替别人做这样的事，起初他用的是双手，可那样两个人之间的距离实在是过近了。然后，他默默转换成右手插兜、左手替白雨筠系围巾的姿势。左手本就不是他的惯用手，再加上被冻得有些僵直。于是，他没有控制住力气，还没回过神来的白雨筠被围巾勒得咳嗽了好半晌。

她往外扯了扯围巾，脸色在内因外因的共同作用下红得出奇："你是想要谋杀我吗？"

温佑铭摊开手，顺着她的话说道："正有此意。"

她没理他，自己整理好围巾后重新问道："今晚住你表姐家？"

"嗯，对。"

他们并排走着，走到了单元门门口。

"你先上去。"温佑铭戳了戳手，"我要去超市买点儿东西。"

白雨筠原本想说"我陪你"，可又感觉他们之间的关系还没有好到如此形影不离。于是她说了声"再见"，便转身上了楼。

家里没人，白雨筠独自点亮了所有的灯。

小区里亮着灯的人家很多，大家似乎都很留恋今日，舍不得将这一夜早早翻过。

7

那晚，温佑铭并没有住在表姐家。

"那个时间我早就睡了，他肯定是不会麻烦我起来给他开门的。"

今天早上白雨筠没有急着去上学，她多准备了一份早餐，想着带给温佑铭，算是表达对昨晚那件事的感谢。可等来等去，也没见到温佑铭出门。眼见着上学就要迟到了，迫不得已，白雨筠只能硬着头皮去敲隔壁的门。来开门的人是温佑铭的表姐，顶着鸟窝似的头，睡眼惺忪的，看起来是刚刚睡醒。听白雨筠说明来意后，她便说了刚刚那些话。

白雨筠有些茫然："所以……他是把我送回家之后又回了自己家吗？"

白雨筠觉得自己愈发看不懂温佑铭了。

"他从小就很不喜欢给别人添麻烦。"温佑铭的表姐亲口吐槽道。

温佑铭自幼便是家里的掌上明珠，得到了家里人无上限的娇惯与照顾。按理来说这样溺爱出来的孩子大多是自私且肆意妄为的，可温佑铭却好像是北方最坚韧的松柏，从小便是那种不喜欢给别人添麻烦但不在意别人麻烦自己的性子。他很聪明，不足七岁时就已经发现长辈对待自己与对待姐姐们的不同。而姐姐们从来没有因为那种细枝末节间的不公平而对他抱有敌意，她们对他很好，不是溺爱的好，而是寻常亲人之间应有的好。

可再好的人在长久面对不公平时，也难免会有不好的情绪，温佑铭自然是可以感觉得到的。他感激长辈们对自己的疼爱，却也希望家里的孩子们都能拥有那一碗水端平的公平。于是，他活成了秤砣，让自己看起来愚笨又淘气。可他出生便注定了他一定会被偏爱，哪怕他离开老家换了城市，他也还是那个过年时会得到最多压岁钱的孩子。

表姐打了个呵欠，声音懒洋洋的，似乎随时准备回去睡个回笼觉："他才几岁，也不知道怎么就有了这么敏感的想法。虽然他什么都不说，可我们还是能看得出他的心思。我们这些姐姐全都希望他能好好学习有个好的未来，毕竟……哎呀，说这么多做什么，他可一直都以为我们不知道他是怎么想的。晚上放学之后记得早些回来，姐姐给你做蛋糕。"

毕竟雏鸟注定离巢，虎豹会去开辟新的领地。也许父母教出来的习惯会伴随自己一生，可是飞得多高、多远都是自己的事情了。温佑铭的姐姐们已经飞远，她们努力去忘却那些不公，努力去过好自己的生活。如果温佑铭这个被偏爱的孩子反倒成了被困在囹圄里的秤砣，倒是显得有些得不偿失了。

姐姐正是因为知道弟弟的心思，才特意将人带离老家，自己亲自看顾他的学习。可家庭的风筝线总是坚硬的，爷爷奶奶为了照顾好他，竟然特意一并跑来这边照顾他的饮食起居。温佑铭一面厌恶那套"光宗耀祖"的言论，一面又想听姐姐的话好好学习。

白雨筠手里握着那份给他准备的早餐，感受它在自己的掌心逐渐变凉。她下了楼，一抬头看到了温佑铭。

他向她招手："怎么出来得这么晚？睡过头了？"

白雨筠指了指自己的鼻子："在等我？"

"是，在等你，特意等在这里准备送你去上学。"他的话是真的，可语气听着却又显得格外假。

白雨筠习惯了从他不怎么善良的语气里寻找出他的真实想法，估计是担心她还害怕那条窄巷，这才特意跑过来准备送她。

于是，她微笑着把早餐递过去："谢谢你，喏，这是谢礼。"

他们的学校距离不算远，温佑铭倒也勉强能算是"顺路"。沉默良久，白雨筠问他："昨天为什么没去上课？"

"不想去就不去了。"

"那你今晚想去吗？"

"你如果去的话……那我应该是想吧。"

白雨筠顿了顿，继续道："我数学考了 90 分。"

"所以呢？是需要我表扬你吗？"

白雨筠连连点头。

温佑铭清了清嗓子，伸手向白雨筠竖起大拇指："你真棒，你可真是太棒了！"

白雨筠对他的"表扬"表示很满意："你呢？这次月考是联考，咱们是一套卷子，你多少分？"

"30。"

"实际能考多少分？"

温佑铭回头看了白雨筠一眼，转而稍显释然地笑了笑："应该比你高吧。"

白雨筠撇嘴："我不信，除非你下次考 120 分给我看看。"

温佑铭笑着问道："是不是我表姐和你说了什么？"

"说了很多。"少女用围巾挡住了自己的大半张脸，"她说你天生愚笨，智力低下，让我不要和你计较。"

尾声

听说，温佑铭的爷爷奶奶回老家了，温佑铭则继续留在这边和亲姐、表姐一起生活。

白雨筠的数学成绩成功过百，那一天，举家欢庆，爸妈激动到恨不能在家里贴满华罗庚的照片，只求"耳濡目染"。

可白雨筠的成绩依旧是补习班里的吊车尾。

没错，是实实在在的最后一名。

她看了一眼温佑铭那张 135 分的卷子，突然感觉有些肝疼。

"心情不好？"温佑铭手里拿着亲姐刚给买的智能机，倒是不再沉迷打游戏了。他凑到白雨筠跟前，"请你喝奶茶怎么样？"

"好！"

少女答应得很快。

相较于自己，她已经有了很大的进步了，这还有什么不开心的呢？

未署名的信，写进晚风里

程慧玲

1

电影散场后，男生递给明薇一个牛皮纸袋。

“迟到的生日礼物。”他挠挠后脑勺。

明薇有些愣神，她的生日已经过去半个月了，没想到他会补上礼物。

北方十月的晚风已掺着些凉意，男生问明薇冷不冷，明薇摇摇头。原本是几个朋友相约一起看重映的《菊次郎的夏天》，到场的却只有他们两个，她大约明白男生的意思了。

打上车回到学校，坐在自习室的角落里一封封拆信。每封信上都标着明薇爱看的电影名字，文字温柔缱绻，总共二十封。

她从前也爱写信，大多都是写给朋友们，哪怕每天都会见到，她还是会在信封上贴上漂亮的邮票。

记忆里，只有一封没有贴。那封信，甚至没有用信纸，明薇将练习本的最后一页撕下来，趴在课桌上写了半个晚自习。泪珠落在纸上，被迅速抹掉，然后小心地擦干。她不想让收信人知道她有哭过，她要酷酷地把这封信给他。

收信人是石德华，明薇那时候爱叫他小超人。

石德华坐在教室的最后一排。班主任蒋老师开玩笑说过，有些同学觉得坐最后一排影响学习，但学习是靠自己，不靠座位。说来也巧，她从前带的最好的学生都是坐最后一排。

石德华也成了蒋老师最好的学生之一。明薇想这不是巧合，她知道他有多努力。

写信那天，明薇像以往每天一样，假装回头从椅子上挂着的书包里拿一些什么，其实是偷偷看一眼石德华。

他坐在那儿，腰杆笔直，认真地看着桌上的题目，像以往每一天一样。

夏天已经开始溽热，头顶的三叶风扇吱呀地转着。

明薇将那封信对折了三次，折成一个小小的方块，请后桌同学将它传给石德华。

高二年级所在的楼里，高考倒计时牌已经挂起来了，三百四十二天。

明薇所在的是小镇重点中学的实验班，氛围对比高一，似乎已经悄然紧张起来。明薇与石德华相隔四桌，这一片都是要好的同学，他们听到动静，抬起头却只看到明薇迅速转回身，埋下头似乎在写题，再也没抬起来。

明薇在稿纸上写写画画，没有写出一行完整的字，也没有画出一幅完整的画。她听见同学们笔尖划过纸张的沙沙声，听见翻页声，听见角落里同学偶尔传来的一两声咳嗽。

石德华应该已经拆开了那张纸吧，明薇试图分辨出那个声音，但是她无能为力。明薇深吸一口气，试图将自己从纷乱的思绪中抽离出来。

就这样吧。她对自己说，就这样吧。

2

时间回到高一的春季学期。

南方的三月里，阳光也似乎带着水雾一样朦胧。明薇走路时，喜欢闭上一两秒眼睛，阳光透过眼皮，是温柔的深粉色。睁开眼，阳光在睫毛上反射着绒绒的金色，明薇眯着眼，不自觉地笑起来。

学校不种杨柳，倒是有很多香樟和白桦树。

眼下香樟的枝头冒出了细细嫩嫩的鹅黄色小芽，成熟一些的叶子逐渐过渡到嫩绿色，风一吹，就轻轻拂着向外打开的窗户。

第一节是数学课，明薇对那些看懂了却不会用的公式失去了兴趣，正偏过头望向窗外看得出神。教室里一阵骚动，老师好像停下讲课了，明薇看见十几个同学陆续走进来，扛着桌椅，男生占大多数。

蒋老师出现在班级门口，向同学们解释道：“这是文理分科转到我们班的同学，大家掌声欢迎一下新同学。”

很难说明薇没有注意到石德华。他长手长脚，架着一套桌椅走到教室后面，安置好以后，转身帮女生们搬。黑色的书包背得板正，书摆得也很整齐，能看得出井然有序的轮廓。

同桌黄美美扯扯她的袖子：“有几个帅哥哦。”

明薇抿住嘴点点头，和黄美美对视一眼，两个女孩就笑着靠到一块去了。

石德华靠窗坐下，饮水机就在他身后。一下课明薇就仰头大口地将杯子里的水喝掉，然后去饮水机处打水。装满水大概需要一分钟，她腾出一只手拍拍他的肩膀："哈喽，我叫明薇，你叫什么？"

"石德华。"

之后，明薇也没怎么和他有交集，她还是爱发呆，对新同学的新鲜劲很容易就过去了。

那天，蒋老师在讲台上号召大家参加运动会，短跑、接力、跳高跳远，早早地就满员了，只有男子三千米迟迟没有人报名。

那时班上还没有爱跑步的同学。明薇的好朋友王俊平受化学老师的影响，爱上长跑，大学之后常常参加马拉松。后来王俊平和她说，那是他很大的遗憾，高中时候没有跑一个三千米。

不知道这会不会也是其他男生的遗憾，但这不会是石德华的遗憾。

在男生们犹豫不决，怕时间太短练不好，会在比赛上丢脸的时候，他笑着站起来："老师，我报名。"

明薇看见他一口瓷白的牙齿，刘海垂在眉毛上面，透着金色的光。

蒋老师的脸色有所缓和，向他点点头以示肯定。

是蒋老师的英语课，运动会的事宜安排好之后，科代表明薇起身走上讲台帮蒋老师装好这节课要听的磁带。明薇觉得石德华所在的那个角落好像有魔力，她总也控制不住地想向那边看。终于，趁着走下讲台，她迅速地、装作不经意地、远远地瞥一眼他。

窗外香樟枝挂着嫩芽，依然随风簌簌而动。

3

大课间，同学们陆陆续续地从教室走出来，有些去食堂吃早餐，有些去操场遛弯儿或是运动。乐平中学的每个老师都将"劳逸结合"挂在嘴边，同学们觉得是有道理的，何况，阳光真的很好。

明薇拉上黄美美也冲向操场。黄美美揉着困倦的眼，高中时代的睡眠似乎永远是不足够的："怎么最近那么爱运动？"

明薇突然放慢脚步，用胳膊肘蹭了蹭黄美美，示意她向前看。

"石德华……你是来看他的呀？"黄美美一下子精神了，揶揄地向明薇笑着。

"他最近每天都来跑步，可认真了。"明薇说，"我就是想来看看，帅哥也是一道亮丽的风景线不是？"

石德华走上跑道，立马就没入熙熙攘攘的人群中了。明薇和黄美美就站在跑道旁，或者沿着跑道慢慢地走，眼睛一刻不停地寻找石德华的身影，等到他经过她面前时，又假装在聊天。这种游戏女孩们常常乐此不疲。

明薇想，石德华真的是有些赏心悦目。

五月的运动会就这么到了。明薇是广播站成员，任务就是坐在主席台上拿话筒念给运动员们的加油稿。明薇觉得很不错，虽然是费嗓子些，但视野真的很好，还有老师送来水果和小零食。

男子三千米是上午最后一场比赛，因为前几场比赛运动员们就位不及时，硬是拖到了中午。相约着要一起给石德华加油鼓劲的同学们有大半都不在了，或是回家吃饭，或是以为这场比赛会挪到下午。

蒋老师看见只有稀疏几个男生还在场上，喊加油好像没有气势，于是拜托明薇晚一些回家，用话筒给石德华加油。

明薇答应下来。

主席台上只剩下明薇一个人，她找出合适的加油稿，将名字改成石德华，在枪声响了之后，一条条地念着。声音从各个喇叭里传出来，整个操场回荡着明薇的声音。

最后一圈时，明薇远远见着石德华加速跑进了前三，陪跑的男生们都累了，没跟上。于是她蹲在主席台靠近跑道的那侧，大声地一遍遍喊着："石德华，加油！"那么多加油稿，还是这几个字念起来最有力量。

不知道是不是她的错觉，石德华在快经过主席台时，似乎看了明薇一眼。是因为她喊得太激动了吗？好像刚才是有些忘乎所以，破音了。

明薇清清嗓子，一眨眼，石德华就飞似的掠过了。

4

明薇好像变成一个跟屁虫。

石德华课间起身，她也起身，有时候是去上厕所，有时候就干脆只是站在走廊上吹吹风。放学也要看见石德华出了教室，她才挎上书包跟上去，隔着大约三米远的人群，不近不远，明薇常常只能看见他的后脑勺。

体育课也是这样。

黄美美感到很奇怪，原本明薇总要拉着她第一个冲出教室，去占羽毛球场。现在却磨磨蹭蹭，有时几乎是教室里最后离开的人。

看到前面不远处，抱着篮球和其他男生勾肩搭背的石德华时，黄美美才恍然大悟。

二十个球一场。明薇下场以后就把球拍交给同学，然后坐在旁边篮球场边的石凳上看石德华打球。

大家都打累了，明薇就把他们一起拉到石凳上坐着，看石德华打球。

“真帅。”明薇由衷地发出感叹。说来奇怪，和明薇要好的几个同学常拿石德华打趣她，但看见她坦坦荡荡的眼神之后，竟也不再嬉闹，只偶尔揶揄一下她。似乎，石德华变成一个什么艺术品，他们都默默欣赏。

眼下石德华下场了，他掀起衣服擦汗，和旁边的男生说话，眼神却转向这边，没有再离开。

“明薇明薇，他在看你！”黄美美压着激动对明薇说。

“他近视，看不清谁是谁的。”明薇也就直直地看过去。

这几秒，也许是十几秒，仿佛是一场旷日持久的对峙。石德华站在篮筐后，浅灰色的T 恤几乎湿透，不知在聊些什么，嘴角挂着浅浅的笑意。明薇感到脸慢慢烫了起来，她连忙扭过头，和他们提议不如再去打一场球。

那天那场莫名的对视，像是青春溪流里的一个急弯。原本在光照下明晃晃的溪水，开始浮浮沉沉，像是脉搏，也像是一场没有归途的季候风。

明薇不再和石德华说话，也不再拉着黄美美站在篮球场边看他，仿佛真的是一个落败的士兵，逃也似的避着石德华。

一切好像都回到从前。只有明薇知道，一切都不太一样了。

5

上课的日子飞逝，周末对于明薇来说却越来越漫长。她打开电脑，犹豫许久给石德华发了一个“早安”，然后连忙合上电脑，像是会在下一秒有什么怪兽从里面钻出来。

直到晚上，明薇也没收到他的回复。

明薇深吸一口气，将电脑放在一边。这时突然弹出石德华的消息：“不好意思，才看见消息。”

她一下子跳起来，抱着电脑开心地傻笑，过了很久才想起来要给他回复。

就这样，在这个周末，他们有一搭没一搭地聊着天。他和她讲他最喜欢的球队是火箭队，她和他说她喜欢骑着小电驴四处兜风，和他说，她和朋友们提起他时，都叫他小超人。

之后的每个周末都是这样。

可回到学校，明薇还是躲着他，一句话也不肯与他说。迎面见着了，也只是点个头，然后快步走开。明薇气自己的胆小，石德华大概也会觉得她奇怪吧。

黄美美敲敲她的脑袋：“明薇，你是不是喜欢上石德华了？”

明薇的脸噌地红起来，连忙捂住黄美美的嘴，却没有底气反驳她。

放学下楼梯时，明薇看见石德华正走上来，应该是回教室取什么东西。想躲开已经来不及了，只好硬着头皮，假装没有看见。转过拐角，明薇突然感觉到头顶被谁轻轻拍了两下，她一抬头，看见石德华正看着她笑，眼睛亮晶晶，像装着几颗小星星。

再多停留一秒，明薇的心脏大约就会跳出来。

她逃也似的离开了。

那个周末，明薇带着电脑去好朋友丸子家一起查询有关艺考的信息，石德华的消息弹出来："你没有什么话想对我说吗？"

"什么？"

"你喜欢我吗？"

明薇有些措手不及，他应该是发现了端倪。答案当然是肯定的，但她完全没有准备好。眼一闭心一横，决心择日不如撞日，就现在告诉他，她的心意。

"喜欢。"

"我也喜欢你。"

明薇摇着丸子的胳膊，示意她看屏幕。她和丸子讲过她和石德华，两个女孩相视一眼，尖叫着抱在一起。

6

石德华的英文名是爱德华，英文写作 Edward。

月考之后的英语课，蒋老师嘱托明薇将作文范文抄写在黑板上，然后转身去办公室拿水杯。刚走没多久，班上就起了一阵哄声。

带头的是石德华周围的一圈男生，他们喊着石德华的名字，笑作一团。

不知道很多年以后，那个昂着头也在笑的石德华会不会想起，那个在讲台上红着脸转身的女孩，她连连摆着手，解释说那是范文里的名字，带着一些羞赧和低下头也藏不住的甜蜜。

黑板上娟秀的字迹写着：Dear Edward。

石德华学习很用功，明薇爱回头，远远地看着他在课间一言不发地做题，好像是一种能量补给，她这么不爱学习的女孩，也渐渐有了学习动力。

当初老师们都说，明薇该学文科的。同学们也很惊讶，文科学得那么好的明薇竟然留在了理科班。

这是明薇为数不多的叛逆，每个人都觉得她该学文科，那么，她就偏偏不。

她从来不后悔，哪怕物理公式她从来用不对。她偷偷找着艺考的资料和信息，一心打算走艺考的道路。直到石德华闪闪发亮地出现在她眼前，她开始有些焦虑，因为她是如此想要和他考上同一所大学。

老师常常夸石德华，解题条理清晰，做作业认真细致。旁边的男生打打闹闹，他从来不抬眼，只是安静地看书做题。

小超人是自己努力成为的小超人。

成绩榜贴在教室后面的黑板上，一出成绩明薇就跑过去，常常看见石德华的名字高高挂着。有时候明薇挤不进围满的人群，石德华就帮她看排名，如果有进步，他就拍拍她的头。

可明薇知道，他们俩排名中间的那几十个名字，是一条鸿沟。

那天下晚自习后石德华想等明薇一起走。早上七点上早读，晚上十点下自习，两人几乎没有可以独处的时间。他站在教室后门口，和兄弟们打打闹闹地道别，看着明薇的背影。明薇看见石德华还没走，于是也迟迟不肯离开座位。

终于教室里都快空下来，石德华又等了一会儿，才转身离开。

"他今天怎么走得那么迟，"黄美美看见他转过拐角才小声问明薇，"是不是在等你啊？"

明薇也好奇呢，一想，也许是真的在等她。而她磨蹭了这么半天也不肯走。于是她连忙拎上书包，小跑着追上去。

他就在前面一些，她亦步亦趋地跟着。旁边路过了明薇的初中同学，她看着明薇好像明白了什么，偷偷笑着，特意没和明薇打招呼。她犹豫良久，扯了扯他的书包带。

石德华转过身，看见是她，笑了起来。

他的脸棱角分明，但一笑起来，眼睛眯着，又像个小孩子一样可爱。

明薇说想要和他聊聊天。

在学校门口那条小道上，昏黄的灯光映着他们的脸庞，一旁的香樟树在地面投下一些游弋的影子，石德华抬起手揉了揉明薇的头发。

那天的风，那天浅浅的香樟花和泡桐花香味，她想把它们全部装进水晶球，偷偷藏在书架最上面那层的角落里。

7

为了让明薇好好学习，这个月初爸爸将家里的网线和路由器拔掉了，美其名曰给明薇营造一个良好的学习环境。

石德华会给明薇发消息，明薇写完作业后就偷偷把电脑拿出来，站在床头柜上，努力连上隔壁大伯家的网，然后回复他。

他说，放假了想带明薇去他的家乡看看。

他家住在乐平小镇旁边的小乡镇，明薇听过这个名字，但从来没去过。她开始盘算去的时候该穿什么衣服，要给石德华的妹妹带些什么好吃的小零食。

关上电脑，她不久就睡着了，应是做了一个很好的梦。

按照惯例，高二那年的暑假要补一个月的课，那个夏天似乎格外冗长。

在假期来临之时，这个梦就悄然破碎。

好朋友们找到明薇，欲言又止，最后告诉她，最近放学班上的一个女孩总会缠着石德华。明薇有些摸不着头脑。放学后他们拉着明薇看向石德华离开的方向，果然，那个女孩就走在他身边，不时扯一扯他的衣袖。

她的心瞬间凉了半截。

晚自习，她开始写那封没贴邮票的信。端端正正写好落款，将那封信对折了三次，请后桌同学将它传给石德华。

他坐在那儿，腰杆笔直，认真地看着桌上的题目，像以往每一天一样。她和老师请假，提前收拾好书包离开。她没来由地、失望地认为，石德华不再喜欢她了。

第二天的大课间，石德华拍拍趴在课桌上的明薇，拉着她穿过课桌间拥挤狭窄的走道。男生们齐刷刷看过来，试图和石德华有一些眼神交流，但他只是一言不发地拉着明薇走出教室。

“我从来不喜欢她。”石德华就这样直直地看着明薇，“我喜欢的是你。”

眼前这个女孩，常常可爱又灿烂，但在隐藏的内心里，好像从来不敢确信别人对她的喜欢。

他和她解释了很多，明薇一点也没听进去。其实，她明白是那个女孩一直缠着石德华不放，但她不明白为什么石德华不严肃地拒绝她。是因为不够喜欢吗？明薇满脑子都绕着这个念头，鼻子竟然有些发酸。

明薇不明白自己怎么了，这段时间的情绪和压力堆积，突然爆发出来，她掩着脸小声地抽泣。

高中时代，成绩就像一座大山，等着所有人越过。她不知道怎样才能赶上石德华。每次出成绩，她就感觉和他又远了一些。

他伸出胳膊圈住她，等她情绪缓和一些，说：“不懂的问题都可以问我的，知道吗？”

石德华知道明薇的倔强，她遇到不会的题，从来不问他，哪怕他一定要给她讲，她也是尽可能早早地结束。

晚自习前，明薇坐在后排座位吃着苹果，拿着英语书给听写没过关的同学重新听写。那个女孩绕到石德华座位旁边，在和他说些什么，明薇听不清，但似乎石德华并没有再搭理她。她假装不在意，眼神锁定在英语书上，余光却不住地瞥向那边。

最终还是没忍住看了一眼，却发现他们都在看她。石德华也是。

她不好意思起来，用英语书遮住脸：“你们看我干吗？”

石德华忍着笑：“你笑什么？”

男生们一起起哄。原来明薇的脸上一直挂着甜蜜的笑，像是打翻了蜜糖罐子，她自己并没有发觉。

后来他们告诉明薇，收到信的第二天早上，石德华难过得连早餐都没吃下去。

还有那天晚上，那个女孩总共和石德华表白了五次，但他没有和她说一句话，哪怕抬头看她一眼。

8

后来，后来就没有后来了。

明薇好像突然懂事了一样，她不再花很长的时间回头偷看石德华，而开始认真地演算数学题，研究物理公式。黄美美震惊了一段时间之后，也就习以为常。

那个暑假，明薇没有登录 QQ，没有去石德华的家乡看一看。

青春时总有些莫名其妙的转折。缘由是说不清楚的，那一瞬间，那一秒之后，一切都不一样了。石德华隐隐明白明薇的倔强。他从久久地注视着她绑着高高马尾辫的后脑勺中回过神，渐渐地，他也不再试图弄清楚青春里的那些谜题。

小超人还是小超人，但不再是明薇的小超人。他们所在的星球之间，也许隔着半个宇宙。她也要做自己的小超人。

艺考最终失败，明薇不想再任性，和爸爸妈妈长谈过后，决心认真念书。

毕业那年的五月，明薇和一群要好的同学找摄影师拍了一组毕业照，里面就有石德华。他们总出现在相片的两端，中间隔着的，是青春的距离。每个人都在黑板上写下自己的名字，认真地、用力地写着，好像要把什么刻进去一样。

七月的毕业旅行，明薇坐在前往杭州的高铁上，朋友告诉她石德华和那个女生换上了情侣头像。她微笑着点点头，望向窗外飞驰而过的树影。她不再好奇这之间又有什么故事，不再好奇青春里那些杂乱的情绪。

朋友点开石德华的空间，并没有发任何宣布恋爱的消息。

空间背景，是一个简笔画的小超人。也许是他忘记换掉了。

高考平稳发挥，成绩出来之后，明薇知道自己可以考得更好，于是选择去另一个学校复读。

大多数同学都留在省内。石德华去了北京念书，明薇没有应邀参加他的升学宴。

第二次高考那年的春末，明薇收到那个女孩的好友申请，里面写了一段话，大意是请求原谅。明薇不知道有什么好原谅的，快高考了也不想让自己的情绪有什么波澜，于是爽快地同意了她的申请。

那年八月末，明薇去了很远很远的北方做一个医学生。

坐上绿皮火车，窗外的景色从绿水田，逐渐变成广袤无垠的金色麦浪。大片大片的云渐渐低下来，好像随手就能牵走一朵的样子。十七岁，她第一次见到这样的景象，不由得心驰神往。

石德华给她发消息，问她路上是否顺利，是否有什么有趣的事。

明薇给他发刚才记录下来的漂亮列车员姐姐说的东北话。石德华说没有看懂，明薇回复，没关系，她也没怎么听懂。然后闭上眼睛小憩。

故事到这里就结束了。

9

明薇坐在自习室的角落里一封封拆信，总共二十封。

她从前也爱写信，大多都是写给朋友们，哪怕每天都会见到，她还是会在信封上贴上漂亮的邮票。

记忆里，只有一封没有贴。那封信，甚至没有用信纸，明薇将练习本的最后一页撕下来，趴在课桌上写了半个晚自习。

很俗的话，青春总是酸酸甜甜。确实就是这个滋味。

信是古老的传递方式，愿意用笔细心地写，里面总是藏着很多真心。哪怕回答是否定的，那也值得真心对待。明薇将信一封一封放回去，认真地给男生回复："谢谢你的礼物，我很喜欢。只是缘分未到。"

时光不停流转，每个人都要做自己的小超人。而那些故事是很珍贵的宝藏，是值得放在枕头下收藏的。也许做个美梦，也许会哭着醒来，但第二天，青春期里，或者拥有过青春期的人们，都要继续新的生活。

明薇支着下巴看向窗外，白桦树挂着一树黄色的叶子，风吹来，在灯影旁上下翻飞，像一树扑腾的、要飞往美好未来的小翅膀。

晚风见梧桐

✽言　宜

1

这已经是周舒桐第七次被美编退稿了。

她愁眉苦脸地坐在电脑前，见编辑再一次说画稿男主没有特色和亮点，重重地叹了口气。

她虽然跻身一所理工类院校，学的却是经管专业，班上的男生少就算了，一出门，路上遇见的男生也都是黑框眼镜加格子衫的搭配，辨识度几近为零。都说灵感来自生活，可这千篇一律的宅男造型，让她无法从生活中汲取到任何养分。

为了逃避痛苦，虽然才晚上七点半，但周舒桐还是选择哀怨地躺在床上，提前酝酿一下睡意。

毕竟睡着了，就不烦了。

忽然，好友的电话打进来：“桐桐，新操场那边正开演唱会呢，你想不想来看看？我替你占了座！”

周舒桐蔫蔫地道：“不去，我要……”

夜会周公这几个字还没说出口，只听好友接着道：“乐队主唱超级帅！是个暗黑风格的帅哥！我跟你拍胸脯保证，咱学校绝对罕见！”

因为画画的缘故，周舒桐喜欢观察人群，尤其是异性，但是她记性不好，还有些脸盲，除非很有特点的长相，否则她时常要盯着人家看很久，才能记住细节。

好友以为她就是垂涎人家的美貌，多次打趣她的心跟榴莲一个形状，恨不得每一根刺上都住着一个帅哥。

无论怎么解释，好友都对她误会颇深，日子久了，她也就接受了这个设定。

好友的审美一向跟她趋同，所以她坐起身来，飞快地换好衣服去了操场。

操场上的乐队是由本校五个学生组成的，名字叫作“低压金属”。

等周舒桐赶去，看到主唱的一瞬间，她不由得在心里感慨，在学校，这风格的男生确实提着灯笼也难找到第二个了！好友诚不欺我！

她赶紧从包里摸出纸笔，借着昏暗的灯光开始简单地勾勒着主唱的外形线条，可是他们的座位离舞台太远了，她又忘了戴眼镜，看不清他五官的细节。

偏偏周舒桐是那种要么不做，要做就要做到最好的人，所以，在音乐会结束后，她让好友先走，自己悄悄地到了后台，想要看看主唱究竟长什么样。

可是，后台并没有那个穿黑色皮衣主唱的身影。

正当她准备离开的时候，身后传来一道声音：“找我？”

周舒桐猛地回过头，觉得来者有些眼熟，可一时又想不起来在哪里见过。

男生栗色微卷的头发下是一双深邃却明亮的眉眼，再往下是笔直高挺的鼻梁和薄厚恰到好处的嘴唇，她的视线宛若手中的笔，她在大脑里迅速描摹着线条，便走了神。

男生轻咳一声，周舒桐终于回过神，口是心非道：“不是。”

“那你为什么一直盯着我看？”

男生似是觉得好笑，抱胸看着她，她大脑飞速旋转，想着该如何回答的时候，男生又补充道：“而且，你纸上画的不就是我？”

周舒桐下意识地将手朝身后又藏了藏，忽然想起了一周前的一件事情——

那天早上，她起了个大早去学校外的河堤边晨跑，刚跑了三百米，就撞见一男一女不知说了什么，不一会儿，女生抱着书，红着眼睛离开了，男生却一直没回头，沿着河堤朝前走去。

见他魂不守舍的样子，周舒桐担心他的精神状态，悄悄地跟了上去。

他们之间一直保持着不近不远的距离，忽然，他停下了脚步，长腿一迈，跨坐在了河堤的护栏上。她在心中大喊不妙，三步并作两步跑过去，一把拉住了他，说道：“同学！虽然我知道分手很痛苦，你现在一定觉得活着没有意义，但只有活下去，一切才有转机。”

待听清楚她的话后，男生有些莫名其妙道：“你从哪看出来我要轻生？”

周舒桐正要继续喋喋不休，身后却传来几声按下快门的声音。

校刊记者本是要出门采风，没想到目睹了她见义勇为的全过程，就用照片记录了下来。待记者走后，男生从护栏上下来，沉着脸朝学校的方向走去。

周舒桐不禁在心里犯着嘀咕，怎么这么容易就把他劝回来了？

三天后，也不知道记者从哪弄到了她的联系方式，还专门找她做了一个采访。

2

被她救下的男生和眼前的这个乐队主唱的容貌渐渐在她脑中重合，她终于认出了他，道：“是你啊。”

“你才反应过来吗？我的‘救命恩人’？”男生似笑非笑道。

周舒桐没听懂他的画外音，心里乐开了花，道：“我也不求你滴水之恩，涌泉相报了，我只有一个要求——”在男生懒散的注视下，她伸出食指，比了个一的手势，道：“你能不能做一次我画稿的模特？不需要很久，大概三个小时就好。”

正当她满心欢喜地期待他说出那个“好”字的时候，男生冷冰冰的话语便朝她飘来：“不能。”

周舒桐的脑袋里充满了问号：“为什么？”

“因为我那天只是在河边找灵感，并不是想不开，”梁晏顿了顿又道，“你不仅打断了我的灵感，还让我‘光荣’地上了校报，成了全校人茶余饭后的谈资，我还没找你算账呢，你怎么得了便宜还卖乖？”

什么？他那天不是要轻生？可是那天，那个女生为什么红着眼睛跑开？

周舒桐半信半疑地看着他：“那你怎么解释那个女生……”

“她哭是因为物理成绩太差，我拒绝了她进我们物理课题组。”男生淡淡道，“再提醒你一下，现在正值旱期，学校外面那条河里的水深度连小腿的一半都不到，淹不死人。”

“原来……是这样啊……”

当时情况紧急，周舒桐根本来不及去想什么旱期涝期，而此刻，她恨不得找个地缝钻进去。她的声音越来越小，头越垂越低，最后憋出一句：“实在是对不起！如果你想要一点补偿的话，可以提出来，我尽量满足你。”

男生眉头皱成了川字，嫌弃地道：“我要的补偿很简单，请你从我面前消失。”

说罢，他头也不回地转身离开。

周舒桐有些挫败地吹起额前耷拉着的一绺头发。

几天后，周舒桐找到那期校报，看了之后才知道，原来他叫梁晏。

他读的是物理专业，不仅成绩优异，在兼顾学业的同时还组建了一支乐队。

在周舒桐的观念中，物理这种纯理科的东西和音乐创作这种纯感性的东西八竿子打不着，除非是真的热爱，否则很难兼顾。

她忽然有些羡慕他，也有些佩服他，这反而又激起了她的斗志。

困难和挫折是使人前进的动力，她一定要把这么帅还有理想的人变成自己的画稿模特！

于是，经过多方打听，她了解到了更多的细节。

梁晏虽然履历和外貌都没得挑，但人无完人，他也有两个弱点：

其一，他因为经常不规律吃饭而患上了胃病；

其二，他经常熬夜，赶不上早上八点的专业课。物理系的许教授极其严格，在梁晏多次迟到后，这学期的第一节课上，他便公开警告梁晏，如果梁晏这学期迟到三次以上，就算期末考试考了满分，他也依然会算梁晏不及格。

周舒桐心里有了主意。

只要功夫深，铁杵磨成针！只要舒桐来，梁晏迟早败！

她就不信不能感化梁晏这块千年老寒冰！

她向物理专业的同学要来了他们本学年的课程表，摩拳擦掌，打算伺机行动。

为了了解清楚情况，第一天中午，她先跑去梁晏上课的教室旁听。

那天下午，台上一个女老师正用粉笔画着图，讲着光电效应，周舒桐清楚自己是个理科白痴，所以也不想费工夫去研究这些，以求得跟梁晏拥有共同话题，而是另辟蹊径地从包里掏出一本川菜菜谱，一页一页地翻过去，看到好吃的就停下来，讨好地对梁晏道："梁哥，你中午想吃什么？麻婆豆腐怎么样？锅巴大虾呢？水煮肉片好像也不错？"

……

虽然梁晏一直冷着一副面孔，但是周舒桐仍然孜孜不倦地追问，他最后不耐烦地回道："我中午吃什么跟你有什么关系？"

3

"当然有关系了！人是铁饭是钢，饿着谁也不能饿着我梁哥！"

周舒桐说得太急，没有控制好音量，台上的老师发现两人在聊天，脸色很不好看，敲着讲桌，叫起梁晏道："梁晏，你来给大家通俗地讲讲光电效应。"

这可难住了梁晏。

光电效应于他而言并不复杂，但是他一时之间并不知道怎么才能够通俗地讲出来。

他沉默片刻，环视教室一周，最后将目光定在了周舒桐身上，淡淡地扬起嘴角道："打个比方，若喜欢就是入射光，那喜欢的人是金属，光打在金属上，能逸出电子，产生光电流，则代表对方被你吸引。电子逸出金属的过程，也就是对方为你打开心门的过程。"

全班人看热闹不嫌事大，纷纷看着梁晏，老师的脸色也没有好多少："是你旁边那个小姑娘吸引了你这块金属，从而让你产生了心动的电流？所以，你连课也不听了？"

全班哄堂大笑。

梁晏站在座位上，等笑声小了一些，老师让他坐下后才淡淡道："我不会为了任何人打开心门。"

一句话清楚明了地跟周舒桐划清了界限。

以前，自作主张来陪梁晏上课的女生不在少数，可是被如此狠心拒绝的，周舒桐绝对是第一人。

周舒桐将头摇成拨浪鼓，众人还是纷纷向她投去同情的目光。

被老师批评后，周舒桐学了乖，不再出声，而是改了方法，开始在纸上画画。

她用中性笔画了一幅锅巴大虾的画，配文道："请你看图联想，这大虾不仅肉质紧致，还带着一点回甘，锅巴也炸得酥脆，一口咬下去，唇齿间弥漫着稻谷的馥郁芬芳，让人一下就想到丰收的秋天，底下的青笋和胡萝卜裹满了浓稠的汤汁，丰富的口感让味蕾无比享受……"

梁晏本来不打算理睬她递过来的小纸条的，谁知，他不仅一眼看到了纸上生动的画，还顺着看完了文案，原本没有觉得饿的他，因为她生动的形容竟然开始觉得饿了，肚子里忽然发出"咕噜"一声。

还好老师正带着扩音器在台上讲课，讲课声盖过了他的肚子发出的声音。

一旁的周舒桐却忽然笑眯眯地转头看向他，因为她听见了。

于是，梁晏不打算装作若无其事的样子，在小纸条上龙飞凤舞地写下了一句回复："是哪里的锅巴大虾让你回味无穷？别告诉我你是在学校食堂吃的。”

梁晏从小就挑食，上了大学后，食堂里的饭菜不是咸就是辣，于他而言根本就没办法入口，再加上周边的外卖不是很干净，速食吃多了，也没有了胃口，所以，他对饮食的欲望减了又减，因此患上了浅表性胃炎，时常胃疼。

周舒桐飞快地写下回复：“我来做！”

梁晏半信半疑地看着那三个字，没再回复。

放学后，周舒桐前脚刚迈出教学楼，梁晏便拦住她道：“你上哪儿去？”

“那么多话干什么？跟着周大厨走，保证你有饭吃。”周舒桐笑道。

“你还真会做啊？”梁晏表情微微震惊。

“那当然，我爷爷家以前是开川菜馆的，我小的时候经常在厨房看他做菜，时间长了，也就会了。”周舒桐自信道。

梁晏见周舒桐带他去的小区正是他租住的地方，欲言又止，没再说什么。

4

到了家里，周舒桐系上围裙就走进了厨房，在关上门之前还不忘招呼梁晏随便参观，口渴的话可以自己倒水喝。

梁晏无奈地摇了摇头，环视房子一周，见房子里全是小女孩喜欢的毛绒玩具和粉红色的装饰品，他才惊觉自己竟然跟着她回家了。他今天的行为和平时比起来，多少有些反常了。

但来都来了，他接了杯水在椅子上坐下，低头看向周舒桐桌子上的一部分画稿。

最上面那张是她之前想要藏起来的那张，画的是他抱着一把电吉他，还没有画头。

他又往下看了几张，全是他的无头画像。

梁晏又好气又好笑。

她都已经见过他几次了，画个头很难吗？

接着，他又朝下翻了几张，有头的画稿里的人都长得一模一样，连表情都没变……

就这样，他得出一个结论：周舒桐脸盲。

那他是不是也该庆幸……周舒桐居然能认出他？

正当他无奈之际，周舒桐忽然打开了厨房的门，端着盘子从里面走出来，并指挥梁晏来帮忙。

等梁晏在餐桌旁坐下的时候，面前已经放好了两菜一汤。

桌上不仅有她说的锅巴大虾，还有清炒时蔬和西红柿蛋花汤。

周舒桐将筷子递给他之后就迫不及待地夹了一只虾给他道：“尝尝吧。”

她的小脸红扑扑的，眼睛中满是期待和兴奋。

梁晏剥好虾，放进了周舒桐的碗里，道：“你先吃，试试毒。”

周舒桐白了他一眼，将虾塞进嘴巴里，转而又笑起来：“周大厨在江湖行走多年，就没有失手的时候！”

梁晏在她说话的同时又剥好了一只虾，慢慢地放进嘴里，果然如她所说，味道很不错。

虽然是川菜，但她没有放太多辣椒，味道刚刚好。

就这样，配着米饭，两人将两菜一汤吃了个干净。

饭后，梁晏主动去洗碗，周舒桐站在他身旁，道：“你就没什么要说的吗？”

“说什么？”

“比如夸夸我手艺好什么的？”

“确实该夸，不如就叫你小田螺精吧。”

“……我才不是小田螺精呢。”周舒桐撇撇嘴道，“我从小就觉得那个故事里的农夫动机不纯。要不是田螺知恩图报，他把田螺泡在水缸里，恐怕就是想等它吐干净沙好拿来下锅！”

“你从小就这么有生活经验啊……”梁晏被周舒桐的脑回路惊到了。

“这是自然。那句话怎么说来着，爱笑的女孩不会太笨！”周舒桐开心地回答道。

“是爱笑的女孩运气不会太差。”梁晏勾了勾唇角，“毕竟运气差的女孩根本笑不出来。”

“……”

一来二去，两人因为饭友关系熟络了起来，只要周舒桐有空下厨，有她一口吃的，就少不了梁晏的。

她也看到了梁晏的变化，或许是吃别人的嘴软，梁晏似乎没有过去那样排斥她了。

这不就说明她的计划很有用吗？是时候进行第二步——提醒他上八点的课了！

可是行动还没开始她就被难住了，梁晏住在男生宿舍里，她该怎么联系他呢？

于是，在他上课的前一天的晚上九点，周舒桐就友好地给他发去了消息："俗话说得好，'早睡早起，没病惹你'，你今天打算什么时候睡觉？"

"还早。"梁晏简短地回复后，像是想起什么问道，"你别告诉我你现在已经要睡了？"

"哪儿能啊，是你明早八点有课，我又没有，我还要学习一会儿。"周舒桐反驳道。

"我以前怎么没看出来你这么刻苦？"梁晏玩味地回道。

"唉，人在考试下，谁能不低头。"周舒桐愁眉苦脸回道。

"好吧，我的围巾落在你家了，你现在有空吗？"梁晏打了个语音电话过来。

周舒桐很快接起："有的。"

挂了电话后，刚过十分钟，周舒桐就听见门被敲响，梁晏道："周舒桐。"

学校到小区最起码有五百米，再加上上下楼的时间……

他是脚踩风火轮吗？这么快就过来了？

周舒桐站起来给他开门，问道："你是坐飞机过来的吗？这么快？"

大冬天，梁晏随意地套着一件卫衣，脚上穿着一双凉拖鞋，手中拎着一个外卖盒子，抬手递给她："我坐的明明是火箭。"

大概是跟周舒桐待久了，梁晏也开始满嘴跑火车。

"熬夜学习的奖励，桂花米酒汤圆。"

5

"谢谢梁哥！"周舒桐开心地接过外卖。

梁晏也没多留，转身便走，周舒桐拿起椅子上的围巾追上去，道："你的围巾。"

梁晏神情微微一僵，没有立刻伸手接过来。一条围巾其实根本不值得他专程跑一趟，只是为了圆刚才想见她而撒的谎，他佯装思忖片刻，才道："我才想起来，我明天没课，正好明天有雪，你留着戴吧。"

周舒桐没有发现他的异样，闻言后非常愧疚，道："那真是麻烦你了，大老远过来只是为了给我送一份消夜。"

梁晏的脚步一顿，转头笑道："如果你真的很感动的话，明天让我点菜就行。"

周舒桐面露难色："不好意思，我最近没时间。"

梁晏忽然伸手揉了揉她的脑袋："开玩笑的，我就住在你家楼下，这份桂花米酒汤圆是我点外卖时送的，我吃不下，所以就给你送来了。"

"你就住在我楼下？"

真是踏破铁鞋无觅处，得来全不费工夫，她正愁没办法做个尽职尽责的小闹钟呢，梁晏竟这么巧，住在她家楼下！

梁晏挑了挑眉，没有说话，像是在问她：有什么问题？

"没什么。"

她忍不住得意，如果他以后不早点起床，就不要怪她去他门口表演花式敲门绝技了。

梁晏自然不懂她心理活动，明明已经走到楼道拐弯处，还回头给她握拳打气道："加油，周小葵！"

周舒桐不自觉地笑出了声，什么时候开始，梁晏竟然也学会了玩梗。

"记得设闹钟！"周舒桐冲着他的背影，忽然想起什么道，"等我考完试，可以做好吃的给你，但前提是，你要同意一件事情。"

梁晏的脚步一顿，回过头来疑惑地看着她。

"给个机会，让我拯救一下你台前幕后极大的衣品反差问题。"周舒桐笑着说。

梁晏笑了笑，转身继续走，然后忽然伸起右手，比了个 OK 的手势。

周舒桐忍不住地揉了揉眼睛，生怕自己花了眼，梁晏从什么时候开始变得这么好说话了？

自从有了周舒桐这个专属厨师，梁晏的胃好了许多，食欲也好了许多，甚至很久都没有胃疼过了。也是因为周舒桐尽职尽责地提醒，直到许教授期末结课，梁晏再也没有迟到过。

虽然曾经被周舒桐破坏过创作灵感，但是相处下来，周舒桐古灵精怪、活泼可爱的性格又给梁晏提供了新的灵感，于是，他创作了一首新的单曲，名字叫《黑色围巾》。

梁晏能清楚地感觉到，在和周舒桐相处的这段时间里，他的收获远大于损失。

所以，这一次，他想要主动提出做她的画稿模特。

但没等他向周舒桐提出这件事，周舒桐就在一个深夜敲响了他的家门。

梁晏透过猫眼看到，屋外的周舒桐像是刚哭过，眼睛红红的，眼泪还在眼眶里打转，为了不让眼泪流下来，她不停地用袖子擦拭着，怀里还抱着一大摞东西。

等他开了门，周舒桐没有任何寒暄，开门见山道："梁晏，我妈要过来跟我一起住……她一直不支持我画画，我怕她看见这些生气，能麻烦你先帮我保管吗？"

梁晏接过周舒桐怀中的沉甸甸画稿，道："好，你……"

还没问出，周舒桐已经匆忙跑上楼，但又像是想起什么，跑到一半又折返回来，声音里残存着哭腔："我可能不能再画画了……但认识你很开心，谢谢你，梁晏。"

说完，周舒桐心中竟觉不舍。

而一时之间，她也分不清楚到底是舍不得画画，还是舍不得他。

为了不让眼泪掉下来，她又匆忙跑开了。

大四第一学期，许多结了课的同学已经可以离校了，梁晏也不曾在学校里再见到周舒桐。

于是，经过多方打听，他找到了周舒桐的好友，知道了真相。

原来，周舒桐前段时间的备考并不是在准备什么结课考试，而是在备考雅思。

她的母亲是一个不折不扣的事业型女性，做事雷厉风行，不问过程，只看结果，在周舒桐很小的时候就已经替她规划好了一切，小到上什么学校，交什么朋友，大到以后要进什么行业，从事什么工作，无一例外。

可是，周舒桐从来都不喜欢母亲所安排好的一切，包括大四毕业出国深造。

她最大的愿望就是成为一个自由插画师，住在一个静谧的小院落中，养几只猫猫狗狗，如果碰巧能和喜欢的人一起看日出日落，那就再好不过了。

所以，表面上，她搬出宿舍是为了好好学习，实际上，她是为了有更多的时间去画画。

不幸的是，她的创作还没完成，母亲从老师那里了解到她的雅思成绩又没有达到留学所需要的分数，而且已经很久都没有去上过雅思课了。

留学申请在即，母亲大怒，认为周舒桐是在拿自己的前途开玩笑，所以决定搬过来亲自监督她，直到她考过雅思为止。

不知怎么的，周舒桐在门前哭红了眼睛，但在他面前硬生生一滴眼泪都没掉的倔强模样忽然浮现在梁晏脑海中。

他的心里忽然很难过。

6

接下来的日子里，梁晏每想起周舒桐一次，就去翻看她的画稿一次，那么一大本画册，竟然半个月就被看完了。

翻看完周舒桐的画册后，梁晏觉得，周舒桐虽然在人物画上没有天赋，但是她画小动物不仅栩栩如生，而且想象力丰富。他很讨厌老鼠，但在看完周舒桐笔下老鼠的卡通画像后，他竟然觉得老鼠有几分可爱了。

这样的天赋不该被埋没。

梁晏将周舒桐的卡通画整理成册，连夜送去了在一家儿童画报社工作的舅舅家。

晚上，刚回到小区，他便看见周舒桐失落地蜷缩在长椅上。

"你怎么了？"梁晏走过去问道。

"没什么，想等会儿再上楼面对我妈。"

没等她再说点什么，梁晏拉起她纤细的手腕，跑到了小区里一片空旷的草坪上。

他仰头躺下，冲她道："你看，星星。"

周舒桐也跟他一起躺在草坪上。

"大人经常替我们做选择，就是担心我们会误入歧途，吃亏受苦。只要你能证明你可以为自己的未来负责，他们肯定不会拦着你的。”梁晏沉默许久道。

周舒桐从来没有以这样的角度看过星星，夜空这样辽阔，星星难以计数，而每一个人也都像一颗星星一样渺小，烦恼更是可以忽略不计了。

在梁晏说出那一番话后，她就猜到梁晏知道了真相，所以没有惊讶，转头看着梁晏道：“你说得还挺有道理的。”

月光温柔倾洒，少女的笑容柔和，眼神无比笃定，哪怕多看一眼，都会无可自拔地沦陷。

梁晏呆呆地回望她，问道：“你有没有听过德瑞克物理方程？”

周舒桐忍不住白了他一眼：“我是文科生。”

梁晏没有理会她的不满，看着星空喃喃道：“德瑞克方程最先被用作探寻地外文明，但后来延伸出了新的意义。”

“是什么？”

梁晏在这一刻，轻轻握住了周舒桐的手腕，感受着她的脉搏与自己的心跳一起共振：“一个人能遇见真爱的概率是二十八万五千分之一。”

周舒桐不由一愣，人生海海，能遇见一个陪自己看星星的人的概率会和遇见真爱的概率一样吗？

7

梁晏的舅舅在三天后给了答复，他看好周舒桐的天赋，想要跟她进一步聊聊。

在收到舅舅回复后，梁晏火速上楼敲响了周舒桐家的门，但并没有人应答。

梁晏又去问了周舒桐的好友她在何处上课，而后骑着摩托车过去，从天亮等到了天黑。

等周舒桐下楼，梁晏简短地跟她叙述了事件的经过，她二话不说就坐上了梁晏的车。

虽然身体和精神都被雅思折磨得厉害，但是画画依然是她最渴望的事情。

梁晏带着周舒桐去了舅舅家，两人顺利签约出版周舒桐的画稿。

回家的时候，梁晏执意要陪她一起：“我怕你妈打你。”

周舒桐安抚地拍了拍他的手，道：“我妈虽然严厉，但从不动手。”

当天晚上，母亲在听了她所付出的所有努力和所获取的成绩，以及未来三年每一步的规划之后，沉默了许久，终于道：“如果你做不出什么名堂来，还是得继续考雅思。”

这是母亲心软的表现，周舒桐笑得灿烂：“嗯！”

她迫不及待地跑下楼，想把好消息告诉梁晏，谁知，等去了他家，梁晏正放着一首歌，歌的高潮重复唱着“stay with me”这句歌词。

大概是相处久了的默契，周舒桐一听就辨别出这是梁晏的声音。

而此刻，他正坐在桌子前，认真地解着一道函数题：r=a（1-sinθ）。

她听着让人浮想联翩的歌词，几番想要开口，都被梁晏阻止，只好静静地站在桌前看他在坐标系里画图。

她万万没想到，梁晏就这样在坐标系里画出了一颗心。

周舒桐眨了眨眼睛，他这是什么意思？

梁晏放下笔，抬起头，认真地看着她道：“夜宵是专门给你点的，留下围巾是为了再多见你一次，这首歌也是为你写的……说了这么多，我只是想表达，周舒桐，我喜欢你。”

周舒桐的心里像被掷入一枚石子，由中间向两边缓缓荡开无数层涟漪。她问出了萦绕在心头的问题：“梁晏，可你不是说过，不会为了任何人打开心门吗？而且，我真的很普通。”

梁晏被她一噎，有些后悔地解释道：“从马克思主义哲学的角度来讲，喜欢本就属于非理性因素，你天生开朗乐观，而我性格孤僻古怪，虽然相识以来，我们总是闹出乌龙，但也是你让我感受到世界的美妙，优秀和平凡从来就没有具体的衡量标准，能遇见你是我的幸运。”

周舒桐听完以后发自内心地笑了。

“梁晏，以后跟我一起看日出日落吧？”

“再养一猫一狗。”

“一言为定。”

全世界失眠

✲萧小船

1 ——• 撑场子

落日乐队来嘉城巡演的这一天，距离江知暖和苏远分开已经过去一周。

落日乐队成名作是一首情歌，叫作《拥抱》。每当这首歌唱起时，镜头就会捕捉现场，那一瞬间出现在大屏幕上的人要拥抱在一起。

江知暖到时门口已经排了长长的队伍，她一眼看到了苏远，还有他搂着的一个可爱女生。

这个女生江知暖很眼熟，是苏远同系的学妹，之前给苏远送过几次东西，所以其实苏远与她分手是早有预谋。

江知暖本来对这次的现场万分期待，这下什么心情都没了，进入现场后她也没有往前排挤，就缩在门边，打算安静地看完，之后安静地离开。

渐渐有在前面蹦累了的乐迷钻出人群靠在墙边休息，江知暖的眼睛一直盯在苏远身上，并没有注意到身边站过来一个人。

恰是此时，灯光变成落日的橙色，跟着棚顶移动的摄像机一起交错着在现场逡巡。音响里传出《拥抱》轻快的前奏，场内霎时一片沸腾。

现场的人欢跳着，在镜头给过来的瞬间两两拥抱在一起。江知暖看到前方大屏幕上，苏远抱住了他的新女朋友。

自己固然有些难过，但前任的幸福更令人揪心。所以下一秒，江知暖在大屏幕上看到了扭曲着一张脸的自己。

江知暖愣了一下，苏远明显也愣住了，扭头往后看。

江知暖："……"

她躲着苏远就是怕这个，苏远有人拥抱，自己形单影只，那他得多得意啊！

"需要帮忙吗？"身边传来的男声落在江知暖耳朵里犹如天籁，落日的现场里经常有陌生人愿意奉献自己的拥抱，江知暖来不及多想，转身扑进了他的怀里。

他顺势将手虚虚地放在她的脑后，从远处看，这是一对正在温柔拥抱的情侣。

男生个子很高，江知暖的耳朵恰好贴在男生的心口处，那颗心脏跳动得格外鲜活而有力，怦怦怦，宛若刚刚复苏的新生。

江知暖从他的怀抱里离开，诚恳道谢："谢谢你帮我。"

墙边幽暗，只有前面射灯扫过来时会打到光。

这时前方一缕光扫到男生的脸上，他有一双温柔含笑的眼。

此刻那双眼映出的，是江知暖微张着唇，错愕万分的脸。"……岑寂？怎么是你啊？这也太巧了吧？"

江知暖的声音很软，每当说到感叹词尾音不自觉地轻咬，十分可爱。

岑寂不由得笑意更深："是很巧，没想到你也喜欢落日……哦，姓苏的居然也在。"

苏远正频频转头往这边看，似是在确认江知暖和岑寂到底是情侣关系，还是只是抱了一下的乐迷朋友。

播音系的岑寂和苏远互相看不顺眼，这是嘉城大学众所周知的事情，江知暖和苏远在一起时没少听他骂岑寂。

不想被前任压过一头的情绪在内心翻涌着，江知暖再抬头看岑寂，他还在看着前面的苏远，眼角眉梢写满了厌恶。

她想，敌人的敌人就是朋友，对岑寂而言，能有让苏远不爽的机会他应该很乐意配合。

江知暖内心最后的那点纠结也不见了："能继续帮我一下吗？就，在这个现场里假装和我，那个，恩爱？"

世上还有这种好事？

岑寂有些不可置信地转过头，见她神情并不像是开玩笑，语速很快地答应下来："很乐意为您效劳。"

江知暖深吸一口气，然后在苏远的瞩目中靠在了岑寂的肩膀上，岑寂的手跟着搭在她的肩膀。

江知暖抬头，岑寂低头，二人在无人的角落里笑着说话，外人视角怎么看怎么甜蜜。

岑寂带笑的眼在射灯光线里很亮："苏远的脸比你刚才的还要扭曲。"

江知暖有被爽到："那我就放心了。"

2 —— • 初相遇

在与岑寂正式认识之前，江知暖对他的认知有一半来自学校论坛的一个帖子，标题是《播音系的岑寂和制药系的江知暖谁会先谈恋爱》。

正文里有句话很生动地形容着两人：如果说岑寂是高岭之花，实在难摘的话，那江知暖就是那“岭”，石头是没有感情的。

江知暖人美声甜，笑起来脸上有可爱的梨窝，十分治愈，追求者众多。她面上对谁都是笑盈盈的，可不管是浪漫的鲜花还是昂贵的礼物，在她那儿只有魂归垃圾桶这一条宿命。

是以在帖子下面开设的投票一栏中，有百分之九十九的人都投给了岑寂。

然而在帖子开设一个月后，江知暖就谈恋爱了，对象是苏远。

江知暖对岑寂的另一半认知就来自苏远。

在苏远的口中，岑寂嫉妒他的才华和能力，与他争奖学金，抢上镜的名额，在社团里排挤他。岑寂无恶不作，罄竹难书。

这样的抱怨听了刚两个月，二人就分手了。

苏远的理由是，两个人总吵架让他压力特别大，期末临近他想冷静一段时间，江知暖很淡然地点了头。

江知暖喜欢做播音，但高考时家里更想让她学医药，她就只能业余去旁听播音系的课程。今年年初江知暖做了一个电台频道“今夜好眠”在校内网上线，她知道自己的声音柔软治愈的优势，电台瞄准的是现在因压力日益增大而失眠的同学。

深夜失眠的人总有着自己的心事，为了让大家可以放心地宣泄情绪，电台的留言都是匿名模式。江知暖有时候和他们聊聊天，有时候唱一下他们点的歌，这个小电台守护着她小小的梦想。

对于分手，一开始她心里其实没有任何的波动，晚上还照旧在她租的小公寓里直播。

有人非常应景地点播了一首歌《分手快乐》，说要送给眼疾治愈脱离苦海的一位漂亮姑娘。

江知暖唱了几句说了一句“抱歉”匆匆关了直播设备，抓起外套就往学校的男生宿舍楼跑去。

顶着刚入冬的风一路跑到楼下，她停下脚步，在门口站了很久，也不知道自己应该做什么，眼泪来得突然不受控，她自觉这眼泪应该是无声的，可落在别人耳朵里却是格外汹涌。

有男生从宿舍楼跑了出来，声音很是不耐烦："哭什么啊，不知道自己这样很扰民吗？"

江知暖脸都没抬，嘴上顶过去一句："人家难过还不能哭吗？"

“有什么大不了，离开渣男你该放鞭炮庆祝的。”

江知暖哭得更厉害，男生干脆坐在她旁边，可能是因为夜风温柔，他的声音一改刚才的不耐烦，透着一些小心翼翼："别哭了，大不了我做你男朋友。"

江知暖哭得脑子乱七八糟的，后来也不记得自己说了什么。

只记得那夜最后他送她回了住处，那一路有这个季节落下的最后一片叶子。

第二天江知暖的眼睛肿了起来，她不想让人觉得自己是放不下苏远，上课时就避开众人坐在最后一排。

嘉城大学的暖气很足，江知暖被热气包裹得昏昏欲睡之际，身边坐过来一个人。

江知暖下意识地往里靠了靠，眼皮耷拉着刚要合上就听他低声说："江知暖。"

被点到名字的江知暖眼皮倏地睁开，往旁边看了一眼。

坐在身边的男生长得格外好看，眼睛不笑也像是弯着，乍一看很陌生，可仔细看莫名地有点儿熟悉。“你是……”

“岑寂。”岑寂说着将脸朝向她这边，方便她将自己看得一清二楚："昨晚你让我做你男朋友的，你忘了？"

江知暖脑子发麻，怪不得她觉得眼熟，这个好看的轮廓，不就是昨晚她泪眼婆娑间看到的那个？

她昨天居然说过这种话吗？

“我昨天人不正常，我不是真想要你做男朋友……”江知暖迅速冷静了过来，脊背挺直，“这么对你也不公平。”

岑寂想说他并不在意，可对上她认真的表情还是将这句话咽了下去。

岑寂笑了一下道：“刚才开个玩笑，苏远这个人渣得很，他可能很快就有新女朋友了。如果到时候你找不到人一起骂他的话，可以联系我。”

岑寂扯了一张纸，将自己的联系方式留了下来。

江知暖虽不想跟苏远口中的“大恶人”岑寂有多少瓜葛，面上还是礼貌地道谢，等岑寂走了就将纸条扔进了垃圾桶。

3 —— 假情侣

恋爱时虽然总吵架，但苏远总体展现出的还是个没什么道德瑕疵的人，江知暖根本没信岑寂的话。

可苏远真的如岑寂所料的以光速找了新女朋友，且还可以确定是在恋爱期间劈的腿。她这个女朋友不知道的事情，岑寂这个死对头早已察觉，果然印证了那句话，恨比爱更长久。

落日现场多亏了岑寂帮忙，江知暖想着请他吃一顿饭报答一下恩情，可她扔了岑寂的联系方式也找不到人，就打算第二天直接去播音系找他。

江知暖一觉醒来，外面变了个天地。

昨天落日现场，她和岑寂的“恩爱”不仅震撼到了苏远，也震撼到了刚好同样去看演出的嘉城大学其他人。

关于她和岑寂谁先恋爱的帖子有了新的回复。

123L：他俩谁先恋爱的最新答案是，一起（震撼脸）。分手了和前任的死对头在一起了，这是什么炸裂的设定？

这事件的走向实在是波谲云诡，江知暖的脑袋也很炸裂。

在她去播音系找岑寂之前，江知暖在小区门口见到了先来找她的岑寂。许是上次送过她，岑寂对周遭很熟悉，带她去了路口的一家咖啡店。

两个人对坐着，江知暖捧着一杯热可可在手里，有些踟蹰，半晌才开口：“那个帖子，你怎么看？”

“既然已经被人看到了，再解释也是苍白，倒不如就让他们误会着。”岑寂见她眉宇间有犹豫，将话说得更直白一点：“反正我们的目标是一致的，我觉得我们可以合作，扮演一对假情侣，就和在落日现场时一样。”

他的声音是播音系很正统的字正腔圆，刻意压低时更有一种娓娓道来的说服感。

江知暖把他的话听了进去，沉默了一会儿，咖啡店的门铃随着门开奏着清脆的旋律。

苏远推门进来，嘴上抱怨着：“什么重要的会啊非得来这儿开……”

咖啡店里只有两桌客人，苏远轻易地就看见靠窗而坐的那两个人。

岑寂见到他朝他走过来，苏远若无其事地道：“你也是接到社团消息来这儿开会的吧？”

岑寂像是耳背，面露诧异：“你怎么知道我是来和我女朋友约会的？”

他刻意强调“女朋友”三个字，苏远一时间心里酸涩又苦辣：“……”

江知暖这次很清晰地看见了苏远扭曲的面部，她是个爱憎分明又不肯轻易认输的人，她做不到对骗她感情的苏远好聚好散。

她走到岑寂旁边，扯了扯他的袖子说：“我快到上课时间了。”

“那我送你。”岑寂和江知暖并肩走了出去。

出了门，江知暖看着岑寂开口：“那个合作，我答应了。”

初冬午后的阳光难得有像今天这么炽热明烈的时候，世界像是被蒙上一层金黄色的糖衣。

岑寂心里泛着甜，嘴角压不住地上翘：“合作愉快。”

江知暖行动力很强，迅速和岑寂敲定了合作内容，并约法三章，第一，尽量不要有身体接触免得彼此尴尬。第二，正事为主，伤害苏远为辅，不能因为苏远而耽误自己的生活。第三，如果谁有喜欢的人了，合作自动解除。

事情谈完，江知暖真的去上课了，岑寂返回了小巷那家咖啡店。

彼时播音社的人已经到齐了，见岑寂才进来，社长问他："提议在这儿开会，你自己怎么反而迟到了？"

岑寂慢悠悠地说："送我女朋友去上课了。"

社团也都知道三人的纠葛，一阵尴尬的沉默之后社长咳嗽了一声说起了正事。

嘉城大学的播音社历来只收播音专业的学生，每年播音主持的各项比赛名额都是直接给到播音社。明年初市里会有一个比赛，要求男女搭档参加，网络投票和专业评委的评分各占总分数的百分之五十。

社长说："隔壁师范大学推出了校内有名的情侣做搭档，如果我们也有一对校内有人气的搭档，而且本身能力过硬的话，赢面就会大很多。"

十二月底，社内会进行选拔。

散会之后，苏远截住了岑寂："你故意把团建设在这儿就是想让我看到的吧，你追暖暖就是想报复我对吧？"

"不要随便叫别人女朋友的小名，很不礼貌。"岑寂先纠正了一下他的称呼，才嘴角讥讽地扯了一下，回答他刚才的问题："给自己脸上贴金你是有一套的。"

4 真有情

跟岑寂的合作开启之后，岑寂的表现堪称兢兢业业。

岑寂要了江知暖的课程表和她每周的电台频道安排，把每一个需要他出现的时间都勾画出来。

如果这是一项工作，那岑寂不光满勤出席，还经常主动加班，堪称升职的最佳人选。即使是在苏远不在，不需要他来表现的地方，岑寂都会过来陪她。

用岑寂的话来说，就是："细节决定成败，谁知道苏远会什么时候蹿出来，既然合作了当然要做到最好。"

岑寂又一次送江知暖来上课，走之前在她手里塞了一杯热可可。江知暖的同学感慨："苏远只有追你的那段时间热络，到手后就不珍惜了。所以说挥别错的渣男，才会遇到真爱啊！"

岑寂这个假男友也过于敬业了，反衬得苏远更不是个东西了。

江知暖捧着热可可，微凉的手心逐渐沾染热气，一颗石头心也跟着短暂地热了起来。

这样的日子持续了半个月时间，江知暖听说了一个消息。

苏远的新女朋友，也就是他同系的学妹许悠然进了播音社，说是为了一个双人档比赛的名额，两人决定配对搭档。当天学校论坛就很突兀地开了一个帖子《播音系小情侣太甜了我磕死》，一看就是苏远或者是许悠然本人开的。

评论回帖热评第一条：什么都磕只会消化不良，吃点儿好的吧！

岑寂再来接江知暖下课时，跟她说了点儿内部消息："这次比赛如果能拿名次，就有机会去嘉城的广播电视台实习。"

所以苏远才这么生硬地开始营销他和他的新搭档。

岑寂的话顿了一下，似不经意地问了一句："你想参加吗？"

播音主持这个专业本身卷得厉害，江知暖这样非专业的学生想要从事这一行很难有机会。比赛得名次就可以去实习，说不心动是假的。

"可我不是你们系的，连社团都不能进，也没办法参赛吧！"

岑寂看起来已经有了主意："我们可以走个别的路子。"

社长想要的是比赛里实打实的成绩，只要让社长亲眼见到他们两个不管是人气还是势力都碾压苏远和许悠然，他自然不会计较江知暖是不是社团的。

这一夜的"今夜好眠"电台，第一次有两位主播直播。

岑寂租的是一间一室一厅的小公寓，她将直播的设备放在客厅里。她只有一个收音的麦克风，两个人一起用的话就只能立在中间。

窗外飘起了雪花，这是今冬的第一场雪，一片片白色将平时一贯漆黑寂静的夜装点得分外热闹。

“亲爱的同学们，在开始我们今天的直播之前，我想和大家介绍一位新朋友。”她说着向后退了一点，示意岑寂上前。

岑寂的手扶着麦克风，身体不自觉地向她倾斜，其实只是一个很小的角度，江知暖却莫名有些紧张。

“大家好，我是岑寂。从今天开始，我会陪着江知暖一起……”他说着抬眼看了她一眼，眼中蕴了笑：“陪大家度过难眠的夜晚，亲爱的同学们，祝你们今夜好眠。”

话音刚落，直播的弹幕里有人刷着一排排的问号，之后变成了震惊的感叹号。

岑寂和江知暖的恋情前脚沸沸扬扬传着，后脚苏远就跟许悠然生硬地卖起了糖。

眼下前者这双人突然开播仿佛隔空和后者在打擂台，这热闹谁能错过。

平时只是安静听直播，偶尔点个歌或者聊聊天的听众们此刻突然全冒了出来，提问两个人怎么认识的，谁先喜欢谁的等各种八卦问题。

这热度是如他们所愿地上来了，但坑也埋下了。

江知暖一时不知道怎么回答，求救般看向岑寂，张着嘴，无声地做着口型：“怎么办？”

岑寂伸手拍了两下她的后背，抚慰着她的紧张。

他低着头回答问题：“谁先喜欢的？当然是我，我跟你们一样啊，都是深夜睡不着的人，只有听江知暖的电台才能睡着。不过我比你们幸运一点，以后不管白天晚上，我都可以睡着了。”

他的声音里有压制不住的黏稠的笑意，好像在和全世界炫耀：“因为暖暖就在我身边。”

岑寂的语气听不出任何说谎的痕迹，好像对江知暖真有那么一段情。

客厅的灯有些昏黄，她看着岑寂近在咫尺的侧脸，他低垂的眼睫毛上挂着一层淡淡的光。江知暖只觉得自己的石头心，在他的温言冲刷下两三下就化成了糖水。

有那么一瞬间，她冒出一个荒谬的念头。

如果她早苏远一步认识岑寂就好了。

5 —— · 游乐场

江知暖和岑寂的双人电台在嘉城大学迅速走红。

两个人的声线一软一沉，意外合拍地契合原本电台的受众，还吸引了一些闻风赶来八卦的新听众。

社长主动提了一次让江知暖入团，苏远以社团历来都不允许非专业的同学入团为理由站出来反对。

副社长之一的苏远这么据理力争，而另一个副社长岑寂沉默一言不发，社长也就没再提。

而当天，那个生硬造糖的苏远和许悠然的帖子更新了新章，说是江知暖和岑寂早有预谋，让江知暖去苏远那做卧底，许悠然及时发现这场阴谋，拯救苏远于水火。

这捧一踩一的操作把江知暖气笑了，当天下午，岑寂和江知暖提出一个反击的办法。

“做一期露脸的直播？”

“对。”岑寂点头，“社长虽然想让你入团但是有所顾忌，所以我们应该再把热度提升一个档次，让社长明白苏远他们两个对上我们，就是死路一条，他就不会在意苏远的阻挠了。”

露脸相比于只用声音直播优势很明显，同样是回答问题，露脸回答时每一个细微的表情，都有无限解读和讨论的空间。

既能赢得热度，又能解释真相，还能让苏远急得焦头烂额，这样一举三得的好事江知暖没理由不答应。

既然要做，就要做个大的，公寓直播没新意，干脆出个外景。

江知暖选了情侣打卡最容易出效果，也是最保险不出错的游乐场。马上到元旦节了，游乐场售卖着热腾腾的蛋奶糊，她捧在手里，视线在四周转着，寻找着适合做直播的地方。

两个人出门时天就阴沉沉的，怕迎头赶上一场雪，游乐场的人很少。岑寂人高手长，他举着手机点开直播的软件，喊了一声："暖暖。"

江知暖转过头，手机镜头里她的一双眼睛讶异地瞪圆，随即反应过来不好意思地将脸捂住："不是说要找个室外的地方再开直播的吗？"

"对不起，我忘了。"说是这么说，可他语气倒没有什么抱歉。

直播里已经在蹲守的嘉城大学吃瓜人反应很热烈。

[我第一次见到铁石心肠浪漫过敏的江知暖露出这种娇羞的表情……]

[我不是来八卦的吗，怎么突然被甜到了，我不对劲。]

江知暖从镜头里跳出去，拍了拍自己的脸，整理了下情绪才又回到镜头内。

雪花轻飘飘地从天上飘落，很像那个久违的温暖的夜。江知暖放松心神，漫无目的地往前走。岑寂不远不近跟在她的身后，手机对着她，跟她说着直播间提的问题。

"提问一，江知暖是和岑寂蓄谋已久去苏远那儿做卧底的吗？"

"当然不是……我和苏远在一起之前和岑寂都不认识的。不过苏远和许悠然在那时就已经关系很好啦！"

"提问二……"岑寂的视线从屏幕上离开，眷恋地黏在前面穿着红色呢子大衣的江知暖身上。

她听他话只说了一半，回头看了过来。

岑寂并没按直播间里的问题提问，而是话头一转问："你为什么会和苏远在一起？"

江知暖沉默了一会儿，叹了口气："大概是帅？"

岑寂冷笑了一声："那你的审美真的有待加强。"

问答环节进行到最后时，两人走到了一个射击的游戏摊子前。

巨大的橱窗里挂着射中多少靶子就可以获得的礼物，最显眼的是一个大熊玩偶，穿着红色的呢子外套。

江知暖多看了两眼，脚步没有停留地绕过橱窗，将喝完的蛋奶糊杯子扔到垃圾桶里。

身后的岑寂快走了几步，将手机塞到她的手里："你等我一会儿。"

江知暖愣愣地看着岑寂折身回到射击摊子前，过了一会儿，岑寂拿着大熊玩偶和她手里的手机做了一个交换。

江知暖抱着大熊，人还愣愣的。她向来冷静，很少有这种呆呆的时候。

岑寂摸了摸大熊的脑袋，没忍住，又摸了摸她毛茸茸的发顶。

他说："暖暖，冬天快乐。"

6 —— 黑名单

江知暖租的小房子，因为多了只大熊，而显得格外温馨。

她的手摸着自己的脑袋，上面仿佛还留有岑寂手的温度。

她是个意外来到这个世界的小孩。

她不是因恩爱而生，更像是因为赌气一时留下的，之后父母拉扯多年在她刚上大学时终于分开，彼此解脱。

在她看来，恋爱从来不是人生必备。她信奉着做人留一线，日后好相见。所以她对谁都礼貌相待，内心则对朝她展现爱意、追她的男生敬而远之。

苏远是一个意外。

一开始他的殷切贴心攻势和别人无甚区别，她将他的名字列入心底那份黑名单里。

苏远对此毫无察觉，还是一如既往地贴心，并且每夜守着电台给她点一首歌。大多是歌词直白的情歌，却有一次例外，是一首《生日快乐》。

留言写着：这首歌送给主播自己，生日快乐，平安喜乐。

父母忙着互相争斗无暇管她，连江知暖自己都从来不过生日，各种资料上她都会将生日故意延迟一个星期，填成九月二十三日。

只有一次直播时她不小心说了自己真实的生日。

那重复着的"祝你生日快乐"哼唱出来时，江知暖的心悄然一动。

原来她内心是渴望着，渴望有人为她来到这世上的那一天而庆祝。

第二天她答应了苏远，可苏远的热情好像只存在于追她。除了那首《生日快乐》，他再没让她感觉到过温暖。

她在遇到岑寂那晚哭的不是那段感情，而是苏远亲手砸碎了她对这世界冒出来的一丁点儿热爱。

而这段时间，岑寂将那些碎片捡起，一片一片重新黏合了起来。

江知暖拥抱着柔软的大熊，内心充斥着从没有过的满足感。

她并不是浪漫过敏，她比世上的任何一个人都渴望一个单纯幼稚又温暖动人的童话降临在自己身上。

这周末，播音社进行了参加市里比赛的校内初选。

真的如岑寂预料的一样，因为江知暖和岑寂这对搭档的热度实在过于高，社长根本没顾苏远的反对，直接就对江知暖开了绿灯。

初选过后，岑寂和江知暖，与苏远和许悠然一起进了校内的复选。

复选共分两轮，一是选手自备稿子，选自己最擅长的类别展示，看的是两个人的配合度。

二是就给的主题现场发挥，有十分钟的写稿和准备时间，考查选手的反应力。

复选的成绩跟正式比赛一样，一半由社团内部打分，另一半则由嘉城大学全校同学投票。

第一轮之后，复选暂停。

社长将两组叫到了一起，严肃道："你们的稿子从主题到展开，有百分之八十的部分重合。我虽然想得奖，但是我不能容忍偷稿子这种行为。时间很紧了，如果你们没办法自证，那我只能换人了。"

江知暖强压着怒气道："这稿子是我和岑寂熬了几天一个字一个字写出来的，且内容、形式和我们的直播一脉相承，怎么可能是偷别人的？"

苏远沉着一张脸："我没有偷别人稿子。"

岑寂点了点头："苏远说得对。"

江知暖："……"

苏远："……"

岑寂居然认同苏远的话，这比偷稿子事件本身更让人震惊。

岑寂点开自己手机的一个监控软件，调出一段视频。

视频里苏远鬼鬼祟祟地溜进岑寂的寝室，岑寂的笔记本正开着，苏远迅速地拿着鼠标点点戳戳，快速记录，之后快速离开寝室。

岑寂很客观地总结着："他只是'偷看'，不算'偷'。"

苏远脸一阵青一阵白："……你居然在寝室里安监控？"

"不是寝室，是只有我书桌的这个角落，防人之心不可无嘛。"岑寂笑了一下，语气却陡然低下去，显得有些落寞："我已经被你偷过一次东西，不想再被偷第二次了。"

苏远和许悠然被取消比赛资格，岑寂和江知暖将代表嘉城大学参加明年初的比赛。

江知暖没想到苏远还会来找她。

还是那家咖啡店，苏远开口语气很重："岑寂和你在一起只是为了报复我，你知道吗？"

江知暖看着眼前这个同归于尽不成又无能狂怒来挑拨的男人，认同了岑寂对她的评价，她之前确实审美有问题。

江知暖点点头："知道啊！"

苏远没料到江知暖这么淡然："知道你还愿意和他在一起？"

江知暖语气轻飘飘："愿意啊！"

苏远额角青筋跳了跳，有些气急败坏："我看到他电脑界面有一个备忘录，记着他喜欢的人的生日，那根本不是你的生日。"

"江知暖，岑寂心里有喜欢的人你也不介意吗？"

7 • 新世界

如果江知暖只当岑寂是一个合作对象，那她就不会介意。

可听苏远说起岑寂有喜欢的人那一刻，她血管里涌动着的，是夏天里放坏了的冰镇酸梅汤，一点儿也不甜，只有酸和涩。

她对岑寂的感情，早就已经超出一个合作对象的范畴。

可岑寂好像并不是，所以他有了喜欢的人。

而他们有过约定，一旦谁有了喜欢的人，那两人的合作关系就自动解除。

岑寂现在还没有说，可能是怕和别人在一起影响两个人的人气影响比赛，所以想等着比赛结束再说？

抑或其他的，江知暖不清楚。

只是总有一天，岑寂会离开。

江知暖的脸上出现了难过的神色，这种神色苏远从没见过，他觉得自己总算舒坦了："你需要人聊聊吗？"

江知暖点点头。

十五分钟之后，苏远面无表情地看着匆匆而来的岑寂坐在了江知暖的身边。

江知暖直接开门见山道："苏远说你的备忘录里有你喜欢的人的生日，我不信他的话，所以我直接来问你。"

苏远："……"

"你是有喜欢的人吗？如果是，我们的合作关系就此解除。如果不是，那我想追你。"她向来爱恨分明，她做不到明知岑寂喜欢别人，还和他有这样暧昧的伪装情侣关系。

岑寂很好，但如果他的心不属于她，她只会祝福他。

岑寂的胸口剧烈起伏几下，这椅子上像是长了仙人掌，他再也坐不住，他起身在地上走了几圈才在江知暖面前站定。

他心里劝自己克制一些，别表现得太过丢人，可他的喜悦满得要溢出来，忍不住嘴角疯狂上扬："好，我们的合作关系解除。"

这个结果并不出江知暖意料，可她发现自己没办法再表现出惯有的淡然，几乎是落荒而逃地起身就跑。

岑寂很快伸出手握住了她的手腕，没用力就很轻易地让她停了脚步。

他说："我喜欢的人的生日是在九月十六日。"

江知暖心下一震，倏地回头。

"我在她的电台，给她点了一首《生日快乐》。"

"暖暖，从在电台听到你声音的那一天起，我就没有再失眠。"

让江知暖第一次心动、第二次心动的人都是岑寂。

岑寂表白晚了一步，被苏远偷走了那个在江知暖身边的位置。

他不知道江知暖对苏远的感情来源，只是在他们终于分手后不想再被下一个"苏远"抢先，于是他用了其他的方法先占着她身边的位置。

江知暖以为苏远每天点歌，再加上电台是匿名，她就把那首《生日快乐》也当成是苏远点的了，她弄错了心动对象。

她做错了事，走错了路，她想不出岑寂在知道她和苏远在一起之后有多难过，一时间她都不知道怎么面对他。

"这有什么的，少年人最珍贵的，是拥有可以从头再来的机会。"

少人的操场上，岑寂脚下踢着雪，很快踢出了一个长长的柱形。

"题做错了，就擦掉重新做。"他朝她伸出手，"最终的结果正确就可以了。"

江知暖怔怔盯着他的手，之后伸出手搭上去，一下被他拽到跟前。岑寂双臂穿过她的腋下把她举起来，之后稳稳落在柱形的前面，又被他抱到一边。她刚好双脚落踩了一个圆，和岑寂踢出来的刚好合成一个感叹号的形状。

岑寂替她解读含义："我们这道题答得居然这么完美，判卷老师都表示很震惊！"

江知暖笑出了声。

她问判卷老师是谁？

岑寂回答，是热可可，是大熊玩偶。

是冬雪，是路灯，是晚风。

它们都曾见过他。

它们都知道，他多喜欢她。

星星落满绒花树

那个夏天的蝉鸣，比哪一年的都要聒噪。

教室外的枝丫疯长，却总挡不住烈阳。

听闻千千遍

✲鲸 歌

风起，将茉莉的香味灌满她的房间。现在，茉莉是她的了。

1 十元现金

2014年的端午节已过，镇城沿海，清晨尚凉爽。

边家住在镇城中学附近的教师公寓，离镇城中学步行只需要三分钟。边苗是单亲家庭，边老师没时间做早餐，她通常在学校后门的米粉店买早餐。

高考结束的时候，高二生已经晋升为高三生。边苗没有因为马上放暑假而开心，而是自觉身上的压力又重了几分。

米粉店是店面房，一楼用来做生意，二楼及三楼是个人住房。米粉店的灶是支在店门口的，店里有六张桌子供顾客堂食使用，还有一部液晶电视。目前少了一个年级的学生上课，店里生意清冷了不少。

老板不在，老板娘在炒粉，边苗走到店门口，老板娘和她打招呼，问她要些什么。

她站在大笼屉旁，说道："两个豆沙包。"

老板娘正在颠勺，炒粉的香味从锅里飘出来，她大喊道："闻何君，给人家拿包子！"

有个男生急匆匆地从店里走出来，走路带风，年纪和她差不多大。他还戴了一个黑色的蓝牙耳机，显得有些酷帅。

闻何君边去拿塑料袋，边问："你要什么？"

边苗重复了一遍："两个豆沙包。"

她这一遍声音有些小，他没听清，面露难色，摘下蓝牙耳机，凑近了点儿："不好意思，我没听清。"

在边苗准备开口说第三遍的时候，旁边老板娘大声喊道："她要两个豆沙包。"

闻何君从笼屉里找到豆沙包装进袋子，把袋子递给她，歪了下头，带着歉意地笑了笑。

边苗不知道该说什么话回应，报以笑容。外头比店里凉快些，她坐在店外的小桌子上解决早餐。

她今天没有掏出英语单词本记单词，而是看着闻何君忙里忙外。

他很有元气和感染力，让所有人都感受到笑容的力量。

闻何君从里间拿出几包新的纸巾，放到纸巾用完了的桌子上，最后一包放到了边苗面前。

她正好吃完了早餐，面对面和他说了声"谢谢"。

闻何君笑得眉眼弯弯，鼓励道："新的一天，好好学习。"

边苗一愣，他不知道他这一笑有多动人，一瞬间的心动毫无理由。半晌，她回以一笑。

一眼，一笑，足以戳中少女柔软心脏，让土壤里的种子萌芽。

老板娘在闻何君上高中的时候不让他下楼在店里帮忙，宁愿让他多背几个单词。他大一放暑假回了镇城，这才来当"店小二"。

边苗路过学校的宣传栏，下意识地停住脚步，在去年的本科录取荣誉榜单上找名字。

她知道米粉店老板姓闻，但不知道他的"何君"是哪两个字。她从第一个名字看到最后一行，他的名字在最后面——

闻何君。

2 / 无痕净土 /

边苗接下来的那几天一直在米粉店解决早餐，每天都会和闻何君聊上几句话。

几天下来，她知道了闻何君比她大两届，也是镇城中学的学生，复读了一年，所以出现在了去年的录取榜单上面。

他知道了面前这个柔弱的、有些婴儿肥的女生就是边老师经常挂在嘴边的女儿。

"我呢，不是一块读书的料，读书真的很累。你爸边老师在高一的时候教过我物理，对我直言，'闻何君，你的物理还有没有救？'"闻何君靠在店门口的门框上，看着路边走过穿着镇城中学校服的学生，好像是在怀念他的高中生活，"但他对学生真的很好，我去问简单的问题，他也会认真帮我解答。"

边苗不知道该回什么话，于是又咬了一大口包子，绵软的豆沙馅甜滋滋的，她用自己没空说话的方式回避。

闻何君继续说："然后填分科表之时，我毅然选了文科。"他转头，看见边苗用力咀嚼的样子像只仓鼠，没忍住笑了出来。

边苗不知道他在笑什么，整个人懵懵懂懂的。

她读书的这些年，没有什么人际往来，也没什么会和她聊闲话聊趣事的朋友。她像一朵在悬崖边的高岭之花，旁人不敢轻易靠近，同学至多找她问个题目，不再聊及其他。

边苗想起小学某天放学时带了好朋友回家，想给爸爸介绍自己的好朋友，但直接被赶去做物理奥赛题，不得已把朋友晾在一边。之后，不知道从何处传来的不成文规定——不要和边苗做朋友，不要耽误她学习。

这条孤独的人生大道通往所谓的成功，她一成不变的生活，在遇到闻何君之后，人生大道的路边野花终于绽放了。

镇城中学八月份高三才会开始集体补课，七月份放假，但对于边苗而言，没有假期。边老师在少年宫代课，他会让边苗跟着他一起去。

边苗搭乘边老师的汽车从少年宫回家，驶过镇城中学后门，在米粉店门口看见拿着水管子冲脚的闻何君。他宽肩窄腰，穿得很随便——背心短裤，此时阳光明媚，照在他身上，这些元素加在一起，是夏天的味道。

原来夏天早就到了。

"你在笑什么？"边老师在后视镜里看到边苗在笑，皱着眉头发问。

边苗收起目光，回答："没什么。"

她的私心和秘密，是藏在心底的无痕净土。

边苗对闻何君的了解只来源于每个早晨的几句对话，他像个小太阳，光芒可以照耀许多的人。她很庆幸，阳光之下有她的名字。

她经常在下午放学的时候，往米粉店里头望，闻何君坐在里面看电视。

她有天走进去问他："你在看什么？好看吗？"

这是边苗第一次看超模走秀的现场，时尚的服装设计、模特的强大气场，让她一眼看到了从未涉及的世界。

"还行吧，消遣时间。"闻何君拍了拍旁边的板凳，示意她坐过来。

边苗摇摇头拒绝了他的好意，抓紧了书包，局促道："我还要回家吃饭，等下要上晚自习。"

闻何君笑着应："乖乖女，下次再见，高中生。"

她走出米粉店的大门，她清楚，闻何君和她连朋友都算不上。

3 / 何其有幸 /

边苗不一定能在早上遇见闻何君，后者时常在暑假出远门。

边苗抿唇："前几天没有看见你。"

闻何君笑得灿烂："我要赚钱的好吧？高中生。"

她疑惑追问："打暑假工？"

"算是吧。"8 月天气炎热，闻何君用五指把头发从前往后梳了下，露出一张俊美的脸，下颌线极其优越。

边苗目光闪躲，没再继续聊下去。

后来边老师发现了她的变化，她和闻何君就真的没再聊天了。

那天边苗下了晚自习回家，客厅有灯，边老师在沙发上看书，特意在等她。边老师合上书，开门见山："你跟米粉店的闻何君关系很好？"

边苗身形一顿，强装镇定："还行吧，聊过几句。"

边老师的目光冷厉："我教过他，学习挺努力的。"

边苗唇角带上点儿笑，却马上被边老师的另一句话浇灭了笑意。

"你和他走的不是同一条路，他对你没什么帮助。"边老师起身，与她对视。

边老师一直坚持想让边苗考入 A 大物理系，那是他的母校和专业。后来由于种种原因，他没能成为一个物理学家，而是回了镇城，当了个高中物理老师。他的遗憾，想让女儿替他补全。

父女无声地对峙着，结果是边苗败下阵，应了"好"字。

边苗再次路过录取榜单，准确地找到闻何君的名字，叹道："你说得对，读书真的很累。"

她的世界是黑白灰三色，遇见闻何君之后有了点儿别的颜色，现在也只剩那些颜色了。她一直知道，闻何君的生活向来绚烂多彩，但她从未涉足他的世界。

有天上午，边苗抱着试卷从办公室回来，听到两个女生在教室门口聊天，捕捉到"米粉店""闻何君"几个词，从放慢脚步到直接驻足。

她偷听了一会儿她们的对话，然后抬腿进教室，手不由得攥紧了试卷。

少女的能力仅限于书本，梦想也寄托在书本上。

边苗赶在闻何君大二开学前，在买早餐的时候，装作毫不在意的样子，送了他一本书，名字叫《从一到无穷大：科学中的事实和臆测》。

"果然是学霸，送东西会送书。"闻何君翻了几页，抬头看她，笑着说，"那就寒假见了？"

边苗点头，去学校的脚步都轻快了不少。

闻何君试着读过这本书，也想读完，最初几章挺好玩，再往后翻，对他来说难度逐渐加深，直接看不懂了。

他没有翻到后面，也就没有看到边苗写在第十章的话。

她说："万物宇宙，何其有幸，遇见闻何君。"

4 / 少女心事 /

闻何君出的远门，其中一趟去的是巴黎。

作为首位在巴黎时装周压轴出场的中国模特，闻何君的热度只增不减，营销号铺天盖地宣传，各家媒体纷纷发来采访邀约。

风吹到镇城中学来了，所有人都发现米粉店的儿子是一名优秀的模特。

宝藏逐渐显露出发光之处，不只她一个人在仰望。

课间，教室里的同学们在讨论闻何君，边苗用力甩了甩自己的脑袋，把她的胡思乱想抛之脑后，自动屏蔽同学们的谈话，埋头在题海当中。

她的少女心事，藏在千百张试卷里。

边苗掐着大部分大学放寒假的时间点，期盼着在上学或者放学途中，可以在米粉店看到闻何君。

可是她一直没有等到闻何君，她鼓足勇气去问老板娘，得到的回答却是他在忙工作，可能过年都不回来了。

边苗打着哈哈带过这个话题，走出一段距离，委屈涌上心来，吐出两个字："骗子。"

明明是他亲口说的寒假再见面。

高三的寒假不长，因为边苗期末考试失利，边老师勒令她春节期间不能出门，在家复习。

大年初一那天，边苗照常在房间里做题。她家一直有人来拜年，有些是边老师的亲朋好友，有些则是他的学生。

她看了眼空了的水杯，端了水杯去客厅的饮水机装水。现在客厅的这群人应该是学生，她就没打招呼，全程低头，装满了就端起水杯喝。

边苗一抬头，瞧见沙发上的闻何君，惊得愣住了，差点呛到自己。

闻何君往那儿一坐，身边的人都成了背景板，他气场强大，让她不敢靠近。但他一笑，又是她记忆中的那个闻何君，对着她比口型：新年好。

边老师刚坐下，没看见他们两个打招呼，夸赞道："一年没见，个个成大帅哥了。"

边苗埋下头，忙走进房间，一紧张，关门的力气大了点。

"砰"的一声，吸引了在场所有人的目光。

边苗躲在门后，后悔不及，紧张到脑子一片空白。

客厅里，边老师指了指门里的边苗，说："那是我经常跟你们提起的我女儿，最近不知道怎么回事，成绩下降得一塌糊涂……"

边家隔音不好，外面的谈话全进了边苗的耳朵里，她咬着唇，强迫自己屏蔽他们的对话。

"老师，你女儿这么优秀，你要相信她。"是闻何君的声音，他把话题转到自己身上。

说起这个，边老师有了兴趣："上次我在市中心，还看到了你拍的广告灯牌。"

原来他已经优秀到身边人都看见了的地步了。

边苗戴起耳机，试图用英语听力让自己的注意力重新集中到学习上。

没过多久，响起敲门声，边苗回头，边老师推开了她的房门，问："你要不要和哥哥姐姐们出去玩？"

闻何君在边老师身后朝她招了招手，其他同学们也招呼她："妹妹，出门透透风？"

她思索了片刻，最终还是摇头。

她害怕自己的目光太过直白，害怕无法融入他的朋友们，害怕他们没有共同语言。

边家在一楼，边苗的房间靠着道路，窗帘常年都是拉上的。

夜已深，她完成了今天的学习任务，伸了个懒腰，想起白天闻何君他们的话，拉开了窗帘给自己透透风。

她的防盗窗上面挂着一个透明的塑料袋，凑过去一看。

是一盒仙女棒。

5 / 温柔日落 /

那盒仙女棒被边苗放在抽屉里，学累了会打开抽屉看一眼，这是少女晦暗的学习生活中的一束光。

边苗的高考太紧张了，拿笔的右手抖个不停，她左手按住右手，强迫自己冷静下来。当最后一场考试结束的铃声响起，她像是被抽掉了所有的力气，整个人都松懈了下来。

边苗回家倒头就睡，卸去全部的压力，一次性睡了个昏天黑地。

次日，边老师给了边苗高考试卷的参考答案，让她估分，然后让她告诉他准确结果。边苗拒绝估分，她知道自己高考失利，上不了A大。

高考成绩发布那日，边家的氛围格外冷寂。得知边苗仅高出一本线三十分，绝对上不了A大，边老师放下电话，眼神中都是失望。

"复读？"边老师的问句反而像无法违抗的命令，压得边苗喘不上气。

边苗头一次做出违抗父亲的决定，她摇头道："不想复读。"

她顶住边老师灼人的目光，直视他，认真说出真实的想法："我并非一定要考上A大，我不喜欢物理，也没想成为一个物理学家。"

边老师正在气头上，滔天怒火顿时倾下，让边苗霎时间蔫了下来。

她梗着脖子回他的话："爸爸，那是你的愿望，不是我的。"她强忍眼泪，冲出家门，跑了出去。

路上没有什么人，边苗放肆地跑，跑到没有力气为止，坐在路边把头埋在双膝上。

闻何君推着行李箱路过，他放假刚回来，就在路上碰到了她。边苗把自己缩成一个小小的球，肩膀哭得一耸一耸的。

闻何君认出了她，站在她身后护着她，等她哭够了，才出现在她身边。

“小树苗，怎么啦？”他笑眯眯的，一副知心大哥哥的样子，“今天高考成绩出来了，结果怎么样？”

不提这个还好，边苗的哭声已经止住了，他一问出来，边苗愣了下，不顾旁人眼光，号啕大哭。

这可吓得闻何君不知所措了，没带纸巾不能给她擦眼泪，也不知从何安慰。

他第一次见到边苗这样崩溃，脑子快速运转，在边苗第二次冷静下来的时候，问她：“一起去海边吹吹风吗？”

边苗看了一眼他的行李箱，又看了眼他，意思是：你推着行李箱陪我去看海？

闻何君轻咳两声，让边苗在这等他一会儿，然后赶回家，骑了老板娘的电动车过来，停在边苗身边，朝她使了个眼色：骑电动车陪你去看海。

镇城是沿海城市，但边苗没有见过几次海，对海边的灯塔更是陌生。灯塔对于边苗来说，是存在于教科书里的事物，只远远望过。

虽然闻何君也是带她在海边远远望着，但给人的感觉就不一样了。

至少现在是站在海边望着灯塔。

海风和日落均温柔，人也温柔。

边苗开口：“我不想复读。”

她这一句话，就让闻何君懂得发生了什么事。边老师教过他物理，他知道边老师的愿望就是让边苗考上 A 大物理系。

闻何君拉着她直接坐在沙滩上，大长腿委屈地弯着，问出了所有问题背后的问题：“你喜欢物理吗？”

这一下问住了边苗，她支支吾吾说不出一个所以然。在边老师的耳提面命下，考上 A 大和研究物理的愿景已经成为她人生的一部分。

“我不知道我到底喜欢什么。”边苗眺望着远方，海平面正一点一点吞下太阳，“你说我讨厌物理，没有；你说我喜欢物理，好像也没有，但是它已经成为我人生的一部分。”

“你的人生还长。”闻何君转头看她，后者也转头，目光交错。

闻何君笑笑，在他笑的时候，海边灯塔亮起，衬得他的笑更加迷人。

“小树苗，你是喜欢物理的吧？你送我的那本书，很惭愧，我没看完。你对物理这门学科的喜欢程度，就像那本书的书名——从一到无穷大，你不知不觉间，已经喜欢上了吧？那我换个问题，你与 A 大失之交臂，以后的你会后悔吗？”

边苗没说话，她的反应已经代表了她的回答。她看向逐渐往上涨的海水，连忙爬起来，拍了拍闻何君，声音带了点儿哭过的沙哑：“涨潮了！回去吧！”

6 / 风携茉莉 /

边苗没带钥匙，只能敲门，刚敲两下，家门就从里面打开了。

边老师眼神担忧，把边苗从上到下打量了一遍，确定她没出什么事情，往后退了几步，背对着她：“你喜欢什么就去做什么吧。”

边苗关门落闩，站在父亲身后：“你为什么这么想让我考 A 大？”

半晌，边老师的声音带着深深的无力感：“为了弥补年轻时候的遗憾。”

“我和你妈妈是在 A 大认识的，用别人的话来说，是 A 大历史上最般配的一对情侣。毕业典礼，她穿了婚纱出现在我眼前，第二天我们就去领了结婚证。我保研本校，她也考上了 A 大的研究生，我们成为同门。她患上卵巢巧克力囊肿，我们选择了非手术疗法，把生孩子的计划提前，你出生了。”这是边老师第一次正式和边苗提起妻子，透过坐在沙发另一边的边苗，他似乎看见了故人。”

“她研究学术比我厉害，并且获得那年出国交换一年的名额。此时你才满月，为了她的学业，你留在了我的身边，我正式成为一名奶爸。”边老师好像想起了什么，轻轻笑了一下，然后说出了他一直不愿意接受的结局，“1998 年 H 大物理实验室爆燃，她遇难了。”

边苗愣愣的，不知道该说些什么。她是旁听者，也是当事人，表情难言。

“在此之后，我的心理状况出了严重问题，我把你送回镇城，自己尽力完成了学业。我和她的研究方向相同，因她的遇难、我的心理，研究只完成了一小部分。我想你完成我们没有做完的课题，但我更希望我和她的女儿能快乐。”边老师释然地笑了笑，常年压在他身上的石头好像消失了。

边苗下定决心，声音从未有过现在这般坚决：“我想清楚了，我要复读。”

这下愣神的轮到边老师了，过了一会儿，他拍了拍边苗的肩膀：“不论怎样，爸爸都支持你。”

边苗回到房间，拉开窗帘通风，发现防盗窗上又挂着一个透明塑料袋，窗台上还有一盆不属于她的茉莉。

她取下塑料袋，里头装着闻何君的一张手写邀请函，意思是她可以凭这张纸，找他兑换任何一场大秀的入场券。不过兑换时间在明年高考之后。

风起，将茉莉的香味灌满她的房间。

现在，茉莉是她的了。

第二年6月8日，边苗走出高考考场，她已经知道今年的成绩足以让她圆梦。

边老师站在校门口，还捧着一束巨大的捧花，绿色调的包装纸裹着众多花材，极其显眼。

边苗走到边老师面前，点了点头，无须多言。

边老师懂了，把怀里的花递给女儿，语气有点不爽：“那小子托我送的。”

她接过，花束里大张旗鼓插着一张卡片，内容是：错过你第一次高考结束，总不能错过第二次。小树苗，毕业快乐。

边苗很尴尬，抬眸悄悄看了一眼边老师。

“你高中都毕业两次了。”边老师压不住眼里的笑意，“意思是，你已经长大了。”

边苗终于憋不住喜悦，咧开嘴笑了出来。

她要去兑换一年前的邀请函。

7 / 与她同行 /

闻何君学校大三还要等6月底才放假，所以还没有回镇城。他列了张已知的工作清单，让边苗从里面挑个秀，他都能带她去。

边苗面对一串不认识的名词犯了难，最后还是让闻何君帮她做决定。

这次出行算是边苗的毕业旅行，也是她第一次离开镇城，目的地是A市。闻何君选择了在A市的一场高定秀，工作结束还能带边苗在A市玩一玩，熟悉一下。

边苗来到A市的第一句话是：“外面的世界这么大。”

闻何君接过她的行李箱，与她同行：“以后你接触到的世界会更大。”

边苗在出发去秀场前开始后悔，被闻何君安排在美女后面的位子上，就更加后悔。

即使现在换上了新买的华服，即使旁边坐着的是闻何君，她与这个时尚、高级的环境还是格格不入。

闻何君需要上台走秀，他让朋友帮忙照看边苗，和边苗说了几句话，便急匆匆赶去后台了。

边苗尽力学着他们的姿态，让自己不那么尴尬。

闻何君的朋友看出了边苗的紧张，她身体紧绷得像拉满的弓，好心道：“你别紧张，就当在看没有屏幕的电视。”

边苗点点头，把注意力放在模特及服饰上面。

T台上的闻何君优雅至极，真的在发光，像是存在于书本上的欧洲中世纪的绅士。

边苗的内心波涛汹涌，她终于知道了她与闻何君的距离。

不仅是异地，还有发展领域。

她不懂秀场，不懂奢侈品牌，也不懂时尚，她只懂得试卷上的那些题目，物理公式。

闻何君工作结束，兴冲冲地去找边苗，像个大男孩急迫地问她：“我在台上帅不帅？”

朋友笑道：“她都看呆了。”

闻何君毫不谦虚：“那就是很帅了！”

边苗把情绪藏起来，应和他：“全秀场最帅。”

“这话可不能乱说。”闻何君朝她眨了下眼，做了个“嘘”的手势。

“在我心里，全秀场最帅。”边苗的声音铿锵有力，像是敲在他的心里。

边苗觉得和闻何君的相处确实很舒服，但他在游玩时会时不时走开接电话，也会给认出他的粉丝签名合影。

她被粉丝问过“你是他女朋友吗”之类的问题，她不知道该如何回答，只能摇摇头。

他们的关系没能再进一步，在闻何君说出那番话之前，边苗把话题终止了。

就此打住。

8 / 听闻千遍 /

这些年来，边苗循着父母的足迹，探索无穷的物理世界，成为国内知名物理研究所的研究员，有了一些发现，也有了一些小成果，但一直是一个人。

她年少时遇见了太惊艳的人，以至于现在遇到条件不错的人，都觉得不过尔尔。

镇城中学六十年校庆，边苗作为校友代表上台发言。

她本想抛弃原定的稿子，讲一讲她的高中生活，但还是作罢。因为她发现，无论从什么角度切入，她都能想到一个帅气高大的身影。

她的演讲内容也都是些常规套路，老套的励志鸡汤和名人名言，可从她嘴里说出来，自带吸引力和信服力。

台下还有人在小声交流着："教物理的边老师是边苗的爸爸。"

"她很早就知道自己该往哪个方向发展了吧……"

边苗放下了演讲稿，作了结语："人生路茫茫，未来不可知。相逢之人可能是过客，也可能是挚友或相伴一生的人。愿各位早日见到生命中的灯塔。"

底下有学生大声问："为什么是灯塔？"

边苗一笑，答道："灯塔引导船舶航行，可以为你指明方向。"

学生追问："老师，你见到你的灯塔了吗？"

边苗的脑海里涌现出一些画面，继续答："遇见了。"

台下的那个学生继续追问："你的灯塔在不在现场？"

边苗淡淡笑了下："可能在吧。"她不知道闻何君在不在现场，他在那场高定秀之后，工作重心逐渐移到国外，近年才决定回国发展。

她通过网络关注他的动态，却不敢在聊天框问出一声"最近怎么样"。

边苗回答完问题，一个人在校园里逛，镇城中学的变化极大，让她有点陌生。

"我在现场。"一句没头没尾的话，吓得边苗打了个激灵。

边苗回头，闻何君站在她身后，西装革履，眉眼带笑："原来我是你的灯塔！荣幸之至。"

时隔多年，她和闻何君再次来到海边眺望灯塔，原来的灯塔已经废弃，政府在旁边建了一座新的。

"后来我终于把你送我的那本书'啃'完了。"他的眼睛里带了些诱惑、醉人的味道，"小树苗，我看到你写给我的话了。"

边苗一愣，接连问出两个问句："《从一到无穷大》？什么时候？"

闻何君点头，回答："2020年7月10日。"

边苗又愣住了，那是她本科毕业典礼的日子。

闻何君："我不是故意错过你大学毕业的，那天我在A市，花都买好了，但你没接我电话。"

边苗想起来，那一天确实有个陌生的号码打过来，但她正在拍毕业照，没接到。一看又是海外的电话号码，就没拨过去。

他们就这么错过了。

现今，可以算作顶峰相见。

她在十七岁的年纪遇见了闻何君，又在二十五岁、事业有成的时候重逢了闻何君。

边苗站在他身边，轻轻问道："你为什么喜欢叫我小树苗？"

闻何君也轻轻答："因为树苗可以长成参天大树，边苗会成为一个很厉害的物理学家。"

他转身看她："你已经是了。"

她摇摇头，她的那些小成果还不足以让她被称为物理学家。

边苗抬眼望他，从他漆黑的眸中看到自己的影子，轻轻一哂。

原来他们都还在这里，等月色倾泻，等灯塔亮起，等对方回头。

阵阵海浪声，像极了边苗少女时期的烦扰心事，又好像在代替她诉说"喜欢"二字。

她从未说出口的"喜欢"，由大海替她说了千千遍。

偌大宇宙，微光烁烁。

从一到无穷大的，不仅是宇宙谜题，还有她对他的思念。

✽之子于归

一舟渡余生

从前有个人爱你很久，但偏偏风渐渐把距离吹得好远。

“星期一吧，星期一我有时间。”

余渡应下了电话那端的采访，手指无意识地敲打着手机壳。

下一秒，他似被电话那头问住，倏地轻笑一声，停下了敲打手机壳的动作，说：“不是因为工作日。”

他顿了顿，将目光移向院子里那棵枝繁叶茂的黄桷树后，才收敛笑意，十分认真、咬字清晰地回答：“是我喜欢星期一。”

1

“我喜欢星期一。”

宜舟经过隔壁一班就听见了这句话，但预备铃紧接着响起，她一心往教室里赶。等她坐在教室里等着老师时，才觉得这个人可真奇怪，居然喜欢星期一。

星期一是宜舟最讨厌的一天，既要早起跑操，又要在大课间后听学校领导在台上讲个不停。

特别是这天的太阳正毒辣，结束课间活动后，宜舟就迫不及待地跑到小卖部去买酸梅汁。这是八中独有的夏季饮品，是食堂阿姨一大早做好，用玻璃瓶装灌密封好，然后运到小卖部，放进冰柜，以便学生购买。

宜舟只抢到过一次，一次就惦记上了。可惜酸梅汁每天限量销售，她跑得太慢，这天已经卖光了。

头顶的吊扇一直在运转，但也没有消磨掉半分空气里的燥热，少女的额头已经有了薄薄一层汗，头发也不听话地贴在脸颊两侧。她长吁了一口气，用手掌做风扇，时不时地在自己脸庞边扇动，试图消退些暑气，但还是无济于事，她的汗水仍旧流个不停。

一节课后，宜舟去走廊透气，但她一走出去就被人拦下了。

“酸梅汁。”

声音有些耳熟，随之出现在她眼前的就是装着酸梅汁的玻璃瓶。宜舟抬头，发现面前这人自己不认识，不过人长得倒是挺好看的。

“不用了。”

她又望了一眼玻璃瓶，做了个吞咽的动作，还是拒绝了。

余渡这天课间活动的时候跑得可快了，就是为了买到这瓶酸梅汁，不送出手的话是怎么也不会罢休的。

“我们认识。”

之后他干脆地把玻璃瓶往宜舟手里一放，利落转身回了一班教室。

认识?

饶是宜舟在脑海里翻了个遍，也没找到跟余渡有关的记忆，唯一想起的就是他的声音。之前她在经过一班教室听见的那句“我喜欢星期一”，好像就是他说的。

这下，她觉得这个人更奇怪了。

当天下午，宜舟在操场再一次遇见了余渡，因为一班和二班的下午最后一节课都是体育课。太阳没有上午那么炽热，稍微温和了些。两个班的体育老师来了兴致，约下了一场篮球赛。

宜舟是体育委员，被老师安排在记分牌前。她刚在地上坐下，隔壁就落下了一大块阴影，替她隔绝了大半刺眼的阳光。

宜舟冲他一笑，他微微咳嗽几下，随后遮掩地说：“这里……这里看得最清楚。”

宜舟点了点头，表示明白，随后调整了坐姿，身体挺直，看着篮球场上的比赛，时不时因为一个投球发出感叹。

“好球！”

耳旁传来激动的声音，余渡转过头看宜舟满脸兴奋的模样，心情忽然低落了下去。

“你……你是喜欢打篮球吗？”余渡问得犹豫，因为他的运动细胞一向不太好，篮球也是一点儿也不会。

“喜欢啊！我爸是小学体育老师，我从小就跟着他打篮球。”她毫不迟疑地回答。

这样啊。余渡点了点头，在心底琢磨自己好像应该买几套球服了。

想到就去做。余渡是走读生，下午放学后就去服装店买了两套球服，并且之后每有空闲时间，他都会穿着球服跟同学一起去操场打球。

等到下一次的体育课上，宜舟望着他穿着白色篮球服，单手抱着篮球的模样，一脸惊叹：

“没想到你还会打篮球啊！”

也不怪她吃惊，一班是学校的艺术班，余渡是里面最出名的一个。有时候班上的同学闲聊，她都能听见他的名字，说他月考又进了年级前十，就算以后不通过艺考也能上重点大学，而且人也长得俊朗，让人羡慕又嫉妒。

余渡不好意思地对她笑了笑，随意地抬手向前，投了一个三分球，换来围观同学的一大片惊呼。

他却没理会，而是将目光投向宜舟，看见她对自己竖起了大拇指，才转回视线，佯装不在意地继续打球，嘴角却不自觉地上翘着。

这笑容被宜舟捕捉到，也控制不住嘴角上扬。高悬在天上的太阳炽热得不像话，而余渡就像是一阵凉风，瞬间就卷走了她身上的燥热。

2

星期五上午，二班有堂数学公开课。因为一班和二班是同一个数学老师，所以老师一琢磨，就把两个班的学生合到一起去报告厅上公开课。

宜舟去得有些迟，到了报告厅，已经没什么空位了。她刚想往后面走，就听见有人叫她。

“宜舟，这里。”

第三排中间位子，余渡站起来朝她招手，示意她过来。她没有犹豫，就走过去在他旁边的空位坐下。

四十分钟的课程很快就结束了，等到后面坐着的领导都走光了，学生才开始动作，离开报告厅。

宜舟看着鱼贯而出的人群，默默在座位上等待，准备等人群稀疏了再出去。

余渡见她没动，也跟着继续坐着。他另一边坐着的是自己的同桌，同桌见他们都没动，也留了下来。

同桌觉得无聊，眼睛便随意乱瞟着，他看见前方黑板上板书的课程内容，想起刚才课上老师问的那句“如果让你们选择，是选相交线还是平行线”，忽然来了兴致，好奇地发问：“说起来，你们要选相交线还是平行线？”

“相交线。”

“当然是相交线。”

两个人不约而同地回答着，听见相同的答案后，对望一眼，为彼此没由来的默契，忍不住笑出了声。

十一月底，学校举办了五十周年校庆晚会，余渡被老师选中当晚会的主持人。

每个班都要表演一个节目，宜舟他们班是诗歌朗诵。节目排在第一个，宜舟跟着另外几个同学早早就去了后台等着。

后台人声鼎沸，她进去后，一眼就看见了在角落里穿着身黑色西装的余渡。他手里拿着领带，却没有戴上，面上透露着一些无措。

宜舟没有迟疑，迈步朝他走去。她从前学过温莎结的打法，这下倒是派上用场了。

“给我吧。”她伸出手，接过领带，让他低头，然后自己踮脚，十分迅速地打好了领带。

余渡觉得空气有些闷，刚伸出手想要将领带松开一些，却一不小心碰到了宜舟没来得及收回的手。

温热一触即离，两个人遮掩地移开目光，不约而同地沉默着。直到有人来催促主持人上台，宜舟才支支吾吾地开口说：“我……你快上台吧。”

等到她将要表演，跟着同学上台，余渡正往台下走，两个人擦肩而过时，他笑着对她说了声“加油”。

和煦暖风，莫过于此。

3

“对了，余渡，我能不能拜托你一件事？”她双手合十，满脸期待地看着他，说，“能不能在下午多放一首周董的歌？”

高一下学期才开学一周，宜舟就有事来拜托他。

余渡在这学期竞选上了广播站站长，每天下午的广播放歌任务也交到了他的手上。上一任站长特别喜欢 Beyond 乐队，每次放歌环节都会私心放他们的歌，可是宜舟不喜欢。

余渡对她说不出拒绝，没有犹豫地点头答应了。

当天下午放学后，校园广播准时响起，在五分钟的信息播报后，教学楼外的音响就传来了宜舟耳熟的歌声。

并且之后除了放假，日日都是如此，宜舟也会在教室里听完这首余渡专门给她放的歌后，才去食堂吃饭。

三月中旬，班上组织了一次春游，但天公不作美，当天一大早就下起了雨，且雨势越来越大，丝毫没有消停的迹象。

最后班长在班级群里通知取消了春游，让他们放假好好在家休息。还没等宜舟沮丧的情绪泛滥，群里的消息一条接着一条地出现在她眼前。

八中附近的广场上新开了一个旱冰场，有同学在群里问要不要去。大多数人都附和着要去，宜舟也连忙在群里回复了一句“我要去”。

她走到广场，却看见了余渡。他站在广告牌下躲雨，旁边还停着一辆自行车。

“余渡，你在这里干什么？”她好奇地问。

隔着重重雨幕，余渡看见宜舟撑着一把蓝色小花伞向他走来。

“跟……跟朋友约好出来玩，但是……下雨了，约定就取消了。”他嗫嚅着。

但事实并非如此，是他昨天听见二班的人说这天要去春游，他怕错过时间，特意骑上自行车来广场等着，但没想到突然下起了雨，他没带伞，只好就近找了个广告牌躲雨。

“要不你跟我去滑旱冰吧。”宜舟略一迟疑后开口说道。

“好。”余渡迫不及待地应下，把自行车锁好后就跟着她走了。

宜舟以为余渡答应得那么干脆，他的技术也一定很好。但没想到的是，她穿好轮滑鞋都在场上滑了好几圈，他还坐在换鞋处。

宜舟想了想，在不远处开始喊他：“余渡，快进来呀。”

“不用管我，你……你跟他们去滑吧。”

余渡的脸上闪过尴尬，有些不敢动作。穿上轮滑鞋后，他才发觉不像自己想象的那么简单。等到宜舟离开后，他才放松身体，试探性地往前滑了一步，但身体忽然失控，一下子就摔在了地上。

看见余渡摔倒在地后，宜舟实在忍不住了，动作流利地滑行到他面前，微微俯下身，笑道：“余渡，你为什么这么笨啊！”

霞色瞬间染上余渡的脸，他本来还有些羞恼，听见少女开怀的笑声后，这股羞恼慢慢消了下去。

罢了。他扶着墙站好，在心里默默地想，随她开心就好。

等他们从旱冰场出来，雨也停了，连太阳也出来了。

他们约好去吃火锅，余渡本想跟他们说一声就走，毕竟自己是外班人，怕他们觉得不自在。但宜舟见他犹豫，果断替他做了决定。

“你就跟着我。”她笑了笑，脸上露出两个梨窝，说道，“放心，绝不会让你走丢的。”

余渡点了点头，这一天他都跟在宜舟身后，吃饭、唱歌、逛街，直到日渐黄昏，他们在广场分别。她要去坐地铁，而他回家，他跟她走的是同一条路，他们就同行了一段距离。

少年推着自行车跟在她身后，两个人之间隔着不远不近的距离。

宜舟忽然回头，就看见风把余渡的白色短衬衫吹得鼓鼓的，像是一个充满气的氢气球，下一秒就要飞上天一样。

似是察觉到对方的目光，少年疑惑地回望她。她没理，无意识地勾起了嘴角，转过头，步伐坚定，继续一步一步地往前走。

她知道，余渡会一直跟着自己走的。

4

高三那年的跨年夜，余渡跟着宜舟去了解放碑跨年。那晚的人很多，几乎人手牵着一个气球。他想了想，就跑去摊贩处给她买了一个。

宜舟惊喜地接过他递过来的线，道了句谢。

他们一直等到零点的钟声响起，一时众人欢呼，接着气球全部被放上天，宜舟也松开了自己手里的气球。

她抬头，看见空中飘着数以万计的气球，各式各样的气球合在一起，越飘越远，像极了天上的繁星。

“新年快乐！”周围人潮汹涌，她只转过头看向余渡。

“新年快乐。”他笑着问，“有什么新年愿望吗？”

宜舟沉思了一会儿，才回答：“高考顺利，还有，去漠河看极光。”

余渡点了点头，之后又觉得这样不够，转而肯定地说：“会实现的。”他重复道：“宜舟的新年愿望一定会实现的。”

跨年之后，没过多久，就是百日誓师大会。余渡被选中作为高三学生代表去台上发言。简短的发言后，他就下台回到了班级方队里。一班和二班是挨在一起站着的，宜舟站在倒数第二排的最左边，余渡看见她后，半途改道去了自己班方队的最右边，正好跟她隔了半米距离。

班主任让班长给同学分发好纸条，让他们在上面写下自己心仪的学校。

宜舟一拿到纸，就开始动笔写着。她写完后，趁着老师不注意凑到余渡面前，想看他纸上写的是什么，却发现一片空白。

“还不快写，等会儿就要交上去了。”她催促着。

余渡看她这般心急的模样，一把抽走她手里的纸条，嘴里念叨着“借我抄一份”，随后在纸上写下“北城，北影大学”。

宜舟瞪他一眼，等他写完后立即拿回了自己的纸条，没好气地说：“你不是想去上戏的吗？”这是她听班上同学闲聊的时候知道的。

余渡笑了笑，举起手里的纸，在她面前挥了挥，反问道：“哪儿来的小道消息？我明明就是要去北城的。”

短暂的誓师大会结束后，他们又开始了新的复习冲刺计划。

教学楼外的蝉鸣声越来越喧闹，头顶的吊扇还是响个不停，教室充斥着难闻的风油精和清凉油气味。卷子和练习册越堆越高，就是为了在高考中换得一个心满意足的结果。

高考前几天的一次晚自习，宜舟觉得教室里闷得透不过气，和自习课上的老师说了一声后，就出了教室，站在走廊上透气。

她没站多久，身边就多了个人。

是余渡，他见她投来视线，随口问道：“紧张吗？”

宜舟摇了摇头，还没等她回答，教学楼下传来声音。

“喂，三楼那边的同学，把书给我收回去！”教学楼底下的老师喊着，不允许他们进行“扔书仪式”。

宜舟看着下面那层楼的人抱着书悻悻地回了教室，觉得又可怜又好笑。

铃声在下一秒响起，身后的教室开始喧闹起来。宜舟倏然想起第一次见余渡的场景，不由得笑出了声。那次，少年不由分说地给了自己一瓶酸梅汁，还有那句莫名其妙的“我喜欢星期一”。

后来某次她无聊，在草稿纸上写下这句话，又倒着写了一遍，念出声后，愣怔好久才回过神来，脸上的霞色许久也没能消下去。

“余渡。”她蓦地喊了他一声，却不看他，只是盯着不远处围绕着照明灯飞舞的飞蛾。

余渡一直看着她的侧颜，只见她的脸颊微红，眼中星光熠熠。

她说：“谢谢你喜欢星期一。”

5

七年后，电影《星期一见》在北城举办了首映礼。有媒体人看完电影后，就第一时间写下影评发表在豆瓣上。

这篇以“‘我喜欢星期一’是我最大的秘密”为题的影评，被无数人转载。而余渡看见这篇影评时，电影已经正式上映一天了。

有人看了电影和影评后，找到余渡的微博，在他那条宣传电影的微博底下评论：“好羡慕宜舟！也为余渡的暗恋有所回应而开心。看了那篇影评，听说电影有原型，那他们现在在一起了吗？”

余渡看见这条评论一愣，动了动手指，却没有按下回复，而是退出了微博。

电影确实有原型，可是电影里的大部分情节都是假的，比如——

“我喜欢星期一。”

这是余渡从小卖部买完酸梅汁回到教室，面对同桌“一个星期中最喜欢哪一天”的询问，脱口而出的一句回答。

同桌惊奇地对他摇了摇头，不解道：“怎么还有人喜欢星期一啊？明明星期一是一个星期里最麻烦的一天。”

余渡却不再回答。他盯着桌洞里玻璃壁上冒出水珠的酸梅汁，在心底做好了决定。但他正准备起身的时候，预备铃响了起来，没办法，他只好按捺住自己躁动的心。

是他不够勇敢。

明明下课的时候，余渡都已经拿着玻璃瓶在走廊上看见了宜舟，却在开口的一刹那失了声。他只能将酸梅汁放在背后，眼睁睁地看着她从自己身边走过。

酸梅汁他是趁着中午放学，隔壁二班没有人的时候，偷偷放进宜舟的桌洞的。

两个人的确上了同一节体育课，只是他没有靠近她。他也确实在下次体育课上投了篮，但他真的没有天赋，练习了一个星期也无济于事，球在半空掉落。现实里，大拇指是她给别人比的，三分球也是那个人投进的，只不过他恰好跟那个人站在同一个方向。

可惜的是，他现在已经投进过不止一次三分球，但宜舟看不见了。毕竟她从始至终都不认识余渡，哪怕他在八中确实很有名。

余渡第一次看见宜舟其实是在初中。他和她初中都是在八中读的，一次体育课上，他中了暑。他眼前一黑，一下子就倒在了地上。

等到他恢复意识，发现自己正待在黄桷树下，身边还站着一个女孩儿，见他醒来，她连忙递给他一杯水和一瓶藿香正气液。

“藿香正气液，喝了吧。”

余渡接过，顺着吸管一口喝尽。苦涩的味道在口里蔓延，他将杯里的水喝光才勉强压下这苦意。

“谢谢。”

“不用谢，你醒了就好了，对了，”她指了指不远处的篮球场，说，“我还要去打球，你就在这里多休息一会儿吧。”

说完，见他点头，她就离开了。

只是在她离开的时候，不知道什么时候出现的黄桷树叶子顺着掉落在余渡面前。他望着篮球场上刚刚拿起篮球的少女，看见她随手一投球就进了篮筐，然后她回头，对着这边挥了挥手。

或许是那天的太阳太灼热，余渡心上也在发烫，他迟疑一瞬后，还是将那片叶子捡了起来。

后来他知道了她的名字，也总在报告栏上看见她的名字，年级排名期期都在红榜前十，至于自己的名字，夹在三四百名中无人问津。

之后余渡拜托爷爷找来老师，替自己补习，在第二年顺利升入八中的高中部。

6

余渡积极参加各种活动，大部分都是因为宜舟。

比如他成为晚会主持人，是因为知道她会表演诗朗诵，而自己能念出她的名字。比如他去竞选广播站站长，是因为某次两个人在楼梯擦肩而过的时候，他听见她和同学的聊天，她小声抱怨着为什么广播总是放不到自己喜欢的歌。

比如他找到老师，说自己愿意作为高三学生代表上台发言，是因为他想让宜舟记住自己，哪怕只有那一次。

这样的事还有很多很多……

他们也有过一次阴差阳错的交集，是在高二刚开学的时候。

开学数学科代表收作业，等到下午抱来作业本的时候，余渡的本子却不翼而飞了。

直到次日，宜舟拿着本子出现在一班教室门口，询问这个本子是谁的时。余渡才想起，自己在暑假模仿她的字迹写了她的名字，里面还夹着片黄桷树叶做的书签。

没人回应，最后宜舟拿着本子回了二班。

学校举办毕业典礼那天，天气有些阴沉。

余渡刚进学校就被老师喊走，让他帮忙做一些事情。等他回到教室，里面全是人，其中还有宜舟。

同桌见他疑惑，笑着说，因为两个班的老师都差不多，所以老师就说干脆弄在一起办，人多还热闹一些。

聚会到了尾声，教室里有人提议不如拥抱一下，得到了大多数人赞同。接着余渡就看见教室里的人都开始找人进行拥抱，在同桌要动作的时候，余渡连忙侧身躲开了他的拥抱。

同桌对他摇了摇头，留下一句“你可真无趣”，就离开找别人去了。

余渡长吁了口气，视线一移，看见宜舟站在讲台边靠窗的位置，还没有人去她那里。

他略一犹豫，还是迈步朝她走去。

“你好，我可以……”

他的话还没说完，宜舟就从他身边掠过，只见她同另一个女孩儿抱在了一起，脸上笑意盎然。

余渡好不容易积攒的勇气顷刻间就散了大半，就算之后等到宜舟一个人的时候，他也不敢再上前了。

离开八中后，余渡坐在地铁上，看着外面飞驰而过的风景，忽然有些怅然若失。他想：自己的高中生活是真的要结束了。

可是还有遗憾，该怎么办？他在心里问自己。

翌日，余渡鼓足勇气，找同学要来了宜舟的账号。他在添加好友里一个数字一个数字地输入，然后点击添加。

电脑界面出现验证消息对话框，而在这小小的验证信息对话框里，余渡打了一大段话，又全部删掉。他盯着这些文字删删减减，反复数次后，最后还是中规中矩地发了一句：“你好，我是隔壁一班的余渡。”

7

这条余渡纠结一整天后，才在半夜发去的好友申请，直到那个夏天结束，都没有得到回应。

再之后，他去了北影读书，在大三那年出国留学。他在国外留学三年后回了国，决定拍摄一部电影，用来纪念自己的高中生活。

六月，在电影拍摄完成之后，余渡去了一趟漠河，去看了一场很漂亮、很绚烂的极光。

在那一大片绿色极光下，他闭上眼睛，郑重而虔诚地对着极光许愿——如果可以，能不能让我再遇见一次宜舟。

看了极光后，余渡就回到北城准备电影的后续工作，等到一年将近尾声，工作才彻底完成。

余渡抽空在年末回了趟渝城，高中好友知道他回来，相邀他一起跨年。

“余导，苟富贵，勿相忘啊！”见了面，好友就开始调侃。

余渡笑着摇了摇头，却没说什么。彼时距离零点还早，好友等得无聊，和他商量着步行去洪崖洞。

余渡许久不回渝城，路都已经不熟悉，他紧跟在好友身后绕来绕去。他记得高中某一次跨年夜，自己还曾偷偷溜出来，就为了和宜舟偶遇。那时公交地铁已经停运，他还是打出租来的解放碑。

余渡一边走着，一边和好友聊天。

“说起来，我还挺好奇的，当了‘社畜’之后，你还喜欢星期一吗？”

“当然。”

宜舟，舟宜。

他在心底默念着，毕竟宜舟的名字反过来念，谐音代表的就是一周里的星期一，多简单又持久的喜欢。

余渡站在千厮门大桥上，看着下面灯火通明的景区出神。自几年前渝城网红城市的名头出现后，就有很多人来这里。他们都说可以在这座城市遇到想见的人，拥有重逢的机会。可他知道，此生他和宜舟都不会再有重逢的机会了。

他记得高中那次公开课后，面对同桌的好奇，他斩钉截铁地选择了相交线，彼时他为偷听到的相同答案而窃喜。可他忘记了，相交线在一个点交叉相遇后，随之而来的是无限延长、距离越来越远。

就像是他和宜舟，曾经短暂相遇，而后再也不相见。

七年前，在他发出那条验证消息的次日。关于“江北区某居民楼发生火灾，两人死亡”的报道就发了出来，这篇报道只占据了那天晨报的一个角落。

而这篇报道，余爷爷看见的时候，还一阵唏嘘，说里面还有个十几岁的小姑娘，真是可惜。

余渡当时靠在沙发上不以为意地点头，附和着说确实好可惜。

直到一个星期后，QQ 同学群里突然有人发消息，问有没有人要去宜舟家，接着有同学问去她家干什么。

之前发消息的人回复：“宜舟……她在前几天的火灾中去世了，今天的追悼会。”

看着这条消息，余渡猛地一震，手不住地颤抖，几乎快要拿不住手机了。

报纸。他脑海里瞬间出现这两个字。他开始在家里翻找着，他知道爷爷有收集报纸的习惯，那么那张报纸也一定还在家里。

终于，他在客厅的电视柜里找到了那张报纸。

余渡紧紧地盯着左下角那数十行字，觉得眼前的事物越来越模糊，直到有水滴落在报纸上，他才发觉自己已经泪流满面了。

这短短的百字报道，却是这个世界对她最后的记叙。

毕竟，从此以后，这世界上再也没有宜舟了。

尾声

电影还在持续上映，热度一直居高不下。有媒体把握机会，找到电影的导演请他接受专访。

余渡星期一接受的采访，文案、视频在次日就被媒体整理编辑好，上传到了微博。

不过数十分钟，“余渡”二字就登上了热搜第一。网友纷纷在该词条下留言，说好羡慕这样的暗恋故事。

采访视频也不过三分钟。余渡先对着镜头打了声招呼，然后一一回答着记者的问题，直到最后一个问题——

“这些，现实里的她知道吗？”

听见这话，似想到什么，余渡愣了愣，随后不自觉地嘴角上扬，一脸无所谓地回答：

“或许吧。”

他好像真的做了很多事，为她学习打篮球、为她在广播站放了两年多的《晴天》、为她改变志愿去了北城。

到最后，还为她拍了部电影。

“从前有个人爱你很久，但偏偏风渐渐把距离吹得好远。”

送走记者后，余渡站在落地窗前，无声地哼唱着这句歌词，然后慢慢地拉直了嘴角的弧度。

外面庭院里的樱花开得很繁华艳丽，有风吹过，花瓣簌簌地坠落。这是宜舟最喜欢的花，他在很久之前找来树苗栽种的。

他想，她或许知道，或许不知道。

不过，也不重要了。

恰如他曾在书中看见小林一茶的一句话——

“我知这世界，本如露水般短暂，然而，然而……”

然而，然而……

星星落满绒花树

✲ 青生雨

1

七月合欢开得正茂时，大学第一个学年即将结束。学校地处北方，花期比以往春朝见到的要早上不少。

路过篮球场时，她正在想待会怎么向师兄解释自己的文学赏析还没写完，脚下却被风吹来一朵粉嫩嫩的合欢花。

春朝即将踩上去时，才回了神，而合欢花已被风推着继续朝后跑去。

篮球场上人声鼎沸。学期末，有人在图书馆熬夜奋战，有人在寝室为论文发愁，还有的人专业考试早早结束，只等收拾行李便可回家。

显然篮球场上此刻正打得火热的这群人并不属于前两类。

春朝专业课的考试全堆在了最后一周，有两门还额外附带小论文，新参加项目的负责人师兄布置的文学赏析更是迫在眉睫。

时间紧迫，可余光却在这短短的一瞬里瞟到一个不受控制的篮球飞来。

伴随着一阵不小的惊呼声，脑子里还在思考着给师兄解释的措辞，春朝的手却下意识有了动作。

转身、抬手、扣住篮球，动作一气呵成。看起来文弱的女生扣住篮球的姿势却格外熟练。

有人朝她走来，春朝眯了眯眼，没戴眼镜的弊端在此刻显现。直到来人走近时她才看清——男生长相出众，额前的头发被汗水打湿，就连皮肤都比旁人白几个度，在人群中格外引人注目。

可春朝却撇了撇嘴，不是冤家不聚头，这句话说的就是她和应逐星——他俩从高中就结下了梁子。

春朝手里捧着篮球，一开口便是熟悉的阴阳怪气："哦，好巧。"也不知道应逐星他一个机电系的人，怎么天天泡在人文学院这边的篮球场。

"是啊，真巧。"

应逐星笑着回应，但春朝始终觉得他不怀好意。

她和应逐星的初见是高中入学报到那天的下午，由于晚上才统一上自习，男生们很有默契地开始组团打篮球。

春朝是住校生，趁着空闲去买日用品。当她提着东西从小路走过时，从旁边篮球场飞来一个篮球，眼看着就要砸上走在前面的女生。

篮球来势汹汹，春朝急忙拉开了女生，但手里的东西却因为动作幅度太大甩了出去。

瓷质的杯子撞到坚硬的地面，立马便磕出一个豁口。

开学前几天刚被篮球砸过最终却没找到罪魁祸首的春朝本就因为在大太阳下提着东西累到不行，结果却在距离学生宿舍不足百米的地方功亏一篑，当下心中的无名火便蹿腾而起。

篮球弹起又落下，女生心有余悸，春朝一转头就看到了从场地那边跑来的男生。

她带着几分怒气开口："你们打球都这么不注意的吗？"

男生愣在原地，下意识地回了一句："抱歉，不过那个篮球按速度的话，应该砸不到人。"

应逐星只是想说篮球大概砸不到人，只是话一出口，他就觉得不妙。虽然他没有推卸责任的意思，但这话听起来十分的……不靠谱。

果然，这句解释让春朝怒气横生："难道非要砸到了你们才不会推卸责任？"

刚赶来场地连篮球都没摸到，就被砸了人慌里慌张的损友以颜值高为理由强行推出来要篮球的应逐星百口莫辩。

身后跟来的学生听到这句"推卸责任"也不乐意了，双方你来我往地吵起来了。

当天有不少家长到校，他们这阵仗又大，格外引人注目。于是乎，高中报到当天，春朝和应逐星还没见到自己的同学，就"很荣幸"地被年级主任带到了办公室。

远处操场上一声哨声让春朝回神，眼前的场景仿佛历史重演，就连人都是同一个。

"哼，这么久了技术还这么差。"春朝承认自己的阴阳怪气有几分是因为文学赏析写不出来带来的怒气。

"打发时间，就等着回家。"应逐星还是笑眯眯的，春朝却感觉一拳打在了棉花上，春朝她们专业出了名的放假晚，怼人不成反被膈应。

她被气得一哽，可视线扫过手表，不好！马上就到和师兄约好的时间了。

她一阵慌张，匆匆将篮球砸给了应逐星便飞奔而去。擦肩而过的瞬间，应逐星似乎想说什么，但最终他只是看着春朝离开的背影叹了口气。

转身叮嘱其他人注意围网，不要再上头把篮球抛出去后，应逐星便收拾起东西。他今天待的时间实在太短，旁边有人好奇地问他去干吗。

应逐星的动作一顿，随后无奈地摇着头笑了笑："赔礼道歉。"

2

夏天的空气带着熏人的热意，春朝看着眼前笑眯眯却一点都不松口宽限时间的师兄，深觉今日诸事不顺。

经历一番软磨硬泡后，赏析可以迟交几天，只是数量又新加了一篇。无力地瘫在椅子上，春朝一时竟不知自己是亏了还是赚了。

透过合欢树的光线有些炫目，她将书倒扣在脸上，在视线陷入黑暗的一瞬，光怪陆离的景象在眼前浮现。

此时大脑才有空闲想起方才的事，她这才有些后知后觉的懊恼，怎么又怼应逐星了。

她脾气容易炸，偏偏应逐星每次撞到她，都是她心情正差的时候。春朝合上了眼睛，被叫了这么多年的"小暴龙"，可她还是没学会控制情绪。

初见挨训的那天，出了办公室春朝冷哼了声转身就要走。谁知走了一段路，身后却总跟着不轻不重的脚步声，她疑惑回头，就看到害自己倒霉挨训的罪魁祸首跟在自己身后。

"怎么？不认识路啊？还是要记住我是哪个班的好来报复我啊？"她怼了句。

身后男生原本停了下来，闻言又朝前走了几步。

高中的合欢树直到他们九月入学时都还开着。

男生踏着满地的合欢朝她走来，他比春朝高上不少，春朝下意识地想退后，又觉得输人不输阵，当下踮脚挺胸抬头。

谁知那人瞥都没瞥她一眼就朝前走去了。

春朝腹诽，居然真的顺路。

尴尬一直持续到两人走到二楼尽头。不至于吧？一个班？

春朝在心底疯狂呐喊，可墨菲定律早就验证过，这种时候往往会事与愿违。

安静了一路的男生在门口停下，转身似笑非笑地看向她，脸上笑眯眯的，可开口却是："呦，不认识路啊？还是要记住我是哪个班的好来报复我啊？"——把她先前的话明晃晃地重复了一遍。

于是，开学第一天，春朝便深深地记住了这个叫应逐星的男生。

应逐星是在葱葱郁郁的合欢树下找到春朝的，他来时，春朝对面的男生还没离开，手中的果茶还端在手中，他却靠着墙停下了脚步。

那个人是春朝同专业的师兄，他见过很多次——春朝匆匆忙忙赶去给他交资料时见过，春朝和他一起在自习室时见过，春朝笑着和他玩闹时也见过，很多很多次。

高中一同考进大学的朋友开玩笑，说他和春朝上了大学好像就没怎么吵了。

可他们不知，当连一个眼神都吝啬给予的时候，就连拌嘴也是天大的奢侈。

他再看去时，只剩春朝一人了，她头枕在长椅的靠背上，脸上还盖着一本书，有合欢花被吹落轻轻落在书皮上。

应逐星走了过去。

春朝掀开脸上的书时，第一眼看到的是碧绿的枝叶和蓝色的天空。

粉色的合欢在风中摇曳，透过树枝间隙斜斜射下来一束光，她转过头，光晕渐渐扩散到来人身上。树下掉了好多花，粉色的绒花满地，像是粉色的蒲公英一般。

合欢，也叫绒花树。

应逐星踏着满地的花向她走来，风将花卷起向着旁边的角落吹去，花在动，应逐星在动，而春朝就那样静静地看着他走来。

如同高中那时，粉色的合欢、碧绿的网状护栏、迎面走来的白色短袖的少年。

回忆与此时应逐星的身影重叠，记忆中的身影渐渐变为现实。

春朝这才察觉自己居然靠在椅背上睡着了，此刻梦醒，才发现应逐星已经站在了她旁边。

果茶因为接触到空气中的热意，杯壁上浮现出细密的液滴。贪凉坐在背阴处，春朝的嗓子有些沙哑："你怎么来了？"

"喏，赔礼。"应逐星将手中的果茶递给她。液滴从杯壁滑落，落到了春朝手心，冰冰凉凉的。

青提、少糖、多冰——她最喜欢的口味。

3

应逐星极少说"道歉赔礼"这种话。高中报到那天他俩来得最晚，最后阴差阳错居然成了同桌。

原本两人井水不犯河水，直到——春朝跑操摔倒。

彼时她正摔在跑道上，身后绊倒了一片人。

早操为了队列整齐，所有人挨得都很紧。以至于她一个人摔倒，胳膊肘连带殃及身旁两个同学。

这一下就像多米诺骨牌，一共三列，摔得整整齐齐，瘫在地上，成了操场上的奇观。

人在意外突然发生时大脑是一片空白的，正如春朝根本没反应过来，直到趴在地上看到远去的队伍才恢复几分神智。

大家跑到最后都累得气喘吁吁，女生瘫倒了一片，男生也不少，但男生反应快，春朝抬头时，只看到应逐星追着跑入队列的身影。

好不容易爬起来赶上了队伍，可偏偏春朝和应逐星同列，进队列时要从最后插进去。

她刚跨出一步，就听到应逐星欠打的声音："啧啧。"

春朝当下便趁老师不注意狠狠踢了他一脚。听到应逐星忍痛的声音，她郁闷的心情都好了不少。

摔倒时春朝手蹭破了皮，课间蔫蔫地趴在桌子上补觉。

耳边突然传来"簌簌"的声音，接着桌上就多出了什么东西。

她拧眉睁开眼时正看到应逐星坐下，他似乎刚跑着回来，少见的气息不均。

他又想搞什么？

春朝慢吞吞地爬起来，迷茫地看着面前多出来的袋子，似乎是……创伤喷雾？校医院和他们教学楼可差了十万八千里，说这是应逐星特意给她买的她都不信。

于是春朝转头提醒："你东西落我桌上了！"

应逐星似乎有些无语，半晌才开口："……是赔礼。"说完却又匆匆转头："快点用吧，受伤了都不处理，哪有这么粗心的女生。"

春朝心头的感动当下便没了，想到他今天的"啧啧"，似乎用一用他的药也没什么大不了，可她怕痛，只喷了一下就不住地吸气。

应逐星看不下去了，拆开旁边的酒精："不先消毒？"

春朝这才想起来消毒这件事，动作尴尬地停在空中，呆呆地看着应逐星拿出酒精替她清理伤口。

"嗞……"春朝没忍住。

应逐星抬头看她一眼，春朝觉得他眼里明晃晃写着你好弱。但不知是不是错觉，总觉得他的动作似乎轻了不少。

阳光从窗户外悄悄溜进来，应逐星的头发看起来毛茸茸的，身后的黑板上今天的数学作业还没写，窗外的桂花香还挺明显，应逐星拿着棉签的手好像有点好看——春朝胡思乱想着。

直至处理结束，她低头看着被处理好的伤口，小声说了句："谢谢啊。"

偏偏应逐星凑过来大声问她："你说什么？"

声音大到周围同学都看向他俩，春朝闭了嘴，果然还是熟悉的讨厌鬼。

4

三中除了校内的课时要求，课外还需要参加学校组织的义工活动。

春朝和应逐星自上次以后，罕见地和平共处了一段时间。不知是否因此给了班主任错觉，让她在分配义工搭档时，将春朝和应逐星分到了一组。

原本以为校外义工活动总算不用再看到彼此的两人，周末大清早正站在同一户门前面无表情。

推门出来的小孩及时缓解了尴尬的气氛。

小应正是他们要帮忙的这家的小孩，和他奶奶一起住，老人腿脚不便，孩子又太小，他们主要的任务就是帮忙大扫除。

应逐星的身高对于小朋友来说实在不好接近，加上他这会儿冷着脸，小应看了他一眼后便默默躲到了春朝身后。

春朝忍笑上前和家中的老人打招呼。

从大清早一直忙到中午终于搞完了卫生。当两人正准备离开时，原本去楼下玩的小应却突然从门外跑了进来。

小应眼眶红红的，春朝蹲下身来询问缘由。小应怯怯地开口："姐姐，小乖好像病了。"

直到春朝被带到楼下时，才知道小乖是一只小橘猫，此时正蔫蔫地躺在地上，听到有人过来，无力地睁开了眼睛。

春朝简单看了下情况，就觉得棘手，恐怕得立刻送去宠物医院。

还没等她开口，旁边就颇有默契地递过来一个纸箱，里面还贴心地垫了层软纸。她转头一看，居然是应逐星。

应逐星端着纸箱，用眼神示意她将小猫放进去。

一人骑车，一人抱着箱子，无须过多的言语，这份默契就连春朝自己都觉得神奇。

检查后才得知，小乖是误食了带有老鼠药的食物，幸好量不大，只是还要在医院观察几天。

回去时已经有点晚了，春朝坐在自行车的后座，晚霞渐渐在天边浮现。应逐星没有穿校服，宽大的白色短袖正被风微微扬起。

春朝突然觉得这人似乎也没有那么讨厌。

见到他们回来，小应飞奔下楼。

春朝落后应逐星几步，等她走近时，便看到他正蹲在小应面前跟他解释小乖为什么没能跟着他们一起回来。

总是冷着脸的应逐星此时却仿佛连头发丝都带着温柔。

小应乖乖听着，半点不见早上刚来时躲他的模样。

身后的夕阳是一片瑰色，春朝走过去，小应又问了她一遍："姐姐，小乖的病好了吗？"

春朝蹲下身来摸了摸他的头，耐心解释："小乖在住院，过几天就好啦。"

听到她这样说，小应才放心，应逐星酸溜溜地开口："怎么你一说，他就信了？"

春朝嘚瑟地朝他挑了挑眉。

小应偷偷给了春朝一张"仙女牌"——他的宝贝卡牌之一。她原本不想拿小孩的玩具，但小应很坚持。应逐星可不在意是不是小孩子的玩具，看到自己没有，有些不满地戳着小应圆乎乎的脸蛋。

"哥哥，给你。"小应犹豫半晌，还是恋恋不舍地从手中的卡牌里抽出一张递给了应逐星。

顿时，刚才默不作声的男生眉飞色舞，挑衅地回看了她一眼。

"哼。"骗小孩的玩具还好意思！

春朝转过头正要怼他时，却顿了顿。

身后是一片散发着温柔余晖的晚霞，应逐星正低头看着他手中的卡牌，睫毛翘长。

晚风中她开口："应逐星，该回去了。"

5

那天下午本来还安排了别的义工活动，因为送小乖去看病来不及了。

向老师提前说明了情况，只是后面还要找别的活动补上，他们好不容易抢到一个整理资料室的活。

春朝一看时间，却有些怅然——很不巧，正是学校六十周年校庆当天。

六十周年校庆，学校自然是办得红红火火。

但这些与他们毫无关系，春朝和应逐星推开库房门，看着满地的资料面面相觑，而楼下的校庆正开展得热火朝天，欢声笑语连紧闭的窗户都阻挡不住。

春朝收拾着资料，但眼神却总是时不时瞟向窗外。听说今天学校乐队还有表演，听说今天还能领到纪念徽章，听说今天有很多有意思的展览……

全都是听说，现在她只能可怜巴巴地在这里戴着口罩整理尘土飞扬的资料。

“你这么想看就去看吧。”身后突然传来一道声音。

应逐星侧对着她收拾着资料，手下动作没停，见她看了过来才抬眼，漫不经心地又说了一遍：“喜欢就去看吧。”

资料室灰尘有点多，透过窗户射进来的阳光里细小的灰尘纷飞。应逐星站在房子正中央，袖子挽起正将一摞资料放到柜子上。

“什么？”春朝反问出声，她险些以为自己幻听了。

“我说，你要是这么想去，就去看吧。”应逐星慢悠悠地整理着自己手中的资料。

“你会这么好心？”春朝狐疑地看着他。

应逐星瞥了她一眼：“你要是这么喜欢整理资料，也可以不去。”

春朝再次看了一眼窗外热闹的样子，管他呢，就算偷溜出去被发现她也要去！

偷偷打开门准备看看外面老师在不在，身后传来一声：“别一副做贼心虚的样子。”

春朝在心底冷哼一声，迫于形势还是忍住了还口。

她担心这人是不是要算计她，没过多久就忐忑地回来了，在将要踏进资料室时，却听到了老师的声音：“怎么就你一个？”

她登时心头一紧，完了完了，应逐星一定要告状了，就说不能信他！

可空气中却传来应逐星冷静的声音：“春朝去洗手间了。”他转头刚好看到门外的她，笑了笑：“老师，她回来了。”

老师没有起疑，离开了。春朝走进时，资料已经整理好了小半。

在路过应逐星时，她略一停顿，说：“谢谢。”低不可闻的声音。

应逐星疑惑抬头：“你说什么？”

“咳咳，谢谢。”春朝又快速说了一遍，谁知应逐星还是一脸茫然地看着她。

她正要开口再说一遍，却突然感觉不对劲，眯着眼看向应逐星，果然看到他嘴角翘起的模样。

“你！”

果然这人就是故意的，她本转身就要走，迈出一步后却又略微犹豫，而后转身将一个东西拍在他旁边的桌子上。

应逐星低头看去，是这次校庆的纪念徽章，拿起徽章看着旁边看似侧对着他，其实竖起耳朵注意着这边情况的某人，笑着开口：“谢谢啊。”

那边的春朝低着头整理着自己手中的资料没再出声，好似不曾听见一般，资料室内的空气突然安静，窗外的喧闹声好似都大了不少。

春朝将资料整理好放起来，哼，还算有礼貌。

6

为什么要将辛苦得来的纪念徽章送给应逐星，当时的春朝不知道缘由，现在的她仍然不知。

可生活中总是会有各种莫名其妙的举动——比如她会突然想要和应逐星缓和关系。

大学室友知道后叹了口气：“总要有一个人是主动的吧。”

他们都在等着对方先迈出一步，却又像笨拙的小刺猬，想要靠近，又害怕对方刺伤自己，于是自己首先竖起尖刺。

此刻，春朝耳畔又响起舍友的那句话，她伸手接过了那杯果茶，率先开了口：“谢啦。”

许是开了头，春朝才发觉其实她和应逐星聊天，也没有那么难。应逐星也坐在了长椅上，邀请她来看过几天的篮球比赛。

原来他考完试迟迟不回家是因为这个，春朝算了算安排，有空！

在回去宿舍的路上，她恍然间想起自己是什么时候生出的想要和应逐星缓和关系的念头，大概是……高考结束的那天。

走出考场的时候，她才有了一点真实感——原来高中真的就这样结束了。

她和应逐星在一个考点，很巧，周围人来人往，但她一转头，就看到了身后的男生。

在她看到应逐星的那个瞬间，他好像有所察觉，应逐星慢慢抬头，看向她，而春朝没有避开视线。

前面有很多蹲守在路边的家长，还有一起结伴回家的学生，他们俩站在原地，伫立在奔涌而出的人群中对视。

应逐星的身高在这三年里飞速蹿高，已经不是那个高中第一天春朝勉强可以平视的男生了。原来那些偷偷结伴来看应逐星的女生们眼光没有错，应逐星确实好看。

而她也不再是那个开学第一天留着短发气势汹汹的春朝。

原来，他们在一同长大。

考试时还在淅淅沥沥下着的雨已经停了，太阳从云层中迸出，春朝抬头看向逐渐明朗的天空。

无论她承认与否，她的青春里是有着一个叫应逐星的人和她做伴。

她不是没有在心底偷偷称赞过应逐星的解题思路，也不是没有感谢过他注意到她摔倒的擦伤，可是青春期的少男少女总是奇怪地爱面子，可以为了各种奇怪的理由，而让一段关系三年都势同水火，仿佛谁先低头就是输家一般。

甚至直至毕业前，他俩连一声毕业快乐都没有对彼此说出口。

人们朝前走着，春朝站在靠边的位置，还停留在原地，而她再次回头想找到应逐星时，却发现他已经站在了她的身边。

在这个瞬间，很奇怪，春朝很想说一声："应逐星，毕业快乐。"

她看着应逐星没有吱声，侧着脸的男生却好似用余光看到了她，他眼皮微微抬起，转头用眼神示意她有事快说，好似他刚才也并没有特意朝这边走过来。

春朝看着还是没有说话，对面树的影子落在了她的脚下，天空中白云飘过，他们俩并肩而立。

"咳。"最终是应逐星先开口，他将头转了回去，并没有对着她，可那句话分明是对她说的，"春朝，毕业快乐。"

7

篮球赛似乎是两人和好的一个契机。可，也许是她和应逐星的磁场实在不合，明明她出门时间尚早，但最终她依旧没能看成那场比赛。

由于很多人都回家了，校园里人很少。春朝绕过假山时，听到一声细弱的猫叫声。

大清早周围很安静，这声不算太大的叫声还是传入春朝耳中。

她的脚步顿了顿，正要继续朝前走时，迎面看到一个人。可奇怪的是，那人看到她的第一瞬就神色慌张地转身朝着后面的小路跑了。

春朝提起了心，最近学校发现好几具小猫的尸体，有传闻说是有人虐猫。

春朝看着那人离去的方向，停在了原地。

其实那次义工活动后，她还见过小应。

恰逢雨天，她回家时正好路过小应家的小区，虽然有伞，但冒着雨走回去鞋子进水总归不太舒服。

她又想起了那个将卡牌送给她的小孩，只是想着过去看看，万一刚好能碰到呢。

到了楼下，那日被打扫得干干净净的窗户在雨天却显得灰蒙蒙。而楼下的大雨中，站着一个孤零零的身影。

春朝皱着眉撑伞走过去，再一细看，那人竟然是小应。直到此刻，她才看清他怀里抱着的是小乖。

"姐姐……"小应的声音里带着哭腔，"我今天看到小乖时，它一直吐白沫，送到医院医生也没治好它。"

是有人故意投放有毒的食物。

那天的最后，春朝陪着小应将小乖埋下。她回去时，雨已经停了，晚霞很好，和那天做义工时的几乎一样好，看来明天不会有雨了。可春朝看着瑰色的晚霞，却只记得小应难过的眼神。

小乖走了，后来，小应和他的奶奶也搬走了。

可春朝后来从那条路经过时，总是会想起那只小猫和那张仙女牌。

春朝看了看远处渐渐消失在拐角的人，为了一丝缥缈的怀疑，值不值得去试？

但她只犹豫了一瞬便起身追了上去。春朝拥有的不多，敢于孤注一掷的勇气是她为数不多的优点。

男生会想过当奥特曼拯救世界，女生也不会没有想过当一个帅气的英雄。也许是热血漫画看多了，春朝觉得自己现在有着无限的勇气。

只是，她边追还有空分神想：篮球赛的门票是应逐星亲手交给她的，他很讨厌别人出尔反尔，恐怕她这辈子和应逐星没机会和好了吧？

春朝追上去时，恰巧有两个保安大叔巡视，她急忙请大叔帮忙拦住那人。

春朝带着他们回到刚才自己听到猫叫声的地方，果然发现了一只奄奄一息的小猫，那人应该是想虐杀小猫带走处理的，只是被春朝撞到，便只好匆忙逃开，反倒留下了证据。

之后再联系相关的辅导员，一大圈下来，她看了看时间，比赛应该已经结束了。

只是，她并未想到做好记录出来时，门外站着等她的人会是应逐星。

明明听说他们比赛刚刚结束。

她突然想起方才室友好像有问过她情况，这人总不会和她室友都有联系吧？

春朝看着门口穿着球衣的应逐星，却突然不敢上前。约好的事情，没有做到，如果是别人，她会大大方方地上前致歉解释，可是，这人是应逐星，是和她不对付的应逐星，是她想缓和关系却还是失败的应逐星。

应逐星好似叹了口气，下一秒便向她走来。

春朝抬起头，笑了笑："恭喜你们比赛赢了。"

她以为应逐星会怪罪，再不济也会问一句她为什么没有来，可他却只是轻轻将手放在她头上，就在春朝呆愣的一瞬，头发被揉了揉。

她迷茫地抬头，只看到应逐星恶狠狠地开口："你胆子可真大啊，还敢一个人追上去？"

春朝抿了抿嘴，突然有点心虚。

中午的太阳驱散早晨的寒意，此刻背后是一片蓝天，合欢花花期快结束了，大朵大朵的合欢花坠落在地上。

春朝新买的白衬衫有点大，她的头发半披着，乌发浓郁，抬头时，便同应逐星对上了眼神。

不知哪里来的一阵风，携卷着合欢花一拥而上，而春朝的眼睛被阳光照得亮晶晶的。

应逐星想了很多，他想到那枚纪念徽章。朋友告诉他，那枚纪念徽章每人限领一个，还限量，只有很少人抢到了。

可明明很久以前校庆策划出来时，他就听到春朝跟朋友说想要那个徽章，但最终却送给了自己。

他在想，是从什么时候喜欢上了春朝呢？

他想起大概是发觉自己延迟回家不过是想借着高中同学的名义和她一起坐车，为了能偶遇跨越半个校区来人文学院的篮球场打球，看到她笑着对别人撒娇会不开心，但是这之中没有问题的答案，他只是突然就害怕离别。

他停下了脚步，还是将先前自己在心底无数次犹豫的话说了出来。

"春朝，我喜欢你。"

春朝被这突如其来的直球打得发蒙，幸好师兄的夺命电话打了过来。

她不敢看应逐星，匆匆接起了电话，耳边师兄不知在说什么，最后只大概听懂让她别磨蹭记得交东西。

"我……有点事要去忙。"

骗人的，明明师兄说的文件就存在手机上，只要发过去就好了。

春朝正准备离开时，发热的脑袋突然清醒，等等，应逐星说喜欢她，那她为什么要拒绝？

她正要开口解释挽回，可应逐星却在沉默后重新开口了，他不依不饶又重复了一次："我喜欢你。"可这次不像先前那句那么有底气，尾音里满是忐忑不安。

春朝突然不想再犹豫了，树影斑斑驳驳，她伸出手轻轻抱住了应逐星。

阳光正好，你看，刺猬也是可以拥抱的。

烟火向新晨

✲谢 衿

1

谢聿赶到时，迎新晚会恰好散场。

月上中天，昭川大学礼堂外的梧桐道上灯火明亮，人潮顺着大门往外涌，声音嘈杂，熙攘混乱。

四十分钟前，表弟裴南给他发了一段晚会现场的视频，伴着愤愤不平的谴责：“这不是迎新晚会吗？这不是我们新生的主场吗？为什么会有学长表白？用属于我们的晚会，假公济私办自己的事，他的良心不会痛吗？”

九月新生入学，各学院迎新晚会办得如火如荼，今天征用学校大礼堂的是裴南所在的外语学院。原本美滋滋看晚会节目的单身人士裴南，被晚会尾声一场盛大的告白戳了心，从谴责学长公私不分，到感叹被表白的女同学好漂亮，裴南喋喋不休在微信上叨叨了半小时。

谢聿入学后竞选了班长，正在办公室里帮辅导员整理材料。他正准备随便回裴大债主几句，结果消息一下滑到最开始，设置了自动播放的视频动起来，周围漆黑一片，灯光都集中在了舞台上，几个穿着礼服的女生并排站着，几步外有个男生抱着束玫瑰花，拿着话筒正说话。

周围夹杂着起哄和尖叫声，镜头晃动得厉害，谢聿还是一眼认出了季雨然，她穿着一袭蓝色的礼服长裙，望向男生温柔笑着，谢聿一颗心瞬间剧烈跳动起来。

他甚至来不及给裴南回个消息，火急火燎地和辅导员请了假，一路就跑了过来。人潮汹涌，谢聿一边拨裴南的电话，一边逆着人流往礼堂里挤，快要到礼堂门边时被人一把拽了过去。

裴南刚想开口，就被谢聿打断：“告白成功了吗？他们人在哪儿？”

“成功了啊。”裴南觉得莫名，“都是主持人……应该在后台化妆间吧……”

谢聿听完转身就走，礼堂里面已经没多少人了，之前自己学院举办迎新晚会时谢聿也来过，凭着记忆找去礼堂后台，满脑子都是久别重逢，他该和季雨然说些什么，却又在听到季雨然声音的那一刻，怔然地停在化妆间门口。

“你们男生是不是都喜欢抄电影台词啊？就不能用点心，自己想两句吗？”

里面的人闻言哄笑，有人嗅到了八卦的气息：“哎，有故事啊！”

有人起哄：“快讲讲，给你抄的什么台词？”

季雨然沉吟片刻：“如果以后再也见不到你，那就祝你早安、午安、晚安。”

清脆女声念出台词的时候，莫名带了一丝温柔和深情，谢聿不知道这是不是自己的错觉，里头的人已经讨论起来。

“我知道，这是《楚门的世界》里的台词。”

“那这台词想表达什么？祝福？”

大家开始回忆那部电影的细节，猜测声不断，最后是季雨然有些寂寥的声音：“是告别。”

2

谢聿第一次见季雨然，是在中考后的那个夏天。

他和同学约在体育馆打篮球，结束后去公交车站乘车回家，隔着老远就看到了季雨然，倒不是她多漂亮，只是那时候她站的位置足够显眼——在公交站台的最边缘，背包斜挎在一边肩膀上，聚精会神地仰头看站台边的榆树枝。

谢聿走近了，才瞧见榆树叶上停了只蝉虫，橙黄的外壳在碧绿叶面上尤为显眼。

等他再走近几步，女孩已经踮起脚尖伸手想去摸了。不怕虫的女孩子倒是少见，谢聿隔着几步看她小心翼翼地伸手，白皙的指尖微微颤动着，快要摸上去时又猛地缩回来。

因为目光一直落在她身上，所以谢聿第一时间察觉到那个鬼鬼祟祟靠近她的中年男人，还没等他出声提醒，男人已经看准时机，一把拽下她的背包转头就跑。

谢聿想也没想地追出去，街上行人少得可怜，谢聿一见前头有人就喊“抓小偷”，可大部分人都是不明所以，茫然地看着小偷冲过去。谢聿是体育特长生，跑起步来毫不费力，连连跟着男人跑了好几条街，男人见始终甩不掉他，转头跑进曲折的小巷。

大抵是病急乱投医，男人也不熟悉巷子里的构造，跑着跑着前方没了路，反倒被谢聿堵了个正着。

十五岁的谢聿正义感和中二之气爆棚，丝毫没察觉男人眼底露出的凶光，还自觉成了英雄，笑眯眯地道：“把包交出来吧，咱们去警察局。”

这话完全激怒了男人，眼看周围没人，男人自兜里掏出了一把弹簧刀，谢聿后知后觉地有些慌乱，正想往后退，男人已经握着刀扑了上来。

巷道窄，根本没腾挪的地方，谢聿躲过了一刀后转头就跑，结果刚到巷口就被人狠狠一脚踹在后背上，摔了个狗啃泥。路面凹凸不平，谢聿一时间疼得眼冒金星，还没等他爬起来，锋利的刀刃已经到了眼前，千钧一发之际，有人一脚踢在男人手腕上，刀子瞬间脱手飞了出去。

“警察来了！”

清脆女声响起，男人没了武器又已出了巷子，立马头也不回地跑了，谢聿见状松了一口气。

女孩子靠在墙上，气都没喘匀：“你没事吧？”

谢聿愣愣摇头，警察当然没来，巷口只有他们两个，屋檐墙角有一束光射下来，不偏不倚落在她身上，照着她额角细密的汗珠和发红的脸颊，微风拂过凌乱的长发，她看着谢聿，冷静又自持：“带手机了吗？报警吧。”

那一刻谢聿想，原来我不是英雄，我是那个被美人救的狗熊。

3

警察来得很快，两人被带回去做笔录，之后又在警察陪同下看街道上的监控录像，锁定嫌疑人。

谢聿再看那惊险的一幕还有点腿软，反而是温温柔柔的季雨然，那果断利落的一脚被警察称赞了。后来谢聿才知道，季雨然的父亲是一名警察，从小告诫她女孩子要保护好自己，同时也造就了她不俗的身手。

那已经是他们第二次见面了，在昭川一中的校园里，新生开学第一天，他在学校地下停车场把季雨然给撞了。

其实说撞也不准确，学校地下停车场入口是一个大坡，谢聿骑着车往里进的时候，季雨然突然从拐角处冒出来，谢聿虽然强行拐了反向，可被这一惊没稳住，直接摔了个人仰马翻，倒地时头磕在车把手上，疼得眼前阵阵发黑。

季雨然为了躲避谢聿，绊倒了身后的自行车，不仅崴伤了脚，小腿还被划出一道血痕。

那真是再糟糕不过的场面，初见逞英雄反被救，再见又给人弄出伤。谢聿心虚又愧疚，尽管季雨然解释是自己在停车场里迷了路，找不到出口想从入口出去才搞出来的事故，谢聿还是坚持自己全责。

学校里就有校医室，校医帮忙清洗消毒、包扎了伤口，最后开了点消炎药，又交代季雨然短期内不要剧烈运动。

谢聿把校医的话奉为圭臬，言之凿凿会负责到底，惹得季雨然哭笑不得。

从校医室出来，开学的热闹已经散了，早上本来就是新生查看分班状况、住宿生整理行李的时间，找班主任报到和开班会都在下午。谢聿一看到了吃饭时间，直接将行动不便的季雨然拐去了食堂。

他将季雨然扶到座位上坐好，买饭前询问她的口味，季雨然原本说都可以，可抬头看了他一眼，又问食堂有没有水煮蛋。

谢聿显然已经忘了自己头上还有个包，还以为是季雨然想吃，等到季雨然细细将鸡蛋剥了壳又抵在他额头上，他才后知后觉地反应过来。

又滑又软的鸡蛋在额头上轻轻滚动，伴着季雨然的温声交代："刚刚在医务室忘记让校医给你看了，也不知道这个土法子管不管用，如果有头晕或头疼的症状，一定要去医院检查。"

他们面对面坐着，季雨然倾身过来，说话间气息尽数落在他额头上。他一抬眼就能看到她根根分明的睫毛，漆黑的眼里满是认真，像是在做什么了不得的大事。

谢聿想点头应答，又莫名地不敢动。

季雨然的手是凉的，水煮蛋的温度也算不上滚烫，可他还是觉得自己整张脸都烧了起来。

4

他们在警局做笔录时就交换了姓名，谢聿又是个大大咧咧的自来熟，和季雨然吃了一顿饭，越发不见外。听说季雨然刚搬来昭川，要先去找教导主任办转学手续才能正式入学，便打着补偿的旗号非要送季雨然过去。

季雨然显然不擅长拒绝人，见说不通就由着谢聿了，季雨然到教导主任办公室里填资料，谢聿在一旁瞧见免学费书费的申请表惊奇不已："你是不是学习成绩特别好啊？中考状元？"

在谢聿的认知里，能让学校给免学费的学生不是学习特别好的，就是家庭特别贫困的，他下意识地将季雨然当成了前者，兴奋道："我初中有个同学叫梁景煦，中考成绩全市第一，师大附中许诺他初升高报志愿首填附中就给他免学费，可他没去，铁了心来昭川一中，结果一中什么表示也没有，你肯定比他还要厉害。"

季雨然低着头填表，听见他夸张的语气忍不住笑出声："不是，我成绩一般。"

"肯定是，你别谦虚了。"

谢聿以为季雨然是低调，可季雨然抬头看看他，像是叹了口气："我能免学费，不是因为我厉害，是因为我爸是警察。"

"啊？"谢聿一时没弄清楚两者之间的联系，满脸茫然。

季雨然将申请表翻了个面，开始填写自己的家庭情况，谢聿看着看着，瞳孔蓦地一缩，紧接着季雨然的声音响起："我爸爸两年前过世了。"

气氛陡然间凝固，谢聿恨不得给自己两巴掌，季雨然写完抬头看到他自责的模样，反倒笑了："没事的，已经过去了。"

她明明笑着，却又让人觉得很难过。

谢聿想做点什么，又不知道能做点什么，他愣愣地看着季雨然，季雨然以为他有话要说，也定定地看着他，两个人莫名其妙地对视了好一会儿，最后是季雨然忍不住"扑哧"一声笑了出来。

许是谢聿眼底的无措与心疼太明显，季雨然很认真地说："过去的事情就真的过去啦，虽然还是很难过，可我永远以我爸爸为荣，谢聿，谢谢你。"

季父因公殉职，给季雨然和母亲带来了不小的打击，周围熟悉的环境和人、亲朋好友的安慰照顾、街坊邻里充满怜悯的议论和眼神，共同构成了那座名为悲伤的牢笼。

怀念和伤痛会永远存在，却不该成为生活的全部，于是季母毅然带着季雨然离开旧地，来到昭川开始新的生活。

季雨然跟谢聿讲这一段的时候，两人正在放学回家的路上，因为她腿受伤，谢聿坚持每天送她上下学，他们也在那段时间里迅速熟络起来。

夏日晚风轻轻，街道两边的榆树叶绿意盎然，阳光穿过树影间隙落在季雨然身上，明亮而耀眼："因为听说昭川四季如春、风景如画，是很宜居的城市，所以就来啦。"

谢聿在昭川生活了十多年，第一次觉得昭川是个很好的城市，跟着傻笑："是啊，昭川很好的。"

这里人杰地灵，风景宜人，这里春有百花秋见明月，这里的天空永远湛蓝，阳光永远明媚。

好到远近闻名，好到万人向往，好到让他遇见了季雨然。

5

季雨然的学习真没有谢聿想象中好，文科类成绩还算拔尖，数学和物理却总是不及格。

元旦放假前，学校组织月考，季雨然似乎没发挥好，回家路上一直沉默不语。谢聿是体育特长生，文化课成绩一般，不过他有幸又和初中的学霸梁景煦分在了同一个班级，信誓旦旦地保证去借梁景煦的笔记给季雨然看，请梁景煦帮忙补习也没问题。

季雨然揶揄他借花献佛，都不问问被借的人的意见，谢聿也不在意，又想起每年跨年夜昭川中心公园都有放飞孔明灯活动，便带了季雨然去散心。

放飞孔明灯寓意着放飞祈求幸福的美好心愿，是昭川远近闻名的盛事，偌大的中心公园人山人海，谢聿去工作人员处领了孔明灯，两人找了个人少的角落。

快要到零点，周围好多人对着未放飞的孔明灯许愿，谢聿看着兴致缺缺的季雨然，想逗她开心，便故意对着孔明灯大声道："希望下次月考，季雨然同学能一举超越许雾、梁景煦，拿下年级第一的宝座。"

许雾也是谢聿的同班同学，成绩和梁景煦旗鼓相当，两人时常争夺年级第一，而季雨然因为数学和物理的拖累，每次的成绩都在年级三十名开外。

季雨然听完果然忍不住笑："先不说我能不能做到，你难道没听说过，愿望说出来就不灵了吗？"

"是吗？"谢聿也笑得眉眼弯弯，"那你许吧，我的好运送你啦，双重加成，一定能实现！"

其实近些年由于警惕火灾，放飞后的孔明灯只会在天空停留一小会儿，就会被人工降下来，所谓许愿也不过是心理寄托罢了。

季雨然闻言还是乖顺地闭上眼睛，点燃的孔明灯她在脸上落了火红的光，看上去温暖又明亮，谢聿心头悸动丛生，等季雨然睁眼望过来，他迎上她澄澈带笑的目光，满腔难言的情绪化作一句："季雨然，以后每一年，我们都一起来放孔明灯吧。"

少年青涩莽撞，不知日渐滋生的情愫为何物，只会凭借本能表达满腔赤诚。

季雨然闻言睁大了眼睛，回神后又笑着点头，四目相对，像是孔明灯温暖的火光一路延伸到心尖上。

高一结束，所有人都在为文理分科而发愁，谢聿却被父母告知因为工作调动，他们一家要搬去棠溪。谢聿反抗不得，闷闷不乐去找季雨然。季雨然看他郁闷的模样，大抵想起了自己心情不好时，谢聿曾带她去放孔明灯散心，便也提议道："我来昭川这么久还没好好逛过，不如在你走之前带我游一遍昭川吧？"

那是暑假里再寻常不过的一天，却足以让谢聿永远铭记。清晨他们迎着熹微晨光去爬昭川郊外的山，下山时坐着缆车阅尽峰林叠嶂，午后去昭川最大的特色游乐园，开着碰碰车疯闹，晚上逛了著名的南强小吃街，从街头走到巷尾。

一整天，谢聿扬起的嘴角就没放下过，可等深夜送季雨然回家，满腔离愁别绪又冒出来，看着季雨然上楼回家，从卧室窗口探出个头来交代他赶紧回家，谢聿想说一句“晚安”，却又觉得不够。

月光清亮，微风和煦，粗糙了十几年的谢聿第一次拥有了文艺细胞：“前几天，我表弟给我放了个外国电影，里面有句台词我很喜欢。”

“如果以后再也见不到你，那就祝你早安、午安、晚安。”

告别的话“抄”得很浪漫，可事实上，棠溪距离昭川只有八百三十五点八公里，坐高铁四个多小时就能到。

季雨然听得好笑，却还是温柔地回：“也祝你每天早安、午安、晚安。”

6

新学校很好，同学们也很友善，谢聿却还是做什么都提不起劲，每天晚上孤零零一个人回家时，他总会想起昭川。

想起他和季雨然骑着自行车一起回家，昏黄路灯在地上映出两人交错的影子，车篮里的 MP3 放着晦涩又难懂的英语课文，他们一路聊着学校里的趣事。

谢聿那时候心思不在学习上，每天总撺掇着季雨然在 MP3 里下些流行好听的歌曲，可现在一个人的时候，却又格外想听那道尖锐又烦人的女声念课文。

时光飞逝，过年的时候，由于来棠溪不久，亲朋好友也都在昭川，谢聿父母打算回昭川过年，得到了谢聿的大力支持，催着父母第一时间订了车票，迫不及待地回了昭川。

那一整个寒假，季雨然都忙着学习，昭川一中在高二下学期要进行全科目会考，季雨然选了文科，搁置一学期的数学物理让她如临大敌，一有空闲就窝在家附近的图书馆刷题，谢聿每天跟着打卡，倒也不觉得枯燥。

梁景煦有空也会来给季雨然讲题，谢聿离开昭川那天，梁景煦去车站送他，他顺势拜托梁景煦在学校里帮忙看顾季雨然、帮助季雨然学习。在谢聿走后，梁景煦和季雨然成了很好的朋友，然而谢聿看着他们低头讨论题目，自己一句话也插不上的时候，心头又堵得厉害。

梁景煦大抵看出了谢聿的闷闷不乐，没多久就借口有事先走了，季雨然做题间隙看见谢聿百无聊赖的样子，几次欲言又止。

那天晚上回家，他们沿着街道慢慢地走，临近除夕，天空中时不时炸开几束烟花，远处广场上还有小孩在放鞭炮，季雨然轻轻开口：“谢聿，你将来想做什么啊？”

“当然是参加各种世界级赛事，为国出战、为国争光啊！”

从普通的学生到国家级运动员，从小小的昭川走向全世界，在顶级赛事里拿到冠军，身披国旗，向全世界宣告自己的名字。

谢聿兴致勃勃地讲自己敬佩的前辈，讲自己将来的打算和梦想，眼睛像是在发光。季雨然安静地听，等谢聿停下来才冷静又温和地问他：“可是特长生考大学，文化课也有要求的，你现在的成绩达到你理想大学的要求了吗？”

想起自己曾经信誓旦旦要考昭川大学本科，如今却差了一大截的文化课成绩，谢聿沉默。

季雨然的目光始终温和，就像她这个人一样，温柔、善良、冷静、通透，或许因为父亲早逝的原因，她比同龄人要成熟，她清楚地知道自己要做什么、自己该做什么，牢牢地抓着自己唯一可以抓住的学习，不为外物所扰，坚定地朝着自己的目标而去。

谢聿从前很敬佩这样的季雨然，并且对于她总是管教自己、教导自己要好好学习的样子一点儿也不反感，甚至还有点隐秘的开心，因为那些时候他都觉得自己之于季雨然是不一样的，可这一刻，他脑海里忽然闪过季雨然和梁景煦并肩坐在一起、低头讨论题目的样子。

明明是因为他，季雨然和梁景煦才认识并且成为朋友的，明明他在比赛里获得过那么多次的冠军，明明在球场上他也是耀眼的存在，现在却好像失去了与季雨然并肩的资格。

谢聿一阵烦躁，他扭过头，生硬地道："我知道了。

7

那晚的谈话像是给两人的关系覆了一层冰，季雨然性格本就内敛，谢聿不主动后，两人的联系好像就变得可有可无。

过了年回到棠溪，谢聿心里开始憋着一股劲儿，不仅每次体能训练都要达到优秀，每次比赛都要争第一，文化课也开始勤勤恳恳地学习，巨大转变让父母都有点儿不适应了。

日子飞速过去，高二下学期末尾，周末父母有事出门，留了谢聿一个人在家。

谢聿做完卷子无聊，在微信上戳梁景煦，忽然意外收到梁景煦发来的季雨然的消息。

全国英语竞赛，昭川一中一堆学霸报名参加，季雨然和梁景煦也在其中。可季雨然前一晚逛公园时意外落水，当时被人救起来后就送到了医院，原本还好好的，结果第二天临上场前吹了点儿风就开始有点儿发高烧，校方想送季雨然先去医院，季雨然自己却不想联系家长，还要坚持参加比赛。

"吃了随队校医给的退烧药，校医倒是说她状态也还好，可我看她烧得脸都是白的了，我劝不住她，你有没有什么办法？"

谢聿急得差点上火："我隔着昭川八百多公里，我能有什么办法？地址给我！"

大抵是因为太在乎，才会轻而易举就乱了阵脚，明知道自己去了也无济于事，谢聿却还是不管不顾地出了门，甚至着急得没想起来知会父母。

所幸那天是周末，梁景煦发来定位后，谢聿赶着最快的一趟车回了昭川，到达举行英语竞赛的场馆已经是夕阳西斜，他闷着头往场馆大门跑，上台阶时不经意间抬头，差点崴了脚。

季雨然坐在场馆门口的台阶上，见他望过来，笑着喊他："谢聿。"

他几步跨过去，满眼焦急："你好点没有？烧退了吗？梁景煦呢？怎么让你一个人在这吹冷风？"

"吃了退烧药，已经好很多了，烧也退了，校医也说没什么大事，所以让梁景煦先回家了。"季雨然一个一个回答他的问题，"我在这里等你啊，你不是说要过来吗？竞赛结束了，我没有手机怕你找不到我，就在这等你。"

语气同从前没有什么分别，谢聿突然为自己之前幼稚的脾气和自以为是的"冷战"感到羞愧，伸手去扶季雨然，却不敢看她的眼睛："发烧不能吹冷风的，再去医院看一下。"

他又去附近的医院给季雨然检查了一遍，医生量了体温又交代了些注意事项，等从医院出来，天已经完全黑了，比赛场馆离季雨然家不远，两个人便没有打车，安静地沿着街道走。

季雨然虽然退了烧，可脸色还是苍白，没走两步，谢聿就在她身前蹲下来："上来吧，我背你回去。"

季雨然迟疑："我很重的……"

"细胳膊细腿的，能重到哪里去？"

后来，季雨然还是乖乖地伏到了谢聿背上，街边路灯洒下橘黄色的暖光，谢聿踩着两人的影子平稳前进，听到季雨然小声问他："谢聿，你还生气吗？"

他脚步一顿，背上的季雨然又轻声道："我那天晚上不是故意的，我只是……"

"我知道，"谢聿打断她的解释，"我没有生你的气，我是在生自己的气。"

他后来从梁景煦那里收到了一份电子文档，里面归纳总结了每个科目的重点，谢聿还来不及问，梁景煦就发来一段语音："别误会啊，我可没这闲工夫，有人大年三十当天都不回家，占着图书馆电脑写了一整个寒假的复习资料，要是有人这么用心地对我啊，我一定考个状元给她看。"

谢聿看着那份季雨然一个字一个字敲出来的文档，心底所有的郁闷散了个干净。

"谢谢你帮忙整理的笔记，我也有在努力，成绩已经提高很多了，老师说再努力努力，我就能上昭川大学了。"

昭川大学是昭川市排名第一的综合性大学，也是谢聿时常挂在嘴边的理想院校，如今已是触手可及。

季雨然轻轻地笑起来："那就好。"

谢聿感受着她洒在自己脖颈上温热的呼吸，心头微动，还来不及说话，裤兜里的手机便响了起来，他将季雨然放下来接电话，母亲在那头焦急地问他在哪儿，谢聿说自己来了昭川，毫不意外地被母亲大骂了一顿，勒令他明天一早立马回家。

手机漏音太严重，季雨然在一旁听得清清楚楚，等谢聿挂了电话，立马惴惴不安地道歉："对不起，给你添麻烦了。"

"没有，这是我自己的事，也是我自己要跑过来的。"

昏黄路灯映着季雨然无措的样子，谢聿没忍住揉了揉她的脑袋，看着她白皙的耳垂红透，感觉自己的耳朵也烧了起来，他局促地收回手："季雨然，你没有做错任何事，不需要道歉。"

谢聿将季雨然送回了家，自己跑去梁景煦家睡了一晚，第二天就回了棠溪。

高三很长一段时间，谢聿都在封闭训练，手机也被教练没收，等通过专业考试回到学校，文化课又差了一大截，每天都在补课学习，那段日子过得特别快。直到高考前，他因为异地借考政策尚未成熟，需要回昭川参加高考时，才知道季雨然离开的消息。

他是转学去的棠溪，季雨然也是转学来的昭川，他们都需要回到户籍地去高考。

季雨然没有手机，离开之前，她在梁景煦那里给他留了一封信，里面写了很多鼓励他的话，在信的末尾，她还祝愿谢聿能考上心仪的大学。

可高考之后，季雨然就再也没联系过他。

8

谢聿走神间，化妆间里的一群人已经聊着出来了。

走在最前面的陌生女孩抱着视频里表白的那束红玫瑰，身上还披着男生黑色的外套，谢聿见状猛地松了一口气，可等看到季雨然，一颗心又不争气地跳起来。

她提着裙摆走在人群最后，长发高高挽起，脸上还化了淡妆，一抬头撞上谢聿的眼神，蓦地停住了脚步。

同行的人走出几步，听着季雨然没了动静，回过头询问："怎么了？"

季雨然怔然地望着谢聿，看大家都停下来等她才回过神来搭话："没事，你们先走吧。"

等人散尽了，谢聿才找回自己的声音："季雨然，你怎么在这儿？"

"来……"她迟疑一瞬，最后还是坚定地笑起来，"来找你啊。"

谢聿问："那要是我没报昭川大学怎么办？"

季雨然闻言罕见地愣了一瞬，似是没想过这种可能，谢聿没忍住笑起来："季雨然，你怎么变笨了啊？"

他一步一步走近，语气故作严肃："还有啊，高考结束后为什么不联系我？"

季雨然叹了口气："因为离开昭川时太匆忙，不小心把记着高中同学联系方式的本子弄丢了，谁也联系不上，高考结束后妈妈又生了病，一整个假期都在医院照顾。"

说着她声音不自觉小了："我今天中午都被室友怂恿去学校广播站了，只是刚开学广播站要通知的事情太多，还没来得及放我的寻人启事……"

谢聿听着她的嘀咕，"扑哧"笑了出来，问："那要是还找不到我呢？"

季雨然对上那双带笑的眼睛，不自觉红了耳垂："那就趁着开学回昭川一中，去找你们班主任，要你父母的联系方式！"

昭川一中每个学生都会在各自的班主任那里留下父母的联系方式，谢聿今天也刚刚联系上了季雨然的班主任，要到了季雨然母亲的手机号码，只是还没来得及打出那个电话。

原来不是他一厢情愿，他的女孩也在朝着他奔赴。

谢聿温柔地笑起来："作为交换，我也告诉你一件我的糗事，抄那句电影台词没有不用心，我还想了后半句，只是我觉得太土了。"

十六岁的谢聿被迫离开昭川，对着季雨然说自己最喜欢的电影台词，青涩又懵懂："如果以后再也见不到你，那就祝你早安、午安、晚安。"

十八岁的谢聿走到季雨然面前，一字一句，温柔而坚定："但如果我见到了你，每一句的早安、午安、晚安，我都想亲口说给你听。"

银河夏夜
有行星

在最热烈的季节，活成最热烈的自己。

银河 夏夜 有行星

✲ 越安安

1

初夏的空气中飘荡着薄荷味，江小渔趴在围栏上，朝走廊尽头看过去，觉得这薄荷味里还带着点甜。

她打量了许久："虽然人家戴着口罩，但是无论是衣服搭配，还是胖瘦高矮，就连头发丝，都精准地踩在了我的审美上。"

她目光所及之处，是一个高挑的男生拿着一本书，戴着口罩，正垂首在给一个女生讲题。

江小渔朝同桌小九志在必得地挑起嘴角："我觉得我心里的小鹿已经在乱撞了。"

说着，江小渔捋了一把头发，转头要朝男生走去。

不料男生的目光就在这时撞了过来，像钉子一样把江小渔的脚步钉在原地，男生微微眯了一下眼睛，抬脚走来的同时摘了口罩。

小九倒吸了一口凉气："校纪委陈嘉野！打小报告小能手！"

江小渔的反应比她还快，转头就想跑。

没跑成是因为某人拽住了她的衣后领。

陈嘉野垂眸看过来："跑什么？"

江小渔想向小九求救，但后者已经跑没影了……

但不是有句话说"气势大于一切"吗？于是江小渔摆脱禁锢，抱着胳膊没好气地说："干吗？"

"你的化学作业没写完，放学后留校写完再走。"

倔强如江小渔，立刻不服了："哟呵，陈嘉野，你谁啊？我凭什么听你……"

陈嘉野一个目光看过来，江小渔放弃了她的倔强。她差点忘了，面前这个是化学老师老陈的儿子，小陈。

2

陈嘉野拎着包在江小渔旁边坐下的时候，她正托着腮，四十五度角仰望天空。桌上摊着的空白作业，把她的心情展现得一览无余。

天色已然昏暗，江小渔的视线落在玻璃上，好巧不巧，看进陈嘉野蒙眬的目光里。

"别看了，我不会。"

"我可以……"

"不用。"

"其实这题……"

“你好烦哦。”

空气安静下来，空荡荡的教室里还隐隐飘着江小渔无奈的声音。

陈嘉野也没再说话，只是那双琉璃色的眸子带着白炽灯映出来的光影。他看了江小渔一眼，又看了一眼。

江小渔受不了了：“陈嘉野，你要是觉得自己一身本领无处施展，你可以教别人啊，我一个艺术生，没必要劳你费心，我看你今天给讲题的那个女生就很有潜力。”

在江小渔诚恳的目光中，陈嘉野缓缓地说：“那个女生是我们班第二名，再不济，至少知道什么是相对加速度。”

显然，他口中的不济就是自己。

江小渔觉得自己被侮辱了，但又没法反驳，自己的的确确是个连相对加速度都搞不懂的学渣，但这并不代表她就要接受陈嘉野单方面的强制补习。

事情还要从一周前说起，也不知道一班、二班的班主任是怎么想的，心血来潮弄了个学习互助活动，由学习好的帮学习差的补习，当然也不是无条件，学习差的得帮学习好的做值日。

江小渔用四个字形容这个充满圣母光辉的活动——丧尽天良。特别是在知道她的搭档是陈嘉野的时候，她顿时更绝望了。

陈嘉野让人讨厌的地方很多。

他因为成绩好，目中无人，总是站在学霸的高度试图理解学渣，结果完全理解不了。哦，还有，他是化学老师的儿子，每次老师们掌握了什么绝密情报，大家都怀疑是他告的密。

但江小渔看不惯陈嘉野，没什么理由，就是单纯看不惯。

天无绝人之路，就在江小渔抓耳挠腮想着怎么溜的时候，周围陷入一片黑暗。

果然，没有什么是停电解决不了的。

明明心里已经乐开了花，江小渔却故作可惜地叹息：“真不巧，我一腔学习的热血刚刚热起来，正要跟知识拼个你死我活，偏偏不如我愿，好气哦。”

如果陈嘉野没有把江小渔迫不及待收拾书包的动作看得清清楚楚，他差点就信了。

没办法，陈嘉野只好收拾东西跟江小渔一起下楼，其间，后者干脆不再掩饰，心情明媚地唱起歌来。

月光皎洁，像薄纱般罩在少女侧脸上，覆上一层朦胧的光感。

女生突然停住脚步：“什么声音？”

陈嘉野向声源处看去，只见一团人影，没错，是一团，因为他们打得难舍难分，根本分不清谁是谁。

“哇，牛啊！”

随着她这一声喊，不止陈嘉野看过来，正纠缠在一起混战的四个人也看了过来。

江小渔还没反应过来，手腕突然被人拉住，然后就被陈嘉野拉着，头也不回地往前跑。

月色中，江小渔看着陈嘉野拉着自己的手，手腕上传来他手心的温度，莫名有点恍惚。

3

隔天傍晚。下课铃一响，江小渔就去车库找她的小电驴，却出乎意料地看见一个熟悉的身影。

昏暗的车库角落，陈嘉野正半跪在地上，神色认真地查看已经瘪下去的自行车轮胎。

江小渔的第一反应就是陈嘉野这人品终于爆车胎了，但说出口的是：“你干吗？”

陈嘉野抬眸看过来。

“显而易见。”陈嘉野的声音毫无波澜，音调就像在说吃饭喝水一样平常，“车胎被人扎了。”

江小渔讶异的神色还没显露，陈嘉野又说：“李扬他们干的。”

李扬就是昨天晚上他们撞见的混战者之一。

于是江小渔猛然想起来，自己刚刚路过教务处的时候，好像兼职教导主任的老陈正在训人，看来是不小心被制裁了……他们该不会以为是陈嘉野告的密吧？

也不知道为什么，陈嘉野明明是最有可能告密的，江小渔却下意识地否决了这种猜测。

就连她自己也没发现这种异常。

江小渔找到自己的小电驴，在陈嘉野的注视下骑到他面前停下：“那什么……节哀顺变，我先走了。”

女生的身影消失在视野里，陈嘉野没动，一分钟后粉色小电驴又倒了回来。

“这事你得找老师。对了，你要不上楼找你爸吧，说不定他没走呢。我先走了啊。”

江小渔再次消失，彼时天色渐暗，陈嘉野在完全黑下来的车库里眼睁睁看着江小渔掉头回来，没好气地冲他吼了一声：“我带你！赶紧的！”

陈嘉野笑了。

江小渔觉得，自己大抵是脑子被驴踢了才会心软掉头把陈嘉野载上。

此刻她心无旁骛地行驶在小路上，带着温热气的晚风从她的脸上拂过，她莫名就想起了第一次见到陈嘉野的时候。

彼时高一刚开学一个星期，就在操场上密密麻麻地站着上千人参加开学动员大会的时候，江小渔为了溜出学校买杂志而翻上墙头。

一中的围墙是典型的“防君子不防小人”，江小渔跨坐在墙头，迎着太阳看向国旗下的身影。

正午太阳很大，江小渔无奈地眯了眼，手撑在额前挡着光，但还是一眼就锁定了那个人。

陈嘉野穿着白衬衫，修长的手指捧着一叠演讲稿，清冽的嗓音像有魔法般，安抚着烈日下躁动的心。讲到高潮处，全操场掌声雷动。

隔着围墙到演讲台的一千米，隔着黑压压的同学头顶，陈嘉野如同洒满星光的眼睛就这么看了过来。

他们对视没有超过三秒。因为江小渔从墙头摔了下去。

围墙内伴随着话筒电流声的演讲还在继续，围墙外坐在地上的江小渔听着陈嘉野清冽的嗓音，逐渐明白一个道理。他们之间隔的是短短一千米吗？不，是学渣跟学霸之间跨不过去的鸿沟。

因为江小渔分神没能避开减速带，小电驴一个颠簸，陈嘉野的手便跨过“鸿沟”轻轻拉住了江小渔的衣服。

陈嘉野没碰到她，她的余光在他手上一扫而过，打破了宁静：“你刚刚要是碰到我的痒痒肉，我铁定能把你甩下去。”

语毕，江小渔摇摇头：“你离‘死亡’就差一层布的距离。”

“那我……”

“你还是拉着吧，我对自己的技术没信心。”

陈嘉野垂眸勾起嘴角，目光落在女生随风飘摇的马尾辫上，不知道在想什么。

半晌，江小渔故作随意地开口：“老陈这么招仇恨，你上高中后没少被人明里暗里报复吧？”

身后传来云淡风轻的声音：“还好，也有单纯的人不报复。”

“啊？哈哈哈，谁啊？”

“你。”

江小渔不说话了，毕竟用“单纯”这个词形容她的人，陈嘉野还是第一个。

其实陈嘉野也没说错，江小渔跟陈嘉野作为叛逆学渣跟三好学霸，去办公室都是家常便饭，只不过性质不一样……

江小渔被老陈批评的场景中，十有八九陈嘉野都在，两人也是在一次又一次的巧遇中认识的。

这么一想，江小渔觉得自己简直太宽容了。

4

转眼到了六月底，高二年级在放暑假前布置了一项社会实践任务，分组是按学习小组来分的，江小渔因此不得不跟陈嘉野到市中心的购物广场发问卷。

那天，天阴沉沉的，浓厚的乌云乌泱泱地聚集在头顶，像下一秒就要压过来似的，压得人喘不过气来。偏偏这种天气温度还高。

江小渔用传单扇着风，一转头看见一只骨节分明的手递了个冰激凌到眼前。

视线往上是陈嘉野平淡的脸：“快接着，要化了。”

江小渔撇嘴，也不别扭，大方接过来便吃了一口，嗯，甜的。

女生的眼睛一亮，余光瞥见化了的冰激凌顺着筒身往下流，下意识地舔了一口。

陈嘉野别过脸，耳尖微微红了。

任务量太大，他们不得不分开发。不知道过了多久，江小渔挂着笑脸收回来最后一张问卷时，正巧走到一楼正在做开业表演的舞台旁。

他们约好四点在这里碰面，但已经过去了半个小时，人头攒动中，江小渔迟迟没有看见陈嘉野的身影，蓦地就心慌起来。

"陈嘉野！陈……"

江小渔的声音戛然而止。她瞥见舞台背景板后站着的熟悉身影，还有他手上还抱着的一叠空白问卷，莫名一股无名火就蹿了上来。好啊，这么半天他一张问卷都没发？

江小渔刚要抬脚过去，就看见了陈嘉野对面站着的女生，她的脚步一顿，只见女生朝陈嘉野伸出手，而后者垂着眸，看不清什么表情。

是二班的苏桃。江小渔记得她，因为见过陈嘉野给她讲题。

很奇怪，关于陈嘉野，她几乎都记得清清楚楚。

可现在江小渔却没法想其他的，连无名火都还没压下去，在看到舞台背景板砸下来的时候，第一反应是喊出陈嘉野的名字。

"陈嘉野！躲开！"

直到头顶有大片阴影砸下来，江小渔才想起来抱头往旁边躲，在一片混乱中，她似乎看见了陈嘉野想要往这边来的身影，然后又被苏桃紧紧拉住，两个人拉扯在一起。

陈嘉野的声音在耳边飘过，江小渔一个字也没听清，重物砸在肩膀处传来的剧痛占据了她所有的感官。

他是什么表情呢？江小渔不禁想却眼前一片模糊，晕了过去。最后她也只来得及想："算了，陈嘉野，算我倒霉欠你的，没下次了啊。"

至于究竟欠了他什么，江小渔自己也说不清楚。

5

舞台倒塌事件造成了商场混乱，却没多少人受伤。不巧，江小渔是伤得最重的一个。

"江小渔，有人找！"

门口也不知道谁喊了一声，江小渔胳膊打着石膏转头看过去，陈嘉野面色不虞地站在窗外，对上她的目光时，脸上多了点说不清道不明的东西。

自那天后，陈嘉野来找过几次，江小渔一次都没出来，这次也一样。

陈嘉野走后没多久，有人找她去办公室。

江小渔以为又是其他科老师告状她的作业完成情况，没想到到了办公室一看这阵仗就愣住了。

"我考试作弊？"

江小渔气笑了："我期末考试全班第四十五名，全校两千名开外，作弊了还是这个成绩，我是傻子吗？"

老陈严肃地说："江小渔，好好说话！"

他顿了顿："二班的苏桃同学考试坐你后面，她说看见你考试中……"

"夹带了讲义？"江小渔接过他的话，顿了一下，倏地笑了，"她还真能扯。"

那张考试中飘到她脚边的讲义，任谁都能看出来是谁夹带的。

监控拍不到，没有人证、没有物证，光凭她们两张嘴，老师们信谁都在脸上写着了。

江小渔的肩膀一松，似乎没有力气撑着维持脊背的笔直，她微不可闻地叹了一口气，好像从小到大，不管她干了好事还是坏事，是不是她干的，大人们永远都只会相信自己认为的。

那又何必多此一举问她呢。

"我没作弊，随你们信不信吧。"

说完，江小渔也不管身后几位老师铁青的脸，垂眸转身，跟抱着作业站在门口的陈嘉野撞了个正着。

胳膊传来的疼痛远不及心里掀起的惊涛。江小渔看着他讳莫如深的表情，不禁想他在这里多久了，又听了什么，他刚刚来找她也是因为这件事，是……苏桃告诉他的？

其实江小渔最想知道的，是陈嘉野到底相不相信她。

也不知道突然想到了什么，解释的话她最终也没说出口。

"江小渔。"

江小渔走到转角的时候，身后传来陈嘉野的声音，他问："你的手还疼不疼？"

到底还是因为负罪感才多问了她一句。

江小渔苦笑了一下，没答，径直走了。

那一次见面后江小渔躲了陈嘉野一个月，然后拎着东西潇洒地投入编导集训。

她带走了位子上的所有东西，路过门口公告栏的时候停下了脚步。

陈嘉野的照片贴在第一排第一个。他抿着唇，明明考出了第一的成绩，却像是别人欠了他钱似的，一副欠揍的表情。

鬼使神差地，江小渔掏出圆珠笔在照片底下写了一行字："下次见，我就不喜欢你了。"

毕竟，喜欢陈嘉野这件事，真是太辛苦了。

6

随着第一场秋雨无声无息地落下，江小渔考入S大，这里没有江南的温湿气，也没有南方女生的吴侬软语，江小渔一直以为前十几年自己跟那样温柔的家乡格格不入，觉得现在才找到归属。

尤其，这里没有陈嘉野。

入学一个月后，江小渔参演了一个学姐导的舞台剧，鲜衣怒马的女侠在场上大放异彩，赢得全场欢呼。

那一场舞台剧让江小渔在全院出了名，都说影视编导专业有个漂亮大方的妹子，把飒爽的角色演活了。

有时候出名也不是一件好事，江小渔拒绝了又一个学长的邀约，累得瘫在床上时，室友终于忍不住问："你又没有男朋友，怎么一个都不考虑？"

江小渔半开玩笑地说："受过情伤，伤重，未愈。"

室友们七嘴八舌地问名字，江小渔却怔了怔，眼前浮现一张毫无波澜的脸来。

"他叫陈嘉野。"

其实江小渔很早以前就说过，陈嘉野啊，他就算不露脸，其他的一切都精准地踩在了她的审美点上。

见到第一眼时，那人优秀又冷淡，寡淡无味的演讲词在他口中就如同美妙音符，一下又一下地敲击着她的心脏。

她开始习惯在课间操做转身运动的时候偷偷看他，忍不住了解他的喜好，甚至在挨训的时候看见他在场，她都会微微红脸，只能故作顽劣地瞪他："你看什么看？"

室友们好奇心爆炸："然后呢？你表白了？"

江小渔轻描淡写："没有，写了信，被他扔了。"

她用他喜欢的蓝色信纸，写了一封没有错别字、别扭又真诚的信，被他在一个黄昏扔进垃圾桶。

偏偏他后来还总是主动招惹她，这算什么？这是赤裸裸的侮辱！

更不争气的是她自己，每次都狠不下心拒绝陈嘉野的接近……

看江小渔陷入回忆而变得沉默的脸，室友们对视一眼，有点过意不去。

"那个男的怕不是瞎吧？没事，小渔，下一个更好。明天我们社团跟C大有个联谊，听说来的都是法学院的高才生，我有预感，你一定能遇到喜欢的。"

江小渔叹了一口气，表示怀疑。

7

第二天傍晚，江小渔被一群室友拉着出门，但还是叛逆地只穿了运动裤，人字拖。美其名曰：鲜花需要绿叶衬，她就是来把关的。

江小渔万万没想到，会在对面一群青春洋溢的男生中看见陈嘉野。

他戴着金框眼镜，额前的碎发不长，没有挡住那双精致的眉眼，以及眸中藏不住的光亮，以至于甫一对上，江小渔就仓皇地错开视线。

一群人自我介绍完，还剩下江小渔跟陈嘉野，两人仿佛在玩一个谁先说话谁就输了的游戏，谁也没有先开口。

陈嘉野主动认输，把五杯外表看起来一模一样的果汁摆在江小渔面前。

"玩个游戏吧，这有四杯西瓜汁，和一杯酒，我们一人选一杯，谁先喝到酒就要跟对方说一个秘密。"

众人不明所以，但抱着看热闹的心态，都跟着起哄。

江小渔不想露怯，也没说好，径直拿起面前的一杯一饮而尽，是西瓜汁。

接着是陈嘉野。他慢条斯理地拿起一杯，只抿了一口便放了下来："我输了。"

江小渔不由得想，他怎么还是这么倒霉。

室友撞了一下江小渔的胳膊，意有所指："小哥哥要说什么秘密？不知道我们方不方便听？"

闻言，陈嘉野笑了一下。他看着江小渔问："方便吗？"江小渔瞪大眼睛，一脸茫然。

没等她回答，陈嘉野就开口："我室友给我看了你们的合照，本来我晚上还有两节专业课，但是我翘了。”

这话表明他是为了某个人而来的。在场所有人都露出暧昧调侃的表情，只有江小渔愕然地抬头，不知所措。

“我来就是想问问你。”陈嘉野抬眸，直直地看向江小渔，“江小渔，我到底哪里对不住你？或者说，我到底哪里不好？让你躲我躲了这么久。”

像是一声惊雷在耳边炸开，江小渔如遭雷劈的这一瞬间，莫名听出了一丝委屈的意味。

震惊的不止她一个，女生们反应过来直接炸了。

“你就是那个陈嘉野？”

“你就是那个瞎子？”

“你就是那个扔了我们小渔信的……”

江小渔手疾眼快地捂住女生的嘴，但陈嘉野探究的目光已经扫了过来：“信？”

江小渔沉默了两秒，开始低头在地上搜寻。

“你在找什么？”

“地缝。”

8

当晚江小渔落荒而逃的时候脑子里就剩下一句话：她就不该穿拖鞋。

把鞋跑掉，光脚回的宿舍都是小事，她怎么也想不通这些年陈嘉野经历了什么，那么正经的一个人，竟然拿着她的拖鞋义正词严地说要物归原主，重点是当面。

于是江小渔被迫答应在汇报演出前跟陈嘉野见面聊一聊。大概是因为心静不下来，她连演出服都没换，就去了活动中心后面。

外面不知道什么时候飘起了雨，淅淅沥沥，隔着雨幕，江小渔看见陈嘉野就蹲在不远处屋檐下，伸手接落下的雨。

江小渔从来没见过他这么随意的姿势，愣了一会儿，才慢慢走过去。

直到她在陈嘉野旁边站定，陈嘉野也没站起来。她想起昨天晚上的事，一时有点尴尬，正寻思说点什么，脚上忽然传来陌生触感。

她愕然低头，看见陈嘉野用他柔软的指腹擦去了她演出用的雪白高跟鞋上的泥渍。

江小渔心跳如擂鼓，几乎听不见自己的声音：“你……做什么？”

陈嘉野顿了顿：“就是觉得你的鞋上不该沾上这些东西，这么想着就这么做了，对不起。”

说完，他微不可察地捻了捻指腹，擦掉了泥，仿佛刚刚的事情没有发生过。

但江小渔差点崩溃。

“陈嘉野！你到底要做什么？”她退开一大步，“你既然知道我喜欢你，你当时也干脆地拒绝了，又为什么非要来招惹我？”

陈嘉野惊得瞪大眼睛，江小渔再也忍不住，眼泪夺眶而出，又被她倔强地擦干净。

“对你来说，苏桃比我好吧？她好看，不疯也不闹。对了，她的成绩也好，你们好学生应该更般配吧？所以你才会在跟我一起社会调研的时候又找她。”江小渔直直地看着他，“所以现在算什么？她不喜欢你，你就退而求其次来找我？但是陈嘉野，你还是换别人吧，毕竟我早就不喜欢你了。”

江小渔当然知道这些话有多伤人，但这也是她第一次为自己自私一回。

陈嘉野愣在原地。

说完这些话，江小渔一把夺过他手中的纸袋，头也不回地走了。

她不知道陈嘉野在那里站了多久，也不知道他在想什么，就像那年她在公告栏写下的那一句，她自欺欺人地以为自己已经做到了，但是时间告诉她并没有。

虽然江小渔心乱如麻，但在正式上台表演前，她还是调整好了状态。

台上的江小渔身姿轻盈，巧笑倩兮。

站在阴影处的陈嘉野看得入了神。

他有些惶恐地意识到，她的确与高中的时候截然不同了。

时间多可怕啊，有人磨平了棱角，有人消磨了喜欢。

9

那之后，江小渔倒是真的没再见过陈嘉野。明明是如她所愿了，但莫名地，她心里像是少了什么，空落落的。

放寒假的时候，高中班长组织了一场同学聚会，江小渔因为当时艺考，都没怎么跟同学好好告别，便欣然答应。

但她没想到会碰到陈嘉野。

走廊上，陈嘉野靠墙，在打电话，跟江小渔视线交织的一瞬间，他似乎愣了一下，一双眼在暖黄的灯光下，透出些许暖意。

"你怎么在这儿？"

问出口后江小渔才觉得尴尬，他们之间似乎不是什么值得寒暄的关系。

但陈嘉野回答了："送我爸过来，他被劝喝酒了，不能开车。"

"哦……"

之后便是相对无言，还是班长出来跟陈嘉野客气了一番，把他也拉了进去。

全程吃了两个小时，江小渔听着同学们说起过往，一直有点心不在焉，恍惚间一抬头，看见陈嘉野刚刚移开视线，给她一种他好像一直在看她的错觉。

饭局结束，有好几个男同学都喝多了，清醒的搀着醉的。一时间，包厢里只有几个女生，还有班主任老陈。

老陈也喝多了，指着江小渔说："小渔啊，都两三年了，当时你被冤枉的时候一定很不开心吧？"

江小渔不明所以："什么？"

老陈迷迷糊糊说了很多，原来当时苏桃冤枉她抄袭后，是陈嘉野替她担保，老师们又对比了两人的试卷，发现苏桃因为看错题，把讲义上的一道例题原封不动抄上了，大家这才知道事情的真相。

只是当时江小渔已经出去集训了，没跟同学们联系，自然也不知道后续。

江小渔很恍惚，刚刚那些话斩头去尾，在她这里只剩下一句——陈嘉野替她担保。

可是……为什么？

旁边的女生碰了碰江小渔的胳膊，小声说："说实话，我们还以为你上大学后会跟陈嘉野在一起呢。"

"我？跟他？"江小渔的声音里带着不可思议。

女生更加不可思议："对啊，他不是喜欢你吗？"

这话似是一道惊雷在她耳边炸开，她的大脑一片空白。

女生没察觉到她的异样，继续说："当时我们两个班不是弄那什么学习互助对子吗？本来是随机排的，陈嘉野的互助对象是我，我本来还高兴了一阵，结果他找到我说能不能换一换，这谁还不知道啊……"女生的话没说完，江小渔匆匆起身，有点失态。

"我……我还有事，我先走了。"

江小渔急匆匆出了包厢，脚步慌乱，脑子里只剩下一个念头。

陈嘉野……陈嘉野……

她不明白，为什么兜兜转转，旁人都知道，只有他们蒙在鼓里。

这世间太多的遗憾都可以归咎于一个不说，一个不问。

她不想这样。

外面不知道什么时候下起了雪，江小渔跑出餐厅，被迎面而来的风雪吹得一哆嗦，下意识地闭上眼睛往前，却撞进一个人的怀里。

"小心。"

是陈嘉野……

江小渔想说的有很多，但看着陈嘉野神色淡淡的脸，却一个字也没说出口。

"陈……"

"回去路上小心。"陈嘉野往里看了一眼，"我先送我爸回去了。"

说完，陈嘉野头也不回地往里走去。

就像她当初在雨里那样。

江小渔一颗心冷到极致。她想，她之前说的那些话太过分，陈嘉野应该是生她的气了。

10

几个女生约好去吃烤串，江小渔心不在焉地跟在其中。她冷静下来想了一会儿后，安慰自己：没关系，以后的时间还多呢，凡事总能解释清楚的。

但她又想到这天陈嘉野的目光，再也忍不住哭了起来。

大概是她哭得太悲惨，朋友们吓坏了，忙问出什么事了。

江小渔一边号啕大哭，一边喊着："我男朋友被我气跑了！"

朋友们："……"

"小渔！"坐在窗边的女生一声惊呼，"你男朋友……好像没跑！"

她指指楼下，江小渔反应过来立刻冲过去，只见风雪中，那人就站在桂花树下，任雪落了满头。

此刻他遥遥看过来，声音却从江小渔身边传了过来，清冽又温润："江小渔，下来。"

女生干笑着举起手机："刚想跟你说来着，他打电话问我们在哪儿……"

女生的话没说完，江小渔已经跑没了影。

等真正站在陈嘉野面前，江小渔才察觉到尴尬。她刚刚那些话，他该不会都听见了吧……

"江小渔。"

"啊？"

江小渔突然抬头，撞上一双琉璃色的眸子。

陈嘉野抬手擦了她眼角的泪痕，温热的指腹触及她皮肤的那一刻，她又想哭了。

"我来是想说三件事。"

江小渔没来由地紧张起来。

"第一件，我不喜欢苏桃，从来都没喜欢过。"

陈嘉野现在仍记得清清楚楚，当时苏桃在他实践的时候拉住他问期末考试的化学题目，她笃定他是老陈儿子，肯定知道内幕，但他拒绝了，这才有了后来的作弊事件。

"第二件，当时……"陈嘉野的声音有点颤，"我不知道那是你给我写的信。"

江小渔一愣，没懂陈嘉野的意思。

"当时我爸刚当上教务处主任，开始严抓学风纪律，所以当时得罪了不少学生，他们出不了气都会把气撒在我身上。"他的声音淡淡的，像是在说别人的事情，"最简单的做法就是写威胁信。所以慢慢地，出现在我桌子里的信件我就基本不看了，毕竟大部分都是千篇一律的诅咒。"

他的声音明明那样轻，此刻飘进江小渔心里，却让她疼得喘不过气来。

"我……我是真的不知道，直到你室友上次说了，我才明白过来。"他像是怕极了她生气，语气竟无措起来。

江小渔恍然想起自己以前开玩笑说过的一句话。

——老陈这么招仇恨，你上高中后没少被人明里暗里报复吧？

一语成谶，她以为的陈嘉野自信骄傲、闪闪发光，从来没想到那个如白杨般的少年背后却承受着这些。

但陈嘉野记得很清楚，那时候他去办公室取作业，在楼梯转角碰见了一班躲体育课的几个女生，其中就包括江小渔。

女生们议论着：

"你们听说没？老陈儿子当上校纪律委员了。"

"啊？这上阵父子兵的，以后我们可怎么过啊。"

"大家肯定都讨厌死他了，不孤立他就算不错了，哪里还有人愿意搭理他。"

类似的话他听过很多次，但他还是停住了脚步，不再上前。

他有点害怕女生们见到他的目光，只怕是避之若浼。

"我愿意啊。"江小渔的声音轻快。

陈嘉野愣愣地看过去，夕阳打在女生的眼角，她带着笑，他听见有人问为什么，女生理所当然地说："因为他长得好看啊。"

所以，因为她，他那些算不得美好的高中时光平白多了一抹光亮。

"第三件事……你不要不理我，我知道我弄丢了你的信是我不对，"陈嘉野垂在一侧的手慢慢握紧了，"我以后补给你好不好？写到你腻了为止。"

说完这些话，空气似乎都安静下来，风雪也停了，像是都在等着江小渔的答复。

小手指传来温润的暖意，女生软软地拉住他的手指，趁他还没反应过来，踮脚在他的颊边印下一吻。

他的耳边传来轻笑。

"一言为定。"

夜风微冷，却有无限温柔。

陈嘉野恍然记起第一次看见江小渔的时候，少女跨坐在墙头。

那时春光正好，少女明媚张扬。

他只看一眼，就记了好多年。

可那天的月色太美，花香太过温柔，她恍然感受到他最直白的期许。

恋恋晚枝

方栀柒

1 陆景禾，我好想你

叶南星被一场突如其来的春雪困在了新安村。

这场雪一下就是三天，交通因为大雪引发的山体滑坡而中断，她被迫多留了几日。眼见出山不得，她干脆静下心来完善手中的报告《山中“疑似枯鲁杜鹃”的植株，不过是一株形态较为奇异的普通杜鹃》。

陆景禾的大提琴独奏音乐会如期而至，被困在村里的叶南星害怕信号中断，顶着寒风爬到通信基站附近，发抖着看完了整场直播。

直播大部分时候是远景。偌大的演奏厅里，陆景禾西装革履、身姿挺拔，就像一棵误入舞台的小白杨。偶尔切换近景时，方能看到他长睫如雾，眼神坚定又温柔。

《第一大提琴奏鸣曲》的最后一个音符落下，观众如梦初醒，给予演奏者最热烈的掌声。陆景禾抬起头怔怔地看向观众席，浅浅叹了一口气。

叶南星也跟着呼出一口白气，在原地蹦了几下后，切换到微信界面。对话停留在一个可爱的拥抱表情包上，再上一句是陆景禾发的语音消息，一副可怜兮兮的语气：“可惜你不在。”

叶南星又听了一遍，忍不住笑了笑。不知道看到她委托人送去的蔷薇花束，他的心情会不会好一点。

她想了一会儿，把刚刚的直播截图发给他，算是证明自己并未完全错过他的独奏会。然后，她微红着脸发送了一条语音消息："陆景禾，我好想你。"

2 "班长，你其实是神吧。"

高中时的叶南星还不会说这么柔软的情话。她性子孤僻，即便顶着"年级第一"的名头，也没几个人主动与她交朋友。

高一那年，叶南星作为班长，几乎包揽了班上无人愿意参与的活动，比如正能量满满的征文比赛，又如校运会上的一千五百米长跑。

跑一千五百米那天，叶南星咬牙跑到终点时，嗓子里都是血腥味。她正觉得眼前发黑时，一个男生走出人群扶住她，并递给她一瓶刚拧开的水。

陆景禾的动作温柔，说出的话却不怎么动听："不能跑就别跑，一场比赛而已。"

叶南星脑子空白，不知道该怎么回答，只愣愣地听见他对着跑道外喊道："有没有女生来扶一下班长？我要去参加比赛了。"

广播正在播报参加跳高的人员名单，陆景禾将她交给其他人，小跑着赶去了比赛地点。如他所说，"一场比赛而已"，他虽然长得高挑帅气，动作却生疏得厉害，最后只勉强跳出一米六的成绩，走下软垫时还扭伤了脚。

陆景禾在校医为他揉搓脚踝时痛得龇牙咧嘴。早一步到达医务室的叶南星拉开隔断的帘子，还什么都没看清，帘子就被人手疾眼快地拉上了。

陆景禾清了清嗓子，故作冷静地说："班长也在？好巧。"

叶南星觉察到他的羞赧，按捺住想离开的脚步，老老实实地等着他接受完治疗。

回教室的路上，叶南星踌躇着说了句"谢谢"。

一旁的陆景禾歪了歪头："什么？"

叶南星举了举手中还未喝完的水。

陆景禾摆了摆手，上下打量了她一番："书呆子做什么事情都这么慎重吗？"

感受到他话里的戏谑，叶南星忽然丧失了与他交谈的兴趣。她礼貌地笑了一下，快步往前走，将行动不便的他甩在身后。

校运会过后不久就是期中考试，叶南星依旧是年级第一。坐在她右后方的陆景禾嘟囔："那真的是人能考出来的分数吗？"

她微微侧头。陆景禾察觉到她的视线，懒洋洋地说："班长，你其实是神吧。"

他清澈的眼睛承接了一抹亮闪闪的阳光，有一瞬间，叶南星感觉自己几乎要被他的眼神灼伤。她回过头，过了好几分钟，才后知后觉地红了脸。

叶南星有过很受欢迎的时候，但除了小学时，便极少听到同龄人如此直白的夸赞了。

她自小就长得漂亮，再加上成绩好，小学时就因为"跟班太多"而苦恼过。初一那年，她父亲因为高空作业意外离世，母亲随之重病，日子陡然变得辛苦起来。

她初三时，身体好转的母亲咬牙开了一家小吃店，叶南星每天放学后都会去帮忙。各种油烟气掩盖了她的灵气，加上她总是拒绝别人提出的出去玩的邀请，"高冷""没有人情味""装"的流言慢慢传开，围在她身边的人便越来越少。

她从伤心到习惯只花了半年时间。后来，她主动将自己封闭起来——既然身边的人会因为各种原因离开她，那她何必再去发展所谓的友谊呢？

3 光之精灵陆景禾

叶南星与陆景禾的关系得到进一步发展，是因为陆景禾看中了一款机器人。他父母许诺，如果他的期末成绩能再前进十名，就托人给他买。

此时已是高一下半学期，陆景禾本着"近朱者赤"的想法，主动申请成为叶南星的同桌。

"我也不想麻烦你，但这可是全球限量版机器人。"陆景禾将那张宣传图放大，语气中是满满的垂涎。

叶南星看着他发光的眼睛，忍不住叹了一口气："有不懂的可以问我。"

陆景禾懒散惯了，嘴上说着一定好好学习，身体却诚实地走神犯困。被叶南星提醒后，他还嘴硬地说："我就走神了一秒钟。"

翻与学习无关的书、在纸上画无意义的线条、模仿老师的姿态，叶南星都不知道他怎么有那么多杂事可以做。

她纠正了他无数次后，便强迫自己不要去注意他。可越是这样，眼睛越会往他身上看，看他清爽的黑发、脖子侧面的黑色小痣、修长骨感的双手，还有困倦时微微下垂的狗狗眼——他又困了。这堂课才上了二十分钟，他已经打了三次瞌睡。

"老师讲的是催眠曲吗？我不听课的时候从来没这么困过。"陆景禾翻看着她特意做的"不认真学习罪状小册子"，很惊讶地总结道。叶南星忍不住道："要不你还是放弃吧。"

陆景禾皱了皱眉头，过了好一会儿才摇了摇头，说："不行。"

叶南星下意识地避开他靠近的动作，注意力还在黑板上的化学公式上："什么不行？"

"我不会放弃的。"

"随便你……"

陆景禾在学习上也不是一无是处，至少音乐课上，他对所有的乐器都了如指掌。这节课，应老师邀请，他坐在细碎的阳光下，深情又温柔地弹奏了一首《卡农变奏曲》。钢琴曲节奏舒缓、旋律优美，他腰背挺直，犹如光之精灵。

女生们的窃窃私语响起时，叶南星也跟着走了神。陆景禾家境好，又有音乐天赋，学习成绩差一点又有什么关系呢？

不是谁都像她一样，只有学习成绩值得骄傲。

大概是他弹奏钢琴的时候过于迷人，叶南星对他的耐心多了不少。陆景禾渐渐屈服于她认真的态度，期末考试前，他拍着胸脯保证道："我绝对不辜负你的期望。"

叶南星笑了笑，道："那就祝你得偿所愿吧。"

温暖的阳光洒在女孩的脸上，驱散了她一贯给人的清冷感。陆景禾下意识地摸了摸后脑勺，移开了目光。随后，他又看向她，认真地说："谢谢你。"

叶南星愣了一下，不知想到了什么，忍着笑说："你做什么事情都这么慎重吗？"

"还好吧。"陆景禾没懂她突然兴起的小心思，"我也没想到你会那么认真地教我。"以至于他后来想反悔时，已经拉不下脸说放弃了。

成绩出来那天，陆景禾特意给她打了个电话报喜。过了几天，他还给她发了张机器人的照片。高大威武的机器人被安放在干净宽敞的卧室中，古朴高雅的装修风格让他比耶的姿势都显得慵懒万分。

叶南星站在狭小的厨房里，在围裙上蹭掉手上的油渍，给他回复了一个大大的笑脸。

"恭喜你，如愿以偿了。"

4 陆景禾，谢谢你

高二开学，班主任重新安排了座位。叶南星坐在第一排靠窗，陆景禾被他一堆朋友撺掇着坐到了最后一排。

临近国庆晚会时，陆景禾被一个学长抓去了学生会。

"不行，我哪有时间去给人当助手？大不了我不用音乐教室……班长？"陆景禾懊恼之际，忽然看到了不远处的叶南星。

确定学长指的是她后，陆景禾硬生生改口道："好吧。但说好了，我只当到国庆晚会结束。"

得知他们的来意后，叶南星下意识摇头拒绝。可学长说，这是对晚会的双重保障。向来喜欢单打独斗的她也只好叹着气接受了。

陆景禾感受到她的无奈，眯着眼睛凑近她，问道："班长，你不会是嫌弃我这个免费的劳动力吧？"

叶南星别开眼："没有。"

陆景禾狐疑地盯着她，似乎不相信她的话。直到她忍不住把他的脸推开，他才勉为其难地说："有什么事情就叫我，别一个人闷头把事情全部做了。"

拿到节目的审核名单时，叶南星在上面看到了陆景禾的名字。学长告诉她，陆景禾通过学校音乐社报了个大提琴独奏，所以想借用场地，方便每天中午去练习。

"当助手"就是为了换取音乐教室的钥匙。

叶南星看向不远处正在与老师商量布景的陆景

禾，他没有主动告诉她这件事情，她也不好问什么。她只是没想到，做什么都不甚上心的他居然会为了上台演奏舍弃休息时间。

国庆晚会那天，陆景禾身穿黑色西装，头发往后梳，好看的眉眼露了出来。去后台前，他特意找到叶南星，神秘兮兮地说："谁都可以不看我的演奏，但你一定要看。这是我专门为你准备的。"

叶南星看着他清亮的眼睛，忽然觉察出一丝难以言说的情愫。她有些慌乱地点头，轻轻"嗯"了一声。

可惜，还没等她平复悸动的心，她便听到了一个坏消息——小吃店里有人打架，母亲去劝架时，被人用啤酒瓶打破了头。

等她赶到医院，叶母已经包扎好伤口，在和警察交涉了。她手足无措地站在母亲身边，忽然觉得自己真是没用，只会读书，真的遇到事情，除了愤怒，别无他法。

母亲握住她冰凉的手，安抚般拍了拍："放心吧，妈妈没事。"

在医生的劝说下，叶母决定留院观察一晚。叶南星独自回到小吃店收拾残局，将带血的玻璃碎片倒进垃圾桶时，忍不住发起抖来。她都不敢想，如果母亲真的出了事，她该怎么办?

从医院匆忙赶来的陆景禾平复了一下呼吸，脱下外套将她包裹住。凉风被隔绝，叶南星深吸一口气，缓过神来。

"你怎么来了？"

陆景禾将她拉回店里，解释道："老师说你家出了事。我不放心，就请假过来了。"

叶南星不想让他知晓自己的狼狈，故作轻松地道："可惜没看到你的演奏。"

"你要是愿意听，我下次单独给你演。"他擦掉额角的汗水，"幸好……"他本想说"幸好大家都没事"，可想到还躺在医院的阿姨，还有眼前眼眶通红的叶南星，又把话咽了回去。

叶南星扯了扯嘴角，没有说话。陆景禾看店里已经收拾得差不多了，就在她身边坐下。两人沉默地望着门外，月光下，墙角的几株积雪草正随着晚风轻轻摇曳着。

叶南星裹紧还带着他体温的西装，侧头正好看见他担忧的眼神。不知过了多久，她才记起自己想说的话。

"陆景禾，谢谢你能来。"

5 不想和他分开

后来，叶南星才知道，陆景禾演奏完后，当着全校师生的面念了一段给她的致谢辞。"恋爱八卦"如同旋风般传遍了整个学校。

"礼物你又不要，我只好去卖艺了。"流言四起时，陆景禾却一副"真是大惊小怪"的表情。他的初衷只是想谢谢叶南星为他补习，没想到低估了自己的魅力和众人的八卦能力。

班主任十分头疼，告诫他们："你们要以学习为主，不要被乱七八糟的事情分散了注意力。"

陆景禾也不争辩，回教室的路上理直气壮地对叶南星道："你说了要继续帮我补习的，可不能反悔。"叶南星"嗯嗯"应着。陆景禾去医院看望叶母那次，不仅帮叶母换了病房，还预付了三日的住院费，甚至请了他家的律师为她们出谋划策。在叶南星略带窘迫地表明一定会还他人情后，陆景禾冥思苦想，最后决定让她一直帮他补习，直到高考。

他在上个假期尝到了好成绩的甜头，也不抗拒被叶南星管教。最重要的是，他一点也不想看见叶南星与他撇清关系的样子。

为了避免再度掀起风波，他们表面上交集不多，私下里却想方设法地一起学习。图书馆的角落，空荡无人的体育馆，街角的咖啡厅，处处都留下了他们的身影。

高三这年，他们不在同一个班，也不再避讳他人。可两人见面的时间越来越少，少到偶尔叶南星从题海中抬起头，会不自觉地想他有没有在认真学习。

一个晴朗的周末，叶南星在约定的图书馆从上午等到下午闭馆。沉沉暮色渐渐压下来，夕阳被高楼吞没，只剩下一缕缕温热的晚风。

陆景禾一路小跑到她面前，开口就道歉："家里突然来了客人，我脱不开身，手机也被没收了。"他一脸愧疚："抱歉，让你等了这么久。"

叶南星顺势问了一句："什么客人？"

“白清河先生，一位极有名气的大提琴家。近年来他一直在国外发展，没想到会突然回国。听说，他这次有意在国内收学生……”陆景禾语气上扬。他虽然涉猎广泛，但最爱的始终是大提琴。要不是记挂着她，今天他怕是真的要被爸妈的糖衣炮弹困住了。

叶南星看着他，有些出神地想，他一贯遵守约定，所以不管他迟到多久，她都愿意等。可世界实在太大，一旦失去联系，就不知道究竟要等多久才会等到那个人。离别在即，她发现自己并不想与眼前的人分开。

“走吧。”陆景禾知道她对这些事情不感兴趣，解释清楚后便接过她的书包，转移了话题，“没时间学习了，我们去吃晚饭吧。”

叶南星快走几步，拽了拽他的衣角：“你有没有想过要考哪个学校？”

“如果可以的话，当然是和你考同一个学校。”他没有丝毫犹豫，随后笑着说，“但我的成绩还差得远，实在不行，和你考去同一个城市也好。”

叶南星点了点头，道：“好，我会加油的。”

陆景禾似乎被她认真的神色吓到了，忙道：“你就不用加油了，问题在我。”他的兴趣不在学业上，就算强迫自己静下心来学习，也赶不上用功且有天分的叶南星。

吃过晚饭后，陆景禾在街边扫了一辆小蓝车。回家的路上，叶南星坐在后座上，看着他坚实的背脊，心思慢慢飘远了。

原来，陆景禾也考虑过他们的未来。

他们要是能考进同一所学校就好了。

6 未说出口的喜欢

高考结束后，陆景禾突然变得忙碌起来，连谢师宴也没参加。

明明只隔了一场考试的时间，同学们似乎猛然挣开了身上的枷锁，朝着“成年人”迈了一大步。老师们也卸下严肃，笑着看他们玩玩闹闹。

在众人的怂恿下，叶南星喝了好几杯啤酒，没多久就有些微醺。她脸颊微红，清冷散去后，是与平时截然不同的懵懂乖巧。有人鼓起勇气过来与她搭话：“班长，我真的很佩服你……你怎么能这么好看，成绩还那么好！”

“太俗气了吧。”大家在一旁起哄，“说点中听的。”

那人红了脸，嗫嚅好久才说：“班长，我祝你前程似锦、梦想成真。”

有个女生很遗憾地对她说：“我还以为你和陆景禾会一直在一起呢，没想到谁也逃不过毕业魔咒。”

叶南星想解释，最后只是扯起嘴角笑了笑。虽然她还没和他在一起，但的确就要失去他了。

热闹的谢师宴过后，叶南星婉拒了一众想送她回家的同学，一个人慢悠悠地沿着街道走。空气中弥漫着一股熟悉的幽微香气，她循着香味，走到了一丛灌木旁。

几朵栀子花安静地藏在其间。

不知过了多久，一阵急促的脚步声突兀地响起，陆景禾的汗水一滴滴往下落。他撑着双膝，大口大口地喘气：“我还以为追不上你了呢。”

叶南星没有说话。从他透露出想跟着白清河先生出国进修大提琴时，她就不太想理他了。可她没有立场和资格去阻止他奔向更美好的未来，只好压下自己汹涌的情绪，试图安静地等他离开。

陆景禾如同往常那般道：“我送你回家吧。”

两人很有默契地绕了远路。叶南星低着头，不知道在想些什么，直到轻轻撞上陆景禾的胸膛才猛然回过神来。

她退后一步，眼睛瞬间红了。

少年叹了一口气，耐心地等到她抬头，才开口说话：“我希望成为一个足以与你并肩的人，而不是总依靠家里的废物。”

他苦笑道：“其他方面我是真的没天分，也没什么兴趣。你可以给我一点时间吗？”

叶南星后来想，他们自始至终都没有说出喜欢与爱。

可那天的月色太美，花香太过温柔，她恍然感受到他最直白的期许。不管有没有结果，她都愿意等。与此同时，她也会坚定地向前走，奔向更好的未来。

几天后，陆景禾就坐上了飞往美国的飞机。

这个暑假，叶南星凭借优异的成绩和老师的推荐，得到了一份薪酬较高的补课工作。拿到薪水的那天，她收到了 A 大的通知书，看着妈妈高兴的泪水，萦绕在她心头的不确定感终于散去。

“妈妈，我们的日子会越来越好的。”

7 烟花下的玫瑰告白

进入大学后，叶南星仍旧是班长，大三这年，她顺利地当上了学生会主席。耀眼的成绩和出众的人格魅力让她成为 A 大最受欢迎的学生之一。

也是在这一年，偶然得知叶南星正被一位极其优秀的学长追求的陆景禾没忍住，请假回了国。他咨询了众多好友，最后选了最常见也最热烈的告白方式——他穿着西装，开着跑车，手捧一大束玫瑰等在 A 大门口。

可惜，叶南星只是遥遥望了一眼，就假装不认识他，跑掉了。

陆景禾首次告白就遭遇了滑铁卢，他气得连夜删除了那群不靠谱的好友的联系方式。他害怕迟则生变，第二天就亲自跑去实验室逮人，软磨硬泡地将叶南星哄上了车。叶南星抓着安全带，眼底有些许谨慎。可看着他紧张的样子，她到底没有提出要走。

“对不起，我居然忘了你最不喜欢人多。”陆景禾十分懊恼，还想剖析一下自己笨拙的真心，就被叶南星打断了。

“专心开车。”

陆景禾赶忙闭嘴。他也不想提起昨天的事情，如果有可能，他甚至希望自己有超能力，让时光逆转到什么也没发生的时候。

两人到达荒无人烟的山上时，城市的霓虹已经亮起。晚风轻轻拂过，带来了一丝凉意。叶南星抱住双臂揉了揉，陆景禾连忙脱下外套给她披上。

四目相对的那一瞬间，两人同时红着脸移开了目光。

陆景禾之心已如昭昭明月，而放纵着他的叶南星，心思同样不清白。

在陆景禾的要求下，叶南星闭上了眼睛。她听到后备厢打开的声音，陆景禾在喘着气搬东西，她也闻到了空气中的玫瑰香气，被风吹来又吹散。

“可以睁开眼睛了！”陆景禾喊道。

随后，他点燃烟花，在一片璀璨中，捧着玫瑰向她跑来。

烟花燃尽，他的告白终于说出口：“叶南星，我喜欢你。我们在一起，好不好？”

叶南星不过沉默了几秒钟，陆景禾就已经紧张得前言不搭后语：“你要是不答应的话，我就不带你下山。我们就在山上住下，没有人能打扰到我们。”

等叶南星眯着眼睛看他，他又结结巴巴地道：“你要是不喜欢这种告白方式，我下次再换一种。这次的拒绝不算真的拒绝。”

叶南星忍不住笑了：“哪有那么多独角戏给你唱。”

陆景禾有些心虚地挺直了背：“我就是紧张。”在爱的人面前，所有的底气似乎都不足以抵抗自卑。他站在她的角度权衡利弊，远在国外的自己并不是男朋友的最佳人选。

叶南星深吸了一口气。

她有很多话想说，比如他们在一起会遇到许多阻碍——家境、距离和不确定的未来，可没有人能拒绝捧着真心奔赴而来的爱人，在烟花与玫瑰面前，理智比晚风更易消散。

她握住他紧张到冒汗的手，坚定地说：“我也喜欢你。”

8 你后悔吗，陆景禾？

两人在一起后的每个长假，陆景禾都会回国与她见面。

叶南星觉得他太过奔波劳累，也不利于完成学业，他却满不在乎地藏起自己手上的厚茧，笑嘻嘻地说：“放心吧，我有分寸。”

他知道她的担忧，也想用自己的方式让她对这份情感放心。

可除此之外，因为距离与时差，两人的交流少得可怜，忙起来时就像不在同一时空，连发出的爱意都要延迟几日才能得到回应。

比起陆景禾的主动，叶南星并没有过多地参与他的生活。在一起的第二年，她好不容易下定决心去美国给他过生日，却被一项关键实验困在学校。

对于她的失约，陆景禾几乎掩饰不住自己的失望。

再热烈深刻的情感得不到回报，也会有倦怠的时候。

当晚，叶南星处理完繁杂的数据，就看见他在朋友圈发了数条生日聚会视频。她逐一点赞，直到看到一个他人录的小片段才停了下来。

似乎是刚演奏完，陆景禾眼底尚有残留的深情。他将钢琴旁的女生牵出来，两人携手谢幕时相视而笑，像极了偶像剧里的男女主角。镜头猛烈晃动，拍摄者随着人群拥向陆景禾，众人叫着“kiss her”。

似乎受到了鼓舞，那个女生忽然凑近陆景禾，笑得自信又张扬：“真的不考虑和她分手，和我在一起吗？”

叶南星将视频看了好几遍，忽然想起自己见过这个女孩——宋予玥，陆景禾的青梅竹马。高三时，回国休假的她受陆家所托，来学校给陆景禾送东西。她笑容明媚、姿态大方，轻松俘获了看热闹的人群。

面对大家的调侃，陆景禾十分无奈地解释：“我连她小时候哭出鼻涕泡的事情都记得，怎么可能跟她在一起？长辈就是喜欢一头热。”

叶南星点开与陆景禾的聊天界面，却不知道该说什么。她机械般再点进去，那个视频已经被删掉了。随后，陆景禾的语音电话打了过来。

生日聚会的喧闹声透过手机传到叶南星耳边，她走到操场上，任由清冷的月光将自己掩埋。她握紧手机，故作冷静地寒暄：“你后悔了吗？”

“什么？”

“后悔和我在一起？”

陆景禾的确后悔。他后悔自己酒意上头，听从宋予玥的建议发出了那个仅叶南星可见的视频。他只是生气她失约，也想让她更在乎他一点。

宋予玥并不喜欢他，只是“人来疯”，镜头转开后，她就笑着扑进了男朋友的怀里。

陆景禾压下心中的慌乱，将自己幼稚的想法和盘托出后，忍不住问道：“那你呢？后悔吗？”

“我怕你后悔。”叶南星说完，沉默了很久，泄露出一丝脆弱，“毕竟，我不够爱音乐，不够幽默，不够热情。我还失约了，连为你过生日都做不到。”

“所以，你不后悔。你还是很喜欢我。”陆景禾一下子抓到了重点，热腾腾的醉意上涌，语气开始上扬，“我大概是个坏蛋，看到你为我难过，我高兴得不得了。”

陆景禾说：“叶南星，你再等等我。我会更加努力，尽快回到你身边。”

尾声

叶南星在A大攻读硕士研究生的第二年，陆景禾终于学成归来。他首次面试便成了，成了A城歌剧院交响乐团的一员。两人结束了“异国恋”，正式进入热恋期。

又过了一年，叶南星进入A城植物研究所工作，有了更多的时间与陆景禾相处。

与此同时，陆景禾家里开始给他施压，要他回归家庭——即便不想回去继承家产，也该找个时间把婚期定下来。

陆景禾一直没有表态，直到他的首场大提琴独奏音乐会日期定下来后，才神秘兮兮地对叶南星说，音乐会结束以后要给她一个惊喜。

从年少到现在，某个人的心思一如既往地好猜。

叶南星心知肚明，但没有戳破，甚至万分期待这场音乐会的到来。只可惜，真到了那一天，她因出差被困在山间瑟瑟发抖，一分浪漫也无。

可能这就是人生吧，总有不期而遇的遗憾。

春雪停歇的第六天，因山体滑坡堵塞的山路终于恢复通车。第二天中午，叶南星向新安村一众村民辞行，准备孤身踏上回去的路。

她刚发动车子，就看见一辆熟悉的越野车从枝繁叶茂处转了进来。看见她后，陆景禾帅气地敬了个礼：“班长，我来接你了！”

叶南星失笑，帮着他把车上的书本和棉服分给村里的小朋友后，看着眼前的两辆车感慨道：“你这叫什么接我，还得我自己开车。”

陆景禾挠了挠头：“搞根拖车绳？”

他也知道不可能，说完便傻乎乎地笑了起来：“我只想早点见到你，哪考虑那么多。”

叶南星忍不住跟着笑了。趁着没人注意他们，她紧紧地抱住他，喟叹道：“我也好想你。”

春光正好，漫漫山路，他们慢慢行。

此后岁岁越春寒

✽ 柒时微

1

姜穗岁万万没想到能在敦煌遇见她大学时代仰慕的学长宋淮景，而且是以如此狼狈的姿态。

彼时的姜穗岁拿着鞋袜，金鸡独立在水池给烫伤的脚冲凉时，一袭黑衣的少年火急火燎地朝她奔来，与这漫天的黄沙有些格格不入。

少年喘息得脊背上下起伏却不显狼狈，递过一个塑料袋："这是治疗烫伤的药膏，对不起，如果不是我刚刚碰到你，你也不会打翻汤面。"

"谢谢，"姜穗岁呆滞了片刻后解释，"是我端起面时没拿稳烫伤的，和你没有关系。"

自从宋淮景毕业后，就有不少关于他去向的传闻，有人说他去国外深造了，有人说他去了顶尖的美术工作室，可谁也没料到他竟然在敦煌。

接过药膏，姜穗岁坐在旁边的石凳上擦药，因为紧张在挤药膏的时候没有拿捏好力度，长条的药膏一下子喷涌而出。

姜穗岁原以为他会离开，可当她抬眸时发现他还在身侧，不禁露出窘迫的笑。

见状，宋淮景真诚道："抱歉我不是故意偷窥你的，只是想等你上完药再离开。如果你不介意的话，我来帮你涂吧？"

少年的眼睛澄澈透明，姜穗岁好似被蛊惑般鬼使神差地点了点头。

他拿酒精棉轻柔地擦拭伤口后又用棉签小心翼翼地涂抹着药膏，细心包扎，温热的指尖掠过她的皮肤，白皙的脸庞瞬间染上了绯红。

过了片刻，宋淮景包扎完毕，正当姜穗岁要开口感谢时，突然被一阵急促的电话铃所打断，似乎宋淮景遇到了什么紧急事。

"抱歉，我工作上遇到了紧急的事情，"宋淮景把药膏放到姜穗岁的掌心，走之前还不忘叮嘱，"这几日千万不要碰水。"

望着他急匆匆离去的背影，姜穗岁盯着掌心的药膏开始傻笑。

片刻后她又有些惆怅，喃喃道："只可惜以后不会再见了。"

但没过一周，她就被自己啪啪打脸。姜穗岁在伤势有所好转后就立刻前去敦煌研究院报到。

在馆长的带领下姜穗岁来到其中的一个美术工作室，推门而入，熟悉的面容猝不及防地闯入她的视线，居然是宋淮景。

正当她错愕之时，正在画稿前临摹的宋淮景察觉到了什么，转身时目光不偏不倚地落在了她身上，他手上的动作一顿："是你？"

馆长见两人认识，就把带姜穗岁学习的任务塞给了宋淮景。

"你脚上的伤好些了吗？"

姜穗岁没想到他还记得自己的伤势，连忙道："已经没事了。对了，忘了自我介绍，我叫姜穗岁，为了完成我的毕业论文前来敦煌学习。"

"我是敦煌研究院美术工作室的馆员，我叫……"他正介绍道。

还未等对方开口，姜穗岁抢答道："宋淮景，我知道你的名字，你不知道我们私下都称你'神来之笔'。"

闻言，少年的神色并未有出乎意料的欣喜，而是掺杂着说不出的情绪。

2

接连好几日姜穗岁都跟在宋淮景身后学习，与其说学习不如说单方面观赏他临摹壁画。

工作室的工作量庞大且复杂，宋淮景几乎每天都扑在壁画上，一旦进入工作状态，他就变得精神紧绷，和平日判若两人。

一开始姜穗岁还以为宋淮景只是忙碌而已，但经过几日的观察，她发现宋淮景一直逃避指导她学习，甚至提出要其他人带她。

直到那件事的发生，姜穗岁才知晓了端倪。

某日清晨，还没等姜穗岁踏进工作室，就从门后传来了刺耳的斥责声："淮景，你来研究院也有一年了，为什么还会发生上错颜料的事？"

姜穗岁辨别出那个声音来自美术工作室的负责人，片刻之后，对方无奈地叹了口气道："你这几日手头的工作先停一下，等调整好状态再继续。"

身为宋淮景的迷妹，姜穗岁深知以他的水准绝不可能犯这种低级错误，太过担心于是向馆长要了他的地址，拿到后才发现原来他和她住在一栋楼里。

在见宋淮景前，姜穗岁打了八百字的腹稿安慰他，可当姜穗岁真的见到他时满脑子空白。

彼时的宋淮景面容苍白，眉眼之间染着倦色，顶着乱糟糟的头发，浑身上下充斥着颓态："你怎么来了？"

"我……"姜穗岁灵光一闪，道，"我来敦煌那么久还没去过鸣沙山，你可以当我的导游带我去玩吗？"

话音刚落，宋淮景却作势要关门，眼疾手快的姜穗岁一把抓住宋淮景的手："我不会让你免费当导游的，我……"

正当姜穗岁想破脑袋如何贿赂宋淮景时，头顶传来一阵轻笑："我没有不答应你，我只是想换套衣服。"

抵达鸣沙山时已是下午，姜穗岁铆足了劲儿带着宋淮景四处游玩。

在悠悠驼铃声中，两人骑着骆驼环绕沙漠，骆驼停至城门口后，姜穗岁又带着宋淮景在城内闲逛。虽然这一路宋淮景一直在配合着姜穗岁，可她并未察觉到他有半分的喜悦。

"你等一下，我给你准备了一个惊喜表演。"说罢，等宋淮景回过神来，已经没了姜穗岁的人影。

片刻后，姜穗岁身着明艳的飞天汉服朝宋淮景奔来，朱红色的披帛在风中起舞摇曳，她笑得明媚："这身衣服像不像石窟壁画上的敦煌飞天？"

为了显得形象更加逼真，姜穗岁还特地向租服装店的老板借了琵琶模型，她不停地摆动造型可总觉得自己是在东施效颦："我这样是不是很滑稽？"

站在一旁的宋淮景见姜穗岁如此卖力，扑哧一笑："飞天壁画里的琵琶是反弹的。"

倏地，一股熟悉的气息缓缓靠近，她下意识地后退时，手肘却触及结实的胸膛，她一转身，与宋淮景四目相对，他嘴角噙着笑，两手轻柔地捏着她的手腕教她动作："不滑稽，反而显得有些……"

他一顿，轻笑道："可爱。"

一句话搅得她平静的心池泛起涟漪，她呼吸一滞，手上的琵琶差点滑落。

3

归家时两人已身披漫天星光，姜穗岁低着头蔫蔫地说："对不起，让你浪费一天时间。"

彼时宋淮景突然停下脚步，一本正经道："不，该道歉的是我，我知道你今天一直使劲想办法让我开心，可我还是扫了你的兴。"

姜穗岁踟蹰良久才开口："学长，可以告诉我你的心事吗？"

她怕宋淮景会内心不适，又补了一句："我只是想帮你，没有恶意。"

宋淮景愣了一下，他从小到大成绩优异又能力出众，大部分情况下都是他慷慨援手，这是第一次有女生主动向他伸手，说话小心翼翼生怕伤了他的自尊心。

"其实一开始我有别的打算，但因为一些特别的原因来了这里，"他的身上蒙着一层灰，"我没你想的那么厉害，我的能力远不及其他人，所以不是我不想带你，而是水平不够。"

语毕，姜穗岁皱着眉头一脸严肃地批评道："宋淮景，你怎么能小看你自己？"

其实宋淮景的能力并不差，只是与其他经验丰富的画师相比略逊一筹。

为了打开宋淮景的心扉，她选择了自己的方式："宋学长，你可以教我临摹吗？"

身处黑暗中的宋淮景缓缓走到光下，柔和的月光洒在身上，扫清眉眼之间的阴霾，他沉声道："好。"

宋淮景果然说话算数，复职之后一直带着姜穗岁，面对她的好奇与提问，他向来知无不言，今日得闲领着她前往石窟参观。

一进入石窟，姜穗岁就被它的神秘和庄肃的壁画抓住了所有的注意力，石壁上的图案栩栩如生，千年不枯的笑容让她梦回千年前繁华的古都。

"为什么壁画会出现大面积的黑色，这该怎么复原？"姜穗岁盯着壁画突然问道。

临摹分很多类型，而宋淮景做的是其中最复杂的复原临摹："这是现在复原临摹面临的最难的问题，有些矿物质颜料不易变色，而含有汞硫等的颜料会随着时间的推移氧化发黑，而我现在要做的就是尽力去还原千年前的原貌。"

姜穗岁知道要完全还原并不是一件简单的事情，需要翻阅大量的文献和壁画，将不同朝代的画法烂熟于心，大到建筑小到人物表情都要静心感受，绝不是单纯复制那么简单。

"学长，那幅怎么像缺了一块？"姜穗岁指着壁画上残缺的一块不解道。

闻言宋淮景的脸瞬间冷了下来，拳头紧握语气夹杂着愤懑："那是 1924 年美国文物贩子为了盗取洞窟壁画，用了化学胶布粘走了这幅壁画最精彩的部分，还有其他十几幅壁画也未能幸免。"

宋淮景告诉她，在这位盗窃贩子之前，洞窟里的大量文物经书都已经被王圆箓卖到了国外，所得的钱财用来修缮洞窟。

虽然现世无法评价他的好坏，但却是因为他，敦煌的文物流落在外，为了研究文物，不少人奔波国外，忍受千般刁难眼观手抄将摹本带回中国。

这是姜穗岁第一次对敦煌产生肃然的敬意。

从石窟里出来时，太阳躲在了厚重的云层下，冷风衬得他的背影如纸薄，他难掩失落："你觉得我有能力守护石窟吗？"

"当然，因为你是宋淮景呀。"因为你是宋淮景，所以，无论你做什么，我都无条件相信你。

她的话不知施了什么魔力，蓦地，一道道暖橙色的光罩在他们的身上，一抬头，原来是太阳钻了出来。

姜穗岁的笑胜过明媚的阳光："你看，就连太阳都给你捧场了。"

就在这一刻，心动二字第一次以动词的形式降临在他身上。

4

除了临摹，敦煌研究院还会举办一些文化展览，工作人员会把珍藏的文物和一些临摹的作品拿出来供游客参观。

在前期准备展览时，工作人员会先决定要展示哪几幅画作，姜穗岁觉得这是一次不容错失的机会，于是鼓励宋淮景把刚完成的画作拿过去试试。

一开始宋淮景并无这个打算，但在姜穗岁软磨硬泡下，他还是提交了申请。

不出姜穗岁所料，宋淮景临摹的《观无量寿经变》被选为这次展出的临摹画作之一。

“我就说学长你的作品肯定会被选中吧，”姜穗岁扬着脸笑道，“我申请了展览的志愿者，你也一定要来哦。”

宋淮景见名单上果然有自己的名字，眼底划过一丝惊喜，故作矜持：“如果有空我就去。”

展览那日姜穗岁穿着红色小马甲，在宋淮景的画作附近来回踱步，眼神直勾勾的如一只老鹰，可直到展览快结束都没等到她的猎物。

正当她出神时，有一对情侣站在了这幅画前，姜穗岁忙不迭地开始讲解：“这幅图画来自莫高窟的112窟，是观量……观无寿。”

明明刚才讲解时那么顺利，这一次却不知为何打了磕巴，欲哭无泪的她只想找个地洞钻进去。

“是《观无量寿经变》，画中主体是极乐世界，中部七宝池殿前的伎乐反背琵琶，踏足而舞，是敦煌壁画中很典型的飞天代表。”宋淮景不知从何处冒了出来给她解围。

宋淮景的介绍引人入胜，小情侣听完之后赞不绝口。姜穗岁听罢满脸写着自豪，毫不掩饰地在他们面前吹宋淮景的彩虹屁。

展览结束后，宋淮景从口袋里取出一包糕点递给姜穗岁，道：“饿了吧，给你买的，这是敦煌当地美食，油糕。”

姜穗岁取出一块咬了一大口，眉眼弯成一座桥。

“谢谢你，”若不是宋淮景一直隐匿在暗处，他就不会知道每逢一个游客，姜穗岁就不厌其烦地向对方夸赞自己，“在你眼里，我真的这么厉害吗？”

姜穗岁点头如捣蒜道：“你画的飞天是我觉得最好看的，你可是我心里最耀眼的星星。”

“可我见过比这更好看的飞天。”宋淮景嘴角一弯。

听罢姜穗岁满脸写着好奇：“更好看的在哪里？”

这下宋淮景卖起了关子：“远在天边。”

下一句话便是近在眼前，姜穗岁脑海里突然闪过上次扮飞天的画面，倏地脸颊羞红。

就在她胡思乱想之时，宋淮景突然郑重道：“穗岁，因为你，我才会发亮。”

宋淮景明白星星本身并不会发光，因为反射太阳的光线才会发亮，对于他而言，姜穗岁便是太阳般的存在，照耀他，温暖他。

姜穗岁也以为自己能够一直陪伴在宋淮景身侧，可还是发生了意外。

5

在敦煌研究院的日子除了学习和写论文，姜穗岁还会自己练习临摹壁画，可今日白描时总感觉不尽如人意，于是她找了宋淮景帮忙。

宋淮景示范了几次，可姜穗岁依然找不到感觉。

正当姜穗岁耷拉着脑袋嫌弃自己笨时，一双温暖的大手裹住了她的小手，宋淮景极为耐心地说道：“没关系，我来教你。”边说边握住她的手在画纸上一笔一画描摹。

他温热的气息喷在姜穗岁的耳廓，有些酥痒的感觉，她的心跳不禁漏了一拍，正当出神时，宋淮景忽然接到一个电话。

他看了一眼姜穗岁，道：“你的基础不差，再多练练，我先接个电话等会回来。”

得到了赞扬的姜穗岁眼里冒着星光，在来之前她其实偷偷干了一件事，在宋淮景的鼓励之下，她决定告诉他。

当宋淮景回来时，姜穗岁迫不及待道：“我向馆长申请了留任，等我毕业后，我也是敦煌研究院的一员了。”

可宋淮景并未多欣喜，他垂着眼，声音低沉不辨情绪：“穗岁，你不适合留在敦煌，你应该去完成你的梦想。”

这句话犹如一盆冷水灌顶而下，她脑子突然一片空白。

为了给宋淮景惊喜，她特地向馆长提交了留下来的申请，结果等来的却是这句话，她失落道：“你这是要赶我走吗？”

眼眶泛起一层雾气，她还没等到宋淮景的答案便仓皇地逃离了现场，因为她害怕知道答案，所以选择逃避。

半夜，躺在床上的姜穗岁辗转难眠，宋淮景的那句话犹如幻灯片不断重复循环。

倏地，她听闻卧室外传来沙沙声，赶忙起床前去查看，原来是夜里起了大风，风中夹杂着大量的黄沙吹入屋内，她客厅里遍布沙粒。

为了避免沙子入侵，她只好找遮盖物去填补窗户间的缝隙，可是风愈加猛烈地拍打玻璃窗，缝隙还未补完姜穗岁的房间就传来一声惨叫。

等她回过神时，听到门外传来了一阵急促的声响。

一打开门，一抹熟悉的身影闯入姜穗岁的视线，他一眼就看到了姜穗岁手背上的伤口，焦急问道："你手怎么了？"

这栋宿舍楼年久失修，隔音又差，宋淮景听到姜穗岁的尖叫声后立刻赶了过来。

"玻璃窗被风吹裂了，掉下来时不小心划到了我的手。"姜穗岁抿了抿唇道。

"跟我过来。"宋淮景道。

姜穗岁觉得自己很没骨气，明明还在和宋淮景怄气，但还是像个听话的小狗跟在他的身后。

到了他的宿舍后，他立马拿出医药箱给姜穗岁上药："小心一点，画家的手是很宝贵的。"

上完药之后，宋淮景给姜穗岁准备了一床新的被褥，他担心晚上玻璃窗又会破损，于是让姜穗岁暂留他的宿舍。

躺在绵软的床上，枕边还残存着宋淮景身上淡淡的气息，不知为何她突然冒出一股勇气坚定道："我是不会走的。"

盘坐在沙发上的宋淮景无奈地叹了口气："我今天接到了你导师的电话，他说你提交的英国皇家艺术学院的申请已经通过，他想让你毕业后就去国外深造。"

姜穗岁的导师曾是宋淮景的大学教授，他一向热爱敦煌文化，所以得知宋淮景去了敦煌后一直有联系。自从姜穗岁去了敦煌，导师偶尔还会向他询问她的近况。

"那你呢，你也想要我离开吗？"

6

那天夜里，姜穗岁始终没能等到宋淮景的答案。

翌日清晨，等她醒来时，宋淮景已不在屋内，她想到昨晚他的话，立马打电话向导师求证。

姜穗岁这才知道导师并未替她做决定，建议她出国深造是宋淮景的想法，一想到宋淮景连个选择都不给她，她不禁有些生气。

教授叹了一口气，把事情的来龙去脉告诉了姜穗岁。

原本宋淮景毕业之后是打算去国外继续深造的，可他在敦煌研究院的母亲因为一场意外，右手受伤再也无法提笔画画了。

他的母亲大半生的心血全耗费在了敦煌壁画之上，自此之后每日都活在颓靡之中，嘴里念叨的仍是她未完之作。宋淮景担心母亲的精神状况，接替她的责任，守在敦煌。

专业上的跨度，加上背负的沉重压力，他虽能力出众，但对自己要求极为严苛。再优秀的人和经验老到的临摹师相比，还是会有些差距，所以第一年的宋淮景过得格外难熬。

闻言，姜穗岁放下电话一路朝着工作室狂奔，见到宋淮景之后不顾气喘吁吁的自己道："我听……教授说了，我知道你为什么想让我走了。"

宋淮景愣了一下："我放弃了我的梦想，我不想你和我一样。"

原本还阴郁的脸顿时放晴，原来宋淮景并不是想赶她走："想和你一起留在敦煌是我现在的梦想。"

宋淮景的眼神有些动容，一股冲动的念头涌上心头，就在他差点答应时，理智还是把他拉了回来："冲动的时候不能做任何决定，两年后你完成学业，如果仍然想来敦煌，我随时欢迎。"

彼时的宋淮景很难把握姜穗岁是因为他，还是因为真的热爱敦煌才想留下来，他害怕有一天她会后悔。

原以为姜穗岁会知难而退，可谁知她却欣然答应。

分别的前夜，姜穗岁拉着宋淮景去了鸣沙山最高的沙丘一起看星星。

冷风中，姜穗岁冷得止不住发抖，宋淮景脱下外套披在她的身上："冷的话我们就回去。"

可姜穗岁摇了摇头："明明说今晚有流星的，我要等等。"

陪姜穗岁等了许久，流星却迟迟没有现身，担心她感冒的宋淮景问："你为什么非要见到流星？"

"我有愿望想要流星帮我实现。"明明这方法不科学，可姜穗岁却执拗地相信。

宋淮景拿姜穗岁没办法，趁她不注意的时候偷偷溜走了，片刻后姜穗岁才发现他人不见了。

正当姜穗岁失落时，突然听到"砰"的一声，她一抬头，盛大的烟花好似千万颗颜色各异的流星在黑暗中划过。

身后传来熟悉的声音："既然等不到流星，那就用这个代替吧。"

姜穗岁生怕下一秒烟花会消失，立马闭上眼双手合十许愿。

见姜穗岁如此虔诚，一向不信这些的宋淮景竟也跟风起来。

"宋淮景，我们两年后见。"姜穗岁的眼睛里倒映着星星点点的烟火，亮铮铮的，无比坚定道。

她明白如若自己执意留在敦煌，自此之后他都会心怀歉意。与其两人都不快乐，不如就连带着宋淮景的那一份梦想一起实现。

7

英国的气候与敦煌大不相同，初来时，姜穗岁有些难以适应，那时宋淮景还会关切地询问她的近况。

后来国家开发了一种新的虚拟技术"数字敦煌"，用来保护日渐消弭的敦煌文化，而宋淮景也投入其中，两人愈来愈忙，联系逐渐减弱。

来英国的第二年冬，不知为何姜穗岁突然患上了重感冒，连着吃了好几日的感冒药也无济于事。

感冒这几日过得格外昏沉，姜穗岁经常忘记做了什么事。

若不是她的中国室友连发了好几条微信，她压根不会记得前天半夜里给宋淮景打了视频通讯。

就算姜穗岁想破头也想不出那晚到底说了什么，时隔几日再去问宋淮景又格外尴尬，对话框编辑了几次，删删减减后最终还是没问出口。

自那日之后发生了好些奇怪的事情，她的宿舍里莫名其妙出现了许多中国牌子的感冒药，问她的室友，说是她出国时带的。

当她饥肠辘辘时，明明对做菜一窍不通的室友突然准备了一大桌中国菜请她吃，甚至还有敦煌的小吃油糕。感冒时的她对外国菜食之无味，因此消瘦了不少，一见到家乡菜立马眼睛发光大快朵颐了一番。

时常做梦，梦到宋淮景的身影，在梦中拉着他的手，像个三岁小孩般耍无赖不让他离开。

在室友的照顾下，姜穗岁的感冒日渐好转，而伦敦难得迎来了阳光明媚的天气，她打算外出散散步。

不知不觉间，姜穗岁走到了大英博物馆外，虽然多次路过，她却从未进去过，今日她鼓起勇气踏了进去。

馆内陈设了许多中国的文物，包括来自敦煌的壁画，看着眼前自己国家的文物流落他乡，姜穗岁更加确信，自己的决定不是一时冲动。

彼时一位儒雅的老先生走了过来，对姜穗岁道："刚刚也有一个小伙子望着这幅飞天壁画站了很久，他说终有一日这些文物都会回家，我老了，这个重担就托付给你们年轻人了。"

老先生是文物研究学者，为了这些失散在国外的文物，年轻时不断在异国奔波做研究，老了仍挂怀这些文物。

"你刚说的小伙子现在在哪？"姜穗岁迫不及待地问道。

老先生指了指出口，捋着胡须走开了。

等姜穗岁赶到外面时，街上一个中国人都没有，落寞道："肯定是我想多了，宋淮景怎么会出现在这里。"

8

"穗岁，不好了，敦煌发生地震了。"当室友告诉她这个消息时，她立马放下了手上的画笔，拿起手机点开国内新闻。

敦煌地震的新闻上了微博置顶，看到消息时，姜穗岁整个脑子几乎炸了，她顾不得一切连忙订了回国的机票。

“你这么着急是不是因为那个人啊？”室友一脸八卦地看着姜穗岁，拍了拍她肩膀说，“我会替你向教授请假，你路上注意安全。”

闻言姜穗岁有些疑惑，她从未和室友提及宋淮景，难道是感冒时迷迷糊糊说的？她来不及细想，就提着行李飞回了国。

好在这次地震级数并不大，研究院的位置离震源也有些距离，并未受很大的波及。到了那姜穗岁才知道宋淮景被派往了灾区。

震源所在处是一个偏僻的县城，那里大多是留守儿童和老人，缺少志愿者，所以宋淮景得知这个消息之后立马前去支援。

连着赶了十几个小时路的姜穗岁知晓后又马不停蹄地赶往了灾区，遍寻了每个安置点都未找到宋淮景的下落，她急得快要哭时，倏忽间地面开始晃动。

“小心。”姜穗岁被一股大力拽入温暖的怀抱中，避开了废墟旁滚落下来的砾石。

宋淮景愠怒道：“这里这么危险，你为什么要过来？”

这是姜穗岁第一次见宋淮景生气，她低着头委屈道：“我看到新闻上说地震了，担心你就过来了。”

看到他手上划伤了一道口子，殷红的血珠往外冒，姜穗岁担心道：“你手受伤了，我带你去处理下。”

怕姜穗岁担心，宋淮景立马把手藏到身后，板着脸道：“小伤而已，没有关系，你快回去。”

“是谁和我说，画家的手最珍贵。”在姜穗岁的坚持下，宋淮景处理好了伤口。

春寒料峭，姜穗岁吹了一阵冷风就开始喷嚏连天。

“这么大人了还不会照顾自己。”宋淮景嘴上嫌弃，但手却无比听话地把大衣脱下来，披在姜穗岁身上。

姜穗岁吸了吸鼻子，一副得了便宜还卖乖的表情道：“有你不就行了。”

她把冻得通红的手塞在口袋里时，突然摸到了一张纸，她好奇地从口袋里拿出，发现竟是一张一个月前飞往英国的机票。

顿时姜穗岁好像如获至宝：“你是不是来英国找我过。”

这下姜穗岁才恍然大悟，原来感冒时莫名出现的药和美食都来自宋淮景的手笔。

宋淮景点了点头，没想到秘密还是不告而破：“我不敢去打扰你的生活，所以让你室友替我打掩护。”他怕打破姜穗岁平静的生活，更怕许久不见的她身旁已有了别人。

“你为什么会来找我？”姜穗岁知道那个时候正是宋淮景最忙的阶段，实在是想不通他为什么不远千里赶来。

宋淮景贴在她的身侧耳语道：“因为……我也是。”

眼前这个一脸疑惑的少女或许永远不会想起那个夜晚，他刚刚下班就接到了她的越洋视频。

视频那头的画面一团漆黑，宋淮景一开始还以为是姜穗岁不小心拨错了，正要挂断时，那头传来重重的鼻音迷迷糊糊地喊着：“宋淮景，我好想你，你也想见我吗？”

他想见她，所以他来了。

在寒风的洗礼下，这下轮到宋淮景打喷嚏了。

姜穗岁眼疾手快，猛地把宋淮景拽入大衣中。

回想上次在寒风中哆嗦时，还是她执意要等流星许愿那次：“你还记得我之前许的愿吗？马上就能实现啦。”

宋淮景没有接话，这下揪起了姜穗岁的好奇心：“宋淮景，你许的是什么？”

半晌宋淮景才沉声道：“岁岁平安。”

姜穗岁调侃道：“宋淮景你好贪心哦，每一年都平安，那你之后都不用许愿了！”

她的脸贴在宋淮景温热的胸口，耳畔传来剧烈的心跳声，一时之间竟难以分辨出是谁的心跳。

“穗岁是你。”

后来，宋淮景对着流星许愿时，他的愿望从未变过。

半年后，三危山下，戈壁滩上，有一少女朝着少年奔去，掀起漫天黄沙，仿若初见：“宋淮景，我来赴约啦。”

守护敦煌，亦守护你。世上许诺之人千千万，可守诺之人不及十一，幸好她是少数。

玫瑰七号线

✲池薇曼

1

晚上快九点，我接到一通陌生电话。

“程老师，你能来一趟吗？”

我认出这道声音的主人，叫陆逢昔。

我在穗森高中担任心理辅导老师。心理问题不该讳疾忌医的时代，纵使学校一再鼓励，大多数学生仍怯于来咨询室求助。与多数人不同，陆逢昔属于积极求助的类型，最近来咨询室找过我几次。

他说他在便利店买东西，结账时从包里掉出一盒巧克力，被老板怀疑拿了店里的商品，要求通知家长。

这种情况我本该让他联系监护人或者班主任，但作为心理咨询师，我不想破坏他对我的信任。

我匆忙赶往他说的地址。

见到我，陆逢昔的双眼一亮，喊道：“程老师。”

我点点头，示意他别紧张，跟老板协商调监控。

对方不耐烦地丢给我一盒巧克力，说：“东西就在这里，看什么监控？”

那是某牌子春季限定的樱花口味巧克力。我翻了一遍店里货架上剩余的巧克力，跟手上这盒对比后，提出疑问：“这盒跟你店里的生产批次不一样。”店里同款巧克力都是同一生产日期。

经过一番交涉，老板总算同意放人了。

走出便利店，陆逢昔恢复灿烂的笑，说：“程老师，谢谢你相信我。如果是我爸来，估计立刻赔钱了事。”

关于他包里的巧克力，我大致有头绪。这天是白色情人节，多半是学校里的女生悄悄塞进他包里的。

我看了一眼时间，快深夜十点了，于是说道：“这么晚了，我不能放你在外面游荡，让家长来接你。”

听到“家长”二字，少年像被踩了尾巴的猫，很不情愿地问：“叫我哥可以吗？”

我有些意外。陆逢昔每次找我，话题都围绕着他哥哥。从有记忆起，他就被父母教育，要以优秀的哥哥为榜样。成绩、特长，甚至衣着打扮，他都得参考哥哥。这样的生活让他喘不过气来。哪怕哥哥对他很好，他也总忍不住恶言相向，以此发泄心中的不满。哥哥总是一笑而过，让他越发自责，也因此对哥哥的态度更恶劣了。

这或许会成为修复他们兄弟关系的契机。我点头道："等你哥来了，我再走。"

陆逢昔的哥哥来得很快。

看见我，他的眼中闪过错愕，道："程镜伊？"

适才陆逢昔给我看了他哥的照片，我惊讶过了，此时故作平静地道："好久不见。"

陆时予提出先送陆逢昔回家，再送我回去。我接受了他的好意。

路上，陆逢昔不停地说着学校里的笑话。陆时予的嘴角始终保持着上扬的弧度，认真地听他说话。

他们兄弟的关系似乎不如陆逢昔描述得那么紧张。

陆逢昔下车后，我让陆时予送我回学校。下午我给学生做心理辅导忙得太晚，接到他电话时，还在赶心理咨询室公众号要发的稿子。

"今天白色情人节，"等红灯时，陆时予瞥了一眼路边人行道上卖花的小贩，似笑非笑地从后视镜看我，问，"程老师有收到花吗？"

"学生送了。"

"还有呢？"

"没有。"我对他的追问感到不悦，反问，"怎么？你打算送我？"

他问："你会收吗？"

这回，轮到我接不下去了。

2

车停在校门口，陆时予发话了："你上去收拾一下东西，我送你回家。这个点让你一个人回去太不安全，做不完的工作带回家处理就是。"

平时学生遇到问题，我总能提供各种解决方案。可在陆时予眼里，我仿佛还是十七岁时处处需要他操心的笨拙少女。

这让我心生挫败感，于是我强调："我就是这么打算的。"

"我跟你一起去。"他解开安全带，说，"给你开路。"

教学楼通往校门口的路两边种满了细叶榕，繁茂枝叶，挡住了路灯，一到晚上就黑黢黢的，很瘆人。比起走夜路，我更怕树上掉下来的毛毛虫。

第一次中招时，我尖叫出声，把走在旁边的陆时予吓一跳，他说："镜伊，你的叫声跟尖叫鸡一模一样。"

为免受我的魔音荼毒，此后下晚自习，陆时予总走在前头给我开路。

有时候，他会故意停下来，等我不注意撞到他背上，然后故作痛苦地问："镜伊，你练过铁头功吗？"

这时，我总会踩他一脚。

这样无聊的事，他乐此不疲。

闲聊间，陆时予忽然感慨："镜伊，没想到你会成为心理咨询师。"

他言辞间颇有物是人非的意味，我扯出一个公式化的笑，说："我们还有公众号。现在是我负责更新，你有兴趣可以看看。"

我本是随口说说，隔天陆时予来加我的微信，我随口问他从哪里得知我的号码。

他答："在公众号上看到的。"

比起直接来咨询室，更多学生倾向于发短信匿名找我倾诉烦恼，所以我干脆在公众号的文章末尾附上了手机号码。

陆时予说他打算拍一组参赛作品，问我有没有时间给他当模特。每个摄影师都有自己的讲究，有的从不拍人，而他喜欢拍人。高三时，我就给他当过模特。

我沉吟片刻，答应了他。

到了周末，陆时予来接我。

他将拍照地点定在植物公园，设备依旧是高中时的那台老相机。

陆时予曾跟我说，胶片才能拍出灵魂，洗照片这道工序，则是赋予照片灵魂的仪式。我不懂摄影，但确实能从他拍的照片里，感受到一种神奇的感动。

春意盎然，公园人来人往。

一路上陆时予拍了不少照片，我问他："人这么多，你能拍到画面吗？"

“我想拍春天，人群是春天的一部分。”他捡走落到我发梢的花瓣，说，“而你，是春天最明亮的一部分。”

我看到他眼里自己渺小的倒影，阳光落满他的眼，连同我也发着光。

我们走累了，在草坪稍作休息。陆时予铺好野营垫，我带了自制的三明治和红茶，打算来一场简易的野餐。

我给陆时予倒茶，有人过来打招呼。

“陆时予？果然是你。好巧，我跟老公出来玩。”女人注意到我，八卦地问道，“程青蕾还是那么漂亮啊？你们打算什么时候结婚？记得请喝喜酒。”

那件事以后，父母将我接到国外。我听说，陆时予跟青蕾去的同一所大学，而这是他曾跟我约好的。

滚烫的茶水满溢而出，陆时予抢过我手中的杯子放到一边，问：“烫到了？”

这时对方看清我的脸，惊觉认错人，她表情尴尬地说：“我们先走了，改天再聚。”

她走后，陆时予补充道：“刚才是我的大学同学。”

我“嗯”了一声，他拉过我的手，将湿巾压在我烫红的手背上，解释道：“我跟程青蕾没有什么……”

我的右耳忽然传来轰鸣声，像一场海啸，医生说这是后遗症，心理压力过大时就会出现。

我听不见他说什么，等折磨人的巨响过去，才艰难地开口说：“大二时，我去你的学校找你，看到你跟青蕾在一起。”

他敏锐地联想到什么，忙问：“所以你突然换掉号码，人间蒸发？你为什么不直接问我？”

“因为我很久没见过她那么开心的样子，我不想破坏这一切。”我避开他的目光，继续说，“你们在一起很般配，连你的同学都这么觉得，不是吗？”

“你的意思是，你消失是为了把我让给她？”陆时予盯着我，忽然笃定地说，“镜伊，你不会这样做的。”

他对我的了解，连我都自愧不如。

我深呼吸，承认道：“对啊，我不会这样做。我那时消失是因为……我怕你会选择她。”

——怕我们的约定变得不堪一击，变成说说而已。

所以，我先一步放弃了你。

3

高三那年，父母到国外工作，他们安定下来前，我暂时寄住在临春市的叔叔家。

转学到穗森高中后的第一次月考，我的成绩排在年级两百名左右。由于我在之前的学校排名稳居年级前五，班主任担心我不适应新环境，特意安排数学科代表跟我坐一起。

叫陆时予的新同桌问我要月考的卷子，说他想了解我的情况，再给我补习。

到穗森高中快一个月，即使我没认全班上的同学，也知道陆时予很受女生欢迎。他的数学成绩永远年级第一，座位时常被找他请教问题的女生包围得水泄不通。

我拒绝了他。

他望着我，似笑非笑地问：“你是害羞吗？”

我移开视线，说：“真的不用。”

虽然我不配合，但他还是挑了一些题目给我。我粗略扫了一遍，发现他选题目很用心。我以最快的速度做完，将习题集还给他，并说道：“我真的都会做。”

本以为他会就此罢休，可到了数学课，老师讲卷子时，他趁我不注意，抽走了我的卷子。

等老师转身去写板书，我踩了他一脚，抢回卷子。

下课时，陆时予冷不丁地说道：“大题你都只答第一问，后面的问题你不是不会，而是故意不答。”

他用的陈述句。见我不吭声，他继续问：“你为什么要故意考差？”

我依旧沉默。

知道我并不需要补习，陆时予无奈地说：“补习的事，麻烦你配合一下。不然我不好跟我妈交代，你应该不想我跟她实话实说吧？”

班主任就是陆时予的母亲。让她知道实情，确实有点儿棘手。

既然他非要给我补习，我也只好配合。

晚自习时，我故意挑了几道很难的竞赛题给他。他看着题目，用笔挠挠头，道：“我一时想不出解法，你会做吗？”

我点头，就见他一脸钦佩地说：“那你教我。”

“不是说好的你给我补习？”

虽然不太情愿，但我还是给他讲了解题思路。

然后我发现他其实是装不会，不过反正要演戏，我也没揭穿他。

4

周末，我去广场喂鸽子。

我正望着抢食的鸽群发呆，头顶一轻，耳机被人摘下。

陆时予在我旁边坐下，问：“你在听什么？”

“英语听力。”

陆时予将耳机还给我，又问：“你一个人？”

我注意到他的手上添了几道新鲜的挠痕。之前他教我做题，手背上就有结痂的抓痕。我瞄了一眼他放在一边的猫粮袋子，问道：“你养猫了？”

“没有，是流浪猫。”他补充道，“我弟身体不好，对猫毛过敏。”

陆时予不时去喂附近的几只流浪猫，当中有只白猫，他每次摸它都得挨几下挠。上次被抓伤，他还去打了疫苗。

见我对猫感兴趣，他提议道：“我带你去看看它？”

鬼使神差地，我跟着他走了。

陆时予带我沿着绿化带找了好久，终于找到一只鸳鸯眼的白猫。他凑近白猫，试图摸摸它，它却龇牙咧嘴。

我不信邪，伸手想摸它，差点被挠到。

陆时予哈哈大笑，说：“看来不止我被讨厌。”

后来，周末在广场碰头，再去喂猫，成为我跟陆时予接下来一段时间内的默契。

陆时予课余喜欢拍照。他给我看他之前拍的南老街骑楼。他拍的照片故事性极强，有种独特的时代感，仿佛让人回到了 20 世纪。

我赞叹道：“拍得很好，能当历史教科书的插图了。”

说话间，程青蕾拿着习题册走过来。

她笑得甜美动人，说道：“陆时予，这道题老师讲的我没听懂，你教教我。”

我识趣地起身离开。

晚上我正准备睡觉，忽然听见敲门声。

我打开门，看到抱着枕头的程青蕾。她问：“我今晚可以跟你睡吗？”

小时候我们经常一起睡。她久违的亲近，让我很开心。

我们钻进被窝里，黑暗中，她的双眼如宝石般闪亮。她问：“姐，你能陪我去给陆时予挑生日礼物吗？”

我再迟钝也该明白，程青蕾很在意陆时予，尽管她没有明说。

几天后的午休，班长来找我，问我：“我在统计给陆时予庆生的人数，你参加吗？”

我看向程青蕾，她刚好也在看我。

我迟疑了一下，摇头道：“那天我没空呢。”

陆时予的生日在星期天，大部分同学都去他家玩。

我独自去喂猫。其他猫看到吃的都凑过来，唯独那只白猫远远地盯着我，没有过来吃猫粮。等我走远了，它才放下警惕，冲上来狼吞虎咽。

我望着它，叹了口气，道：“你其实很喜欢他吧。”

虽然它不让陆时予摸，却愿意让他靠近。

白猫自然不会回答我，吃饱喝足就溜了。

我伸了个懒腰，打算继续找地方打发时间，却看到陆时予走来。

少年护着蛋糕，额上的汗水晶莹。他说：“我给你带了蛋糕。要化了，快吃吧。”

我讶异道：“你不是过生日？”

“我弟生病，需要静养，大家来分完蛋糕就各回各家了。”他献宝似的将蛋糕递给我，说，“程青蕾说你喜欢草莓，我给你切了一块有最多草莓的。本想明天带给你，但放久了不好吃，我想你应该在这里，就带过来给你了。”

我接过蛋糕，在他殷切的目光下尝了一口，点点头道：“很好吃。”

然后我想起一件事，从包里翻出一样东西给他：“给你。”

“生日礼物？”他受宠若惊地接过，努力辨认道，“这是……猪？”

我愤怒地纠正他："是猫！猫！"

陆时予那么喜欢这只白猫却摸不到，所以我想着送他一只羊毛毡做的白猫。我足足花了一个星期才做好，他居然看成猪，实在太过分了！

见我生气了，他强忍住笑意，说："你做的猪……猫很可爱，我很喜欢。"

"呵，虚情假意。"

陆时予摆弄着我做的羊毛毡白猫，望着不远处盯着他看的白猫说："这只白猫，是我唯一想过要养的猫。它没有品种猫品相好，也不像其他猫肯亲近人，但我就是一眼相中了它。哪怕会被它挠伤，我也想摸摸它的头，想让它明白，世界上还有人在乎它。"他说着，扭头看我，对我说，"镜伊，你也一样。就算你对我很冷淡，我还是想靠近你，你能明白这种心情吗？"

——好比阳光触不到，却能带来温暖一样。我不需要你的回应，只要你愿意让我靠近，我就心满意足了。

5

新一轮月考过后，老师发了要监护人签名的文件，我去婶婶的房间找她签名。

房门紧闭的屋里传来程青蕾尖厉的叫声："上次程镜伊考差了你怎么不说她？你觉得她比我好，你让她当你女儿啊！"

房门猛地打开，程青蕾莹白的小脸上布满泪痕。

我躲避不及，刚想说什么，她恶毒地剜了我一眼，往门口走去。

我拉住她，问道："很晚了，你去哪里？"

"不用你管。"她甩开我，冷笑道，"别以为我不知道你上次故意考差。你以为这样做就有用？只要你在我家，我妈就会拿我跟你比较。"

我深呼吸道："既然你知道这是你家，那应该走的人是我，而不是你。"

我走出叔叔家，混合着烟火气息的夜风迎面吹来，我忽然很想给父母打电话，问他们什么时候来接我。我按照他们的吩咐，不给叔叔婶婶添麻烦，跟程青蕾好好相处……可有些事情，越想做好，却越事与愿违。

我漫无目的地穿梭在夜色里，和陆时予不期而遇。

"程镜伊，你在这里干什么？"

我下意识地撒了个谎："出来买东西。"

说完我快步往前走，走出一段路，我注意到陆时予跟着我，不禁停步问道："你干吗跟着我？"

他一脸无辜地反问："我表现得不够明显？我在担心你。"他的观察力依旧惊人。他说："哪有人买东西两手空空的。"

我忽然觉得很累，干脆在路边蹲下。

他陪我蹲下，说道："能告诉我，你遇到什么事了吗？"

换作平时，我会选择沉默。适才受了委屈，我迫切地需要一个倾听者，便把事情一股脑儿地说了出来。

堂妹程青蕾比我小两个月，小时候，我们两家人住在一起。上小学前，我家搬到鸣城，跟她的关系也变得疏远。

我母亲很早教就我读书识字，我学东西快，成绩总是名列前茅。由于我的好奇心重，爱好广泛，吵着母亲给我报了很多兴趣班。逢年过节大家齐聚一堂时，就成了我进行"才艺表演"的舞台。

没有人发现，婶婶对程青蕾没有我健康、聪明这件事格外敏感。

程青蕾是早产儿，发育得比同龄人晚，学东西也慢。听说我报了很多兴趣班，婶婶较劲般也给她报了名。当她不舒服不想去时，便会换来婶婶疾言厉色的呵责。有时，甚至还会将她锁进杂物间，要求她反省。

以前程青蕾还会顺从，自从我住进叔叔家，她总会跟婶婶对着干。

叔叔忙着工作，经常不在家。到了周末，家里总是争吵不断。

起初我试图劝婶婶，程青蕾有她的长处，她的绘画天赋极高，将来可以读美术相关的专业。

不料，在婶婶听来却成了讽刺："你是觉得我们青蕾考不上重点大学？青蕾跟你不一样，你家将来有钱送你出国念书，我们家可没有这个钱。"

隔天婶婶丢掉程青蕾所有的画画工具，要她专心学习。

我将工具捡回来，程青蕾在边上冷眼旁观地说："你知道我妈为什么让我学画画吗？因为二年级时你画画拿了奖，我妈就着了魔，天天逼着我画。等我画得比你好了，她依旧不认可我。如果没有你，我根本不用遭这些罪。"

我哑口无言。

自那以后，每次程青蕾跟婶婶有摩擦，我都会逃出叔叔家，在外面消磨时间。

陆时予认真地听完，说："这不是你的错。"

我当然知道。有时候，不是自己知道就行，还需要他人的"认同"。

陆时予的认可让我轻松很多，我说："你不是好奇我为什么故意考差吗？因为我以为如果我的成绩比青蕾差，就能让她在家好受些。结果我还是搞砸了。"

他叹了一口气，说："抱歉，镜伊，我给不了你任何建议。"

少年愁眉紧锁的模样让我觉得好笑，我说："这是我的事，又不是你的错，你为什么要道歉？"

"因为……"他支吾着说不下去了。

昏黄的路灯下，他的耳朵红透了。

陆时予连流浪猫都会喂。他这么善良，我们同桌一场，他会担心我很正常。

倒完苦水，我舒畅多了，开始后悔自己冲动地跑了出来，便对他说："我该回去了。"

陆时予点头道："我送你。"

回到楼下，我撞见神色疲倦的叔叔。

他满脸愧疚地说："伊伊，你婶人不坏的，她太操心青蕾……你别怪她。"

原来叔叔什么都知道。他只是跟我一样，不知如何是好。

6

这个周末喂完猫后，我跟陆时予去采风。

上地铁后，他问："你知道玫瑰七号线吗？"

我摇头，他找到地铁线路图给我看："临春市的地铁七号线，每个地铁站的风亭周围都种有玫瑰花，所以又称作'玫瑰七号线'。我想拍一组跟七号线有关的照片，参加明年的一个比赛。镜伊，你来给我当模特吧。"

"请我当模特很贵的，"我竖起食指说道，"起码要一杯奶茶。"

他笑道："成交。"

高三下学期，学业紧张，每周只有半天假，我跟陆时予会出去拍照。

陆时予的父亲以前是建筑师，参与过本市地铁的设计，七号线的风亭就是他的作品。从前父亲经常带他去采风，他因此对摄影产生了兴趣。后来父亲下海经商，剩下他独自出来拍照。

"你将来要学摄影专业吗？"我好奇地问。

他没回答，而是问我："镜伊呢？"

"还没想好。"

"如果你想不出去哪里，我替你决定。"他故作潇洒地说，"我们去同一所大学好了。"

此前我以为他关心我是出于救助流浪猫般的善意，这一刻，我才发现我似乎错了。

于是，我朝强作镇定的少年点头，说："好啊。"

得知婶婶跟程青蕾的摩擦没减少，陆时予担心我的成绩受影响，建议道："不如你从你叔叔家搬出来住？我们学校有不少学生在学校附近租房。"

离高考还有不到两个月，最近一场模拟考，我的成绩有所下降。不仅是我，程青蕾也一样。有些问题无法立刻解决，既然我留在叔叔家只会让矛盾不断升级，我还是离开比较好。

我说服了父母跟叔叔，让我住学校附近。

离开叔叔家，我终于不用顾忌其他，专心学习。

高考结束，我在租的房子里收拾行李，接到了叔叔的电话。

叔叔说我跟程青蕾学习太辛苦，他让婶婶炖了鸡汤，给我们补身体。

等叔叔来接我时，陆时予打来电话，问："镜伊，你什么时候有空？我们去玫瑰七号线的终点站拍照。"

高考前我们暂停拍照活动，陆时予说还差一张照片就完工了。

"明天吧。等拍完照，我有很重要的话要跟你说。"

他一本正经的口吻，让我也跟着紧张。我说："好，我等你。"

然而，这个约定并没有兑现。

挂断电话不久，楼下传来碎裂声跟尖叫声。

来接我的叔叔被高空落下的花盆砸伤，上救护车后，我颤抖着打电话给婶婶。

婶婶很快赶到医院，她扬手，狠狠地扇了我一巴掌。

我失去平衡，半边脸磕在长椅的铁扶手上。一阵钝痛后，我的右耳似有火车驶过，轰鸣不止。

接下来的记忆很模糊。我隐约记得，叔叔的伤并不严重，母亲立刻赶回国将我接走。

我的右耳受伤，耳鸣不止，整夜失眠。父母给我联系了医生，因为治疗，我不得不暂停学业。

那段时光仿佛停滞的死水，我唯一的慰藉就是陆时予。

他给我讲他的大学生活，给我看他租的房子——上大学后，他搬出家里，收养了那只白猫。

他说得最多的一句话就是："镜伊，等你回来，我们……"

因此，治疗过程再痛苦，我依旧咬牙坚持了下来。

我的耳朵有所好转时，我悄悄回国了。

陆时予那阵子很忙，连跟我聊天的时间都变短了。他给我看过课表，我知道他那天下午有课，打算去他学校等他，给他一个惊喜。

结果，我看到他跟程青蕾迎面走来，有说有笑的。

我落荒而逃。刹那间我想起程青蕾提过，在我转学来穗森高中前，她和陆时予的关系很好。

即使清楚陆时予不会是那样的人，我还是忍不住害怕，怕他不再等我。他处在光明的世界里，有美好的生活，而我却得忍受病痛折磨。就算没有程青蕾，他也会遇到其他女孩儿……这些消极的念头，犹如那无休无止的耳鸣声，将我淹没。

之后我换掉联系方式，不再跟陆时予来往。

7

最近，陆逢昔跑心理咨询室跑得很勤快。

他看着我给绿植浇水，没头没尾地抛出一句："程老师，我哥最近好像谈恋爱了。"

"我哥养的猫叫伊伊，跟程老师同名。"他像发现了惊天秘密般，兴奋得两眼放光。他说，"他的笔记本电脑的桌面壁纸是你的照片，好多年了，穿着我们学校的校服。"

我提醒他："没事就别往这边跑，回去上课。"

咨询室的窗帘缝间，隐约可见一颗小脑袋。每次陆逢昔来这里，总有一名女生担心地躲在外面。陆逢昔走后，我的手机屏幕亮起。

陆时予给我发了他逗猫的照片。如今白猫不再挠人，变得很黏他。

照片一角的架子上，放着我送他的那只羊毛毡白猫，圆滚滚的，确实很像猪。

那天在植物公园，陆时予告诉我："我当时是陪程青蕾去看心理医生。"

那阵子，他想鼓励我，才每天跟我联系，却发现我只是强颜欢笑。得知程青蕾生病了，他陪她去看心理医生。因为他知道如果我回来后发现她生病，一定会内疚。所以，他想尽他的能力，为我做点什么。

"镜伊，我等你回来，等了很多年。我有点儿期待，你是为了我而回国……"他的眼里闪烁着忐忑，犹如夏夜的银河般清澈明亮。他说，"你能不能给个痛快，现在就回答我？"

我凝视着他，郑重地点头。

在换了联系方式不再跟陆时予联系后，我接受了好长时间的心理治疗，也自学了很多心理学知识。

我的心理医生说："心理问题就像独自走一条看不到尽头的漆黑隧道，你很可能走很久都见不到出口的曙光。这种时候，就去想象出口处，有一个人在等你。为了那个人，你得走出去。"

每次痛苦得想放弃一切时，我都会想到陆时予，想象他还在等我。

都说人在失去后才懂得珍惜，若非主动放手，我又怎会得知，他对我而言如此重要。

我无数次后悔当初单方面消失。光后悔是没用的，所以我选择回来。

我不奢望陆时予会等我。但我忘了，无论是那只白猫还是我，即使要耗费很多耐心和时间，他依旧不会放弃。他就是这样死心眼的笨蛋。

我喜欢他这样的笨蛋。

8

五一小长假，我在同学会上见到了程青蕾。

大家分成小团体聊天。我看了一眼手机，陆时予发来微信："你不去找程青蕾？"

回国后，我去看望过几次叔叔婶婶。程青蕾如今搬出家里，听说她在做给游戏画原画的工作。她会定期回家，陪婶婶去看心理医生，而婶婶因产后抑郁发展成的抑郁症，近年有所好转。

我不知道程青蕾是否愿意见我，便拜托陆时予组织高中同学会，迂回地见她一面。

我朝程青蕾走去，说道："好久不见。"

她点头道："我们去天台吹吹风吧。"

不远处就是海。夜风渡海，吹散前嫌、阴霾。

我跟程青蕾闲聊着，话题转到陆时予身上。

她说："其实我不喜欢陆时予。"

我笑了，说："就算你喜欢，我也不会把他让给你。"

作为姐姐，或许其他方面我会让步，唯有陆时予不行。

程青蕾说，那时得知我为了让她少挨骂故意考差，她莫名恼怒。见我跟陆时予走得近，她忽然想，如果将他抢走，我会有怎样的表情。

"我骗你说我跟他关系很好。为了显得逼真，还主动接近他。结果你猜怎么着，"程青蕾一脸无语地说，"他发现我们关系不一般，每次都问我一堆你的事情。他生日那天我给他送礼物，他却问我你喜不喜欢草莓，还说要给你留一块最多草莓的蛋糕。"

大学时，她曾开玩笑问陆时予："大家都说我跟姐姐长得像，你喜欢她，为什么不能喜欢我？"

陆时予却说："我只是替镜伊照顾你。如果不是她在意你，我也不会管你。希望你不要误会。"

我听得目瞪口呆。印象里，陆时予对任何人都很友好。

程青蕾抱住我，说道："姐，那时我说了那么多伤害你的话，真对不起。"

看来，长大成人也不是什么坏事，至少我们不再是别扭的小孩儿，不再以伤害他人的方式来保护自己。

我们打算回包厢，就看到黑暗处的陆时予。

被发现后，他装出一副刚到的样子，朝我们走来，说道："原来你们在这里。"

程青蕾将我往他的方向一推，道："恭喜你如愿以偿。"

Ending

夏天即将结束，我去陆时予的住处做客。

陆逢昔也在，我们在客厅逗弄那只老态龙钟的白猫。

他小声告诉我："程老师，其实去心理咨询室找你，是哥哥拜托我的。我跟哥哥有矛盾，都是我编的。"

我朝他眨了一下眼，回应道："我早就知道了。"

这世界上哪有那么多偶然，无非是有心人造就的必然。

陆时予拿着遮阳帽走来，替我戴上，随口问道："你们聊什么这么开心？"

我跟陆逢昔相视一笑道："秘密。"

时隔多年，陆时予终于完成他的参赛作品，他将那一组照片寄去参加一个比赛，拿了不错的名次。

这天，那场比赛的作品将在中心书城展出。

展厅人山人海，我们站在陆时予的作品前。他的这组照片，名叫《玫瑰七号线》。

我想起一件事，说道："你当年是不是说过，拍完照有很重要的话跟我说？"

他没回答，而是指着面前的照片问我："你觉得这照片摆放的形状像什么？"

我细细端详，答道："像花束？"

"正解。七号线每个站的风亭都像一朵玫瑰，合起来就是我要送给你的、全世界最独一无二的花束。"他凝视着我，说，"虽然迟到了八年，但我还是要问一遍，镜伊，你愿意跟我在一起吗？"

陆时予告诉我，七号线弯弯绕绕，但其实从起点到终点的直线距离很近。

——爱情也一样，总是让我们不得不绕远路。

无论要再走多远距离，若能通向你，我亦甘之如饴。